消失的
名字

旧海棠 著

上海文艺出版社
Shanghai Literature & Art Publishing House

目录

第一部分　我

1

　　有一年电视上播放《新白娘子传奇》，端着碗凑到巷子里吃午饭的人吃着吃着，一个人突然说，老白，你怎么不叫白素贞？那时候我们巷子里种着柳树、槐树、中国梧桐。柳树已经"万条垂下绿丝绦"了，槐树正结花米。碰巧巷子里有一棵开早花的槐树，白花瓣开始零稀地往下落。本是能吃的东西，落到面条碗里人们也不介意，和着面条就吃下去了。这时我妈却要用筷子拣出来在碗边敲掉，然后说，那是个鬼，我因为啥要叫个白素贞？一个人说，是妖怪吧，你咋看个电视都看不懂。我妈说，妖怪还不是鬼。那个人说，妖怪是妖怪，鬼是鬼。走过的桥比别人走过的路都多的大奶奶说，鬼嘛，是死了人的魂；妖怪嘛，是啥动物成了精，还是不一样。又说，妖怪和鬼差不多，都是阴物，都不是啥好东西。大奶奶年纪大，辈分长，她说话了谁也不争，各自扒完碗里的面条回自己家。

也有吃回头碗的，回家盛第二碗出来，还是蹲在自己原来的位置。好像那里是他的领土，只要这一顿饭还没过去，就占着，不让他人抢了。有吃完也不回碗也不回家的，就晾着碗坐在巷子里。好天气时天很暖了，人们乐意在外面待着闲唠嗑。

我妈姓白，有姓无名，排行老二，叫二妮。妈妈没读过书，长大后在生产队扫盲班读过夜校，认得一些数、十几二十几个字。比起识字，妈妈更愿意纳鞋底。她说识字太麻烦了，看着长得差不多，又读这又读那的。她说的是"大"和"天"，"日"和"月"，"田"和"甲"，"黄"和"英"。数字能认 1 到 100，过了 100 就不太能认，总弄不清"0"是个什么情况，一会在前一会在后。写更不行，签自己的名字时更愿意画圈了事。

我妈妈虽然不愿意人家叫她"白素贞"，被叫多了，也就认了。默认大多不是认，是由不得自己。邻里谁家需要一样东西，恰好我家有，人便说"找白素贞"。后来村里人完全忘记了我妈在我家户口本上叫白二妮。结果成这样，我现在想主要还是乡村文化一直没有一个好的"调性"，像烂泥土，扶不上墙。除了叫我妈妈"白素贞"的一些伯伯叔叔大娘婶子们，有时还有晚辈中的男性，没大没小，学起长辈"胡咧咧"。只有少数持重、更年长的长辈会叫我妈妈"瑞娘"。"瑞"是我姐姐的乳名，叫我妈妈"瑞娘"的人是很让我尊敬的，觉得是好人。

妈妈要来深圳，我无所事事，数着妈妈到来的日期，想起关于妈妈的这些，也多少想起了一些其他的往事。妈妈被叫成"白素贞"的这一年是一九九三年吧，我辍学了，跟着大人一起干农活，学着赶大人的场。

我对大人的场子是陌生的，又好奇。对大人场子里的爸爸妈妈也是陌生的，常常生起讨厌，跟我在家里看到的爸爸妈妈不太一样。有次我跟姐姐说，妈妈在人场被人开玩笑了，姐姐说，大人的事，你不要管。姐姐又说，你不要去凑场子，小孩子凑大人的场像什么话。我说我不小了，我都下地干活了。姐姐不吭声。

2

妈妈九点多下了火车，十点半到家。先生去接她，我在家里的入户花园迎接她，然后把她领到她住的客房。

妈妈一路进屋，见家里有保姆做事神情落寞，刚放下行李就小声地问："保姆什么都做？"我说保姆不都什么都做。妈妈又说："你们请了保姆还叫我来？"我说："这事咱就不争了，我们早就请了保姆，电话里说了几次，你又不是不知道。再说是你说来给我做鸡汤面叶的。你还说女儿生孩子哪有娘家不来人的。我就说好吧，你来吧，但也说你来到就知道了，你帮不上忙。可是你还是说得来，还说广西的保姆不会做鸡汤面叶。"妈妈说："是这个理，也不是这个理。你爸一个男的又不能来，我不来谁来！"妈妈说完显得有点委屈，很无趣地打开行李包，一把一把地把衣物和土特产拿出来摆在窗台上。我看着妈妈这样的背影又不忍心了，捧着肚子坐到她的床上，想从身体深处的胎儿那里搜刮些好听的话安慰一下妈妈。我说："妈，也没有不让你来，就是怕你在不住，过不了几天就要走。你又恐高，坐电梯都晕，一天坐几回电梯都够你受的。"妈妈说："我怎么在不住，上次是你说事少都不用我做，我才在不住。这次你生孩子，我总有事做吧？坐电梯晕我就不出门。"妈妈进城来也还是习惯用在乡村时的"声大有理"的法则跟我讲话，我不好再接话下去。上次是我新婚不久，还在上班，家里周六日用了钟点工做清洁，两个大人的生活能有什么事做！我不想跟妈妈争，忙说："对，有宝宝你能在住。"从四个月时，胎儿会在我的肚子里翻身，我和先生就称他/她宝宝了。先生下班回来会问："今天宝宝怎么样？"

妈妈来过我家一次，老家的热水器用电，怕她忘记煤气的热水器怎么使用，还是又告诉她一遍，让她先洗个澡，缓解坐火车的劳乏。她洗完澡又洗完衣服就到中午饭的时间了。中午饭后我们咸咸淡淡地聊了些家常。午睡起来妈妈正式上岗，陪我下楼散步。晚饭妈妈要洗碗，我让保姆给她洗了。这么着，并不无趣的一天过完，睡觉前妈妈还是没忍住要我打电话问问姐姐来不来，什么时候到。

我当着妈妈的面给姐姐打了电话，让她跟姐姐通话她又不肯，最后还是我告诉她，姐姐说来，十五号到。

妈妈闲了两天，实在闲着要生厌烦了，浑身难受得吃不下饭，我想总得给她找点事做，就跟她说，我想吃什么什么，让她给我做家乡的面食。妈妈高兴了，包素馅饺子，做鸡汤面叶，炸油糕，做糖三角。然后还在客厅的落地窗下给我未出生的孩子做抱被和垫被。抱被做了一个就没让做了，已经买了三个了。垫被薄的、厚的、大的、小的，让妈妈可着之前爸爸寄来的棉布和棉絮做，能做几个做几个。垫被用处多，沙发上、地上、婴儿的小床上都要用，买两个也可以多做些，将来当坐垫用。妈妈做的垫被确实比买来的坐起来舒服，服帖，棉芯不游移。其他的婴儿用品我早就买好了，按照医院孕妇学校给的清单一样不落买的。

妈妈为我和孩子做事是真心高兴的，她觉得她在我这里有用了，不是个闲人了。她不能理解一个人什么都不干就光看电视、吃饭，一天一天的怎能生活得住。妈妈有白头发了，做针线活时针蓖过去，白发丝露出来逆着光看很明显。妈妈做活时我多陪在旁边打下手，拉布，穿针，打线格子。但只要我在旁边妈妈就停不住唠家常，东家长西家短。说别人嘛她还好声好气，说到我姐姐，妈妈是要扎手的，连扎两回。我说："妈你别说了，你看你都扎手了，你生气了。"妈妈说："怎么会没气，她不起床我就把饭做好了，她吃了连碗都不收，见哪里做不好就开始叨叨我这没做好那没做好。唉，我干脆不做了，我去广场玩去了。我是她妈，又不是保姆，使唤我跟使唤保姆一样。你姐嘛，使唤我，他胡光春凭什么也使唤我？说妈把这个收一下把那个收一下。他有手有脚的不能动吗，非叫我？"我听出来了，不光跟我姐有气，跟我姐夫也有气。更可能是对我姐夫有气，为了不显得她是直接对我姐夫的，还拿我姐铺垫一下。我笑，知道她的心思，叫她不要介意，都说女婿半个儿，当他是半个儿就心平气和了。开始这么说我发现妈妈并没有释怀，妈妈心里的事可能没这么简单。但到底是什么我不想去理，谁跟谁没点纠结的事呢？

妈妈除了陪我散步、买菜、逛街，有时还帮我洗衣服，她觉得什么衣服都用洗衣机洗不好，布丝会洗细，不经穿。她的穿衣标准仍是她成长的困难时期，里三年，外三年，缝缝补补再三年。她还说，以前我们刚出生时的小衣服小被子哪会用新布啊，都是用家里人穿破的衣服改的，刚出生的孩子衣服巴掌大，再破的衣服都能做一件出来。她见我还给未出生的孩子买了尿布，崭新的纱布做成的尿布，妈妈撇嘴，说，能做馏布子！馏布子是蒸馒头用的，做吃的东西，不能用旧衣服旧被单改，传统上馏布子得用新的。

妈妈除了给我的孩子做小抱被、垫被，最后还是没经住"无聊"，用我的旧衣服给孩子做了一些小衣服，都是一针一线缝出来的。妈妈在老家有台缝纫机，没有带到深圳来，见她一针一线地缝我有点过意不去，但见她做事比闲着高兴就又由着她了。比起童年见她做针线，妈妈现在的样子是安详的。我们还小的时候，爸爸妈妈要赶着场地干农活，只有在下雨天妈妈才有空做针线，那时的妈妈有点忧愁，也是在田地里赶农活的急切劲，除非是连阴天，滴滴答答的雨下个没完没了，一下十天半月，妈妈才安静，好像是屋外的雨吸走了她身上的烦躁，她清爽了。

3

妈妈到深圳后的半月，离我的预产期还有十来天姐姐才来。妈妈说："终于来了。"她爱数落姐姐这那，又盼着姐姐来，有时我觉得很懂她，有时又摸不清她到底在想什么。

姐姐在深圳待过八年，有些朋友，她一来，她的一个老朋友第二天也来了我家。姐姐的老朋友叫金平，儿子三岁多，很可爱，眼睛不笑时都能眯成一条缝，笑起来像婴儿还没开眼，特别像当时流行的一个玩偶"流氓兔"，因此我们都叫他小兔子。

我家三室两厅，姐姐和她的朋友来后睡在妈妈的房间。保姆自己一个房间，我和先生一个房间，妈妈自告奋勇睡了客厅。也是的，等姐姐和金平母子一走，房间空出来又是妈妈用了。妈妈不介意，她高兴家里热热闹闹的，说生孩子本就是喜庆的事，热闹好。

家里这么热闹了几天，一个傍晚，我们几个人陪小兔子下楼玩滑滑梯，我一个猛劲起身去扶小兔子，听到自己的身体里"砰"的一声，然后感觉下体有一股热流。金平是有经验的人，说，羊水破了，快回家躺着。

我也多少有点预感是羊水破了，打电话叫先生回来开车送我去医院。打完电话还是躺着，指挥妈妈和姐姐帮我收拾住院生产的东西。我用的、婴儿用的，怀孕五六月时就开始准备了，孕妇学校的老师说七个月后就行动不便了，这些东西可以提前准备。我躺在客厅的沙发上，大致告诉她们在哪里放着，需要哪些东西。我的身下垫着几层布，但好像白垫了，躺下后并没有更多的羊水流出，只像月经量一样流出很少的黄水。金平有点过意不去，觉得是儿子太皮，爬得太高，我担心她儿子摔着去扶才早产的。我说，没关系的，孕妇学校说十来天不算早产。我先生回来后也说，这下好，赶在九月一号前生，将来读书不用晚一年上。他这么一说，大家都从紧张中乐了，都说小兔子是福星，给我们带来了好运气。这多少有点善意，有些违心。但在无伤大雅的事前谁又不愿意善良一点呢？

这天是八月二十九号，路上开始阵痛，一阵比一阵来得快。当在北环路上塞得一动不动时，我都想打 120 了。但显得我没经验，下午五点到的医院，夜间十一点半才生。接连几天，保姆和妈妈在家里忙，姐姐留在医院陪我，先生开车接送金平和小兔子送饭，家里医院都不差人。等到出院，姐姐、金平、小兔子都去接我和宝宝。我身上有刀口未愈合，姐姐还未生育不会抱孩子，金平是过来人，从离开病房，宝宝就由金平来抱。一路上小兔子不停地要看宝宝的手和小脚，他焦灼的样子好像是不能相信婴儿的手和脚是那么小的，比了又比。金平几次制止他，他每次都刚平息完情绪又要打开抱被，屁股坐不稳车。我刚做妈妈，心里慈爱得不得了，由着小兔子反反复复地看宝宝的手和脚，还帮他打开抱被。先生怕反复打开抱被宝宝会着凉，开着车不忘回头提醒小兔子别欺负他的女儿，不然不带他去游泳。我们小区有一个很大的游泳池，小兔子总跟我先生去游泳。我嘲笑先生无知，又没有全部打开抱被，只是打开一下手和脚，哪里就会着凉了。我说完，问小兔子他小时候是不是露露手露露脚不会着凉，小兔子不太能理会我的意思，好像又懂我在逗他，咯咯憨笑，笑了又笑，笑得很假。他这么笑又把我们逗乐了，一路上车里欢声笑语。

等回到家，车停了车库，我们从车库坐电梯上楼，原来车里的快乐跟着我们一直坐电梯到了二十三楼。妈妈早坐在入户花园里等着了，她一个人不敢敞着大门，以她期盼见到外孙女的心，不然她要到电梯间等着的。妈妈可能听到我们从电梯出来，忙出来接我们，保姆也出来了，家里一阵热闹。

妈妈的事真的多了起来，保姆做不过来的都交给她做。金平帮着我带孩子，姐姐最无趣，想逗逗孩子，见孩子还不睁眼，无计可施，只好去帮妈妈。两个人说着说着不知怎么就吵了起来，姐姐说："这是在别人家，你还要这么批评我是不是?"妈妈压着声音说:"谁批评你了,不是你先说我没做好的。"

4

姐姐在医院陪我时趁空做了尿检,她也怀孕了,不放心又抽了血,第二天拿报告还是怀孕。我生孩子对我们大家庭来说属于正常的最大喜事,她怀上孩子则是最大的惊喜,因为她结婚三年后终于怀上了孩子!姐姐一怀上孩子,姐夫听说后忙坐着飞机来接她,来到后满面春风的,好像已经是当爸爸的劲头。他和我先生互相拍着肩,互相道恭喜恭喜!姐姐原计划要陪我出月子的,姐夫来接她了,就改主意准备跟姐夫回去。姐夫的理由是觉得姐姐太瘦了,一米六八的人体重不到一百斤生孩子怎么行,得回去好好养养。姐姐觉得姐夫这是疼爱她,甜甜蜜蜜、高高兴兴跟姐夫回去了。姐夫追了姐姐七年,写了很多封信,姐姐相信姐夫是非常爱她的。

姐姐一走,金平和小兔子也没有在我家住下去,先生送了他们母子回去。他们都走后,我过着预想中的产妇生活,催奶、奶孩子、给孩子洗澡、按摩,凡是在孕妇学校学到的知识都用上了,一天一天的日子忙个不停。除了照顾孩子,家务我不用操心,身边有妈妈和保姆,生活里没有半点意外。

保姆四十多岁,广西人,做了二十几年保姆,煮饭煲汤一套一套的。她有点看不起妈妈，觉得妈妈不过一介农妇，什么都做不好，这样的人她老家也有很多。妈妈每要帮手，她只是让妈妈帮忙洗菜，连切也不让妈妈切，嫌妈妈切的菜不好看。妈妈知道自己不如她，便甘心听保姆的使唤。保姆也不客气，后来真的使唤起来，叫她洗锅洗碗，叫她拖地，叫她递东递西。她还告诉妈妈，陈小姐说海绵拖把不能拖厨房，吸了油不好拖客厅的木地板，拖厨房要用另一把布拖把。妈妈听说是我说的，也没意见，听着保姆的安排。我起初不知道保姆使唤我妈，见妈妈总听保姆的，便问妈妈怎么回事。妈妈到我房间跟我说事情经过，我一听，这怎么行，我用保姆，保姆用我妈，这逻辑有点乱。我知道妈妈与姐姐心里不和才总在我面前说她，不想妈妈将来也因什么事心里不悦在别人面前说我。她是不懂得掂量什么话该说什么话不该说的，与什么人聊对脾胃了是常常不管不顾什么都说的。或者说了她也后悔，但她聊高兴时总是想不到这一点。关于这点我爸总是凶她，可是她也委屈，觉得农村妇女谁不是这么聊天的，你给我讲一个故事，我给你讲一个故事，她不聊这些又能聊什么。

　　我知道保姆使唤我妈后的第二天，先生吃完早餐去上班，我等先生关上大门后说："莲姐，以后我妈除了给我做面食厨房的事不要再让我妈做了，我妈手不好，拿不稳碗，碗打了口子再用起来容易伤手。以后还是你洗碗的时候多，割了你的手不好。"说完，我觉得我的话说多了，

13

可是还是没忍住接着说，"宝宝的尿布和衣服让我妈手洗，她不会用滚筒，需要用洗衣机洗的你还是按以前的分类洗好烫好。"我吃完早饭放下筷子说的这番话，妈妈用腿在桌子下碰我的腿，我知道妈妈怕得罪保姆，怕保姆给我下小套，我没管妈妈，说完就起身走了。妈妈见我走，赶快起身随我离开饭桌。

回到卧室看到宝宝睡在婴儿床上肉肉的脸，多少有点后悔了，这几年总有保姆虐婴事件曝出来，不怕保姆给我下小套，也应该为孩子着想啊！这么意识到，觉得刚才说话还是不谨慎，一个上午我都未出卧室，吃午饭时我说还不想吃，叫妈妈和保姆先吃。下午听到保姆在自己的房间看电视了，才抱着孩子到客厅走走。保姆隔月都有两天回家政公司接受再培训的安排，与时俱进的观念还是会跟上来，像如何尊重雇主，如何争取个人的爱好、自由，什么时候应该提出涨工资等，现在的保姆都很会跟雇主协商了。像看电视这事就是她向我申请的，说她喜欢这个电视剧，在这个电视剧播放期间她的时间会怎么安排。我说好，由着她了。追电视剧这事她做得还好，声音不大，只是追起来过于投入，这期间你要叫她停下来搭个手她会有点小情绪，一个镜头都不愿意放过。实在时间长了，夜里重播她是无论如何都要看回来的。不管怎样，我对保姆追剧的要求是同意了的，并未想过反悔，这时见她看得高兴忍不住大笑，我大松一口气，想着能那么没心没肺笑的人心眼不会坏的吧。是一个韩剧，我也看了几集，男女主角都很好看，恋爱谈得如胶似漆，女主角来自农村，常常在男主角面前闹笑话，凡是那样的情节都惹保姆笑个不停。

晚上先生带现金回来给保姆发工资，说好的有孩子后工资增加五百，我又多给了她二百，告诉她月子里另外多给的，算"利事"，以后按五百给。保姆见过世面，很会说漂亮话，高高兴兴地把钱接了。也是，可能我敏感了，早上之后她就没有再使唤我妈了，也没见她有情绪，只是煮晚饭时，她让妈妈出门去买生姜，说生姜用完了。先生下班晚，我家晚餐吃得迟，所以煮饭也晚，这么晚让妈妈一个人出门，我才觉得莲姐是故意的。我正要生气，妈妈说没事没事。妈妈这次又住二十多天了还是不太敢一个人出门，白天都不敢，何况现在天都黑了，我多少还是有些担忧。小区有三个门，几条通往商业街的路故意铺得蜿蜒曲折，她总分不清，几分钟的路都迷，我只好叮嘱她，要记得看见大游泳池了再拐弯。在乡村生活习惯了的妈妈只会往北往南往东往西拐弯，不会往左往右，所以在我家妈妈既用不了往东往西的方法，也用不了往左往右的方法，我只好给她想出一个使用参照物的方法，叫她往有游泳池的地方拐，往有小山的地方拐，往有一棵很大的树的地方拐。但是天要黑了，路灯已经亮起，不知道妈妈在这样的昏暗时段能不能找准参照物。妈妈识不了几个字，不能凭路牌指示认路，想想真是要命的事，我们小区的楼不是用数字标识的多少多少栋，是以英文字母打头的如"C座·百合阁"。妈妈下楼后，我焦灼不安地计算着时间，几次想抱着孩子下楼找妈妈，几次又把这种焦灼按捺下来，当预计的时间过去之后，我没有忍住，把熟睡的孩子裹好抱着下了楼。

小区的树木和假山影影绰绰，而路灯又是昏黄的，风一动，好像把这种不稳定的影像带出来一块，风走远，那块影像又再弹回，像个调皮的恶魔。平时妈妈连小孩子的衣服都要在天黑前收回屋，天黑更是不准抱孩子到阳台上，我那时自然是不听妈妈的，几次抱了孩子到阳台看月亮。孩子开眼不久，哪里会看月亮，难说是要与妈妈作对，我还是故意抱孩子去阳台走几步。这时在小区没走多远，想起妈妈的话，我抱着孩子返回了大堂的沙发上坐着。我一心地为自己辩解，不管迷不迷信了，为了孩子不要去黑夜里。

妈妈果然走错了路，在 E 座半天刷不了卡，后来跟着别人上了电梯才发现错了。知道错了妈妈又下楼，还好妈妈有信任他人的淳朴思想，她去一个大门口找了保安，让保安带她到 C 座。她跟保安说，像个 "0"（零）一样的那座。大约保安机灵，知道小区没有 "0" 座，也没有 "O" 座，就带了妈妈来 "C" 座。妈妈刷了卡进大堂见了我，还怪我怎么抱孩子下来了，我说我没出去，下来就在大堂里没出去。说完又说还不是怕你找不到地方。母女间互相起的嗔心并不想掩饰，等到了电梯，我说按 "2" 和 "3" 一起的那个数，妈妈说："我认识 23。"说着按了下去，电梯上行。但到了家里，妈妈又和颜悦色了，故意把说话声弄得轻松又嘹亮。

<h1 style="text-align:center">5</h1>

生产后二十一天，月子才坐了三分之二，因为已经下去一次了，第二天天气也好，我就推着宝宝下楼透风。妈妈虽然不许我下楼，拗不过我，就陪我下楼走走。我很好，就是汗多，随随便便地一动就出很多汗。深圳的九月还很炎热，好在入秋后天气干爽，下了楼并没有在楼上那么热。

起初下楼，我戴着妈妈织的线帽，穿着长袖长裤，过两天就不想戴帽子穿长袖了。妈妈很生气，说："我的话你不听，等上年纪你就知道了，月子里风吹哪里将来哪里就疼。"

我那时真是还年轻，听不进妈妈的话，觉得怎么可能风吹一下就疼呢，人又不是泥巴做的，吹一吹就酥。在楼上捂了半个多月，一下楼光顾贪图风吹在皮肤上的凉爽了，根本想不到未来。

终于要出月子，妈妈代表她和爸爸送宝宝一对银镯一个红包，看着像在老家就准备好的。给了礼物，妈妈又非要出去吃满月酒。在深圳我跟先生都没有什么太要好的朋友，他又不想惊动公司的人，想省了满月酒。妈妈说，一个家添人口是大事，这哪能省。她非要出钱请我们吃一顿，说就当接我回娘家了。妈妈这一说，我才心头一热，知道世间最诚挚认真的情感只能是父母待儿女的这份，便由了她的意思。种种不可言，妈妈并没有长期住下来的意思，她坚持摆满月酒也让我知道妈妈想完成使命回老家了。原来妈妈此番来不光是她一个人来，她还带着爸爸的意思，带着我们村庄里世世代代流传下来的习俗。

说起来好寒酸，想了两天也想不到可以邀请什么人来吃满月酒，怕叫了 A 不叫 B 不好，怕叫了 B 又不好收人家的红包。在深圳，我与先生都没有七姑八姨和沾亲带故的亲戚，我们也都还来不及像父母各自的家族用世世代代结交出远亲近邻，我们搬来小区的时间太短，还没有来得及与什么人结交下深厚的友情。也可能先生是做市场的，太在意利益往来，摘剔一遍各自的人际关系，觉得还是谁也不叫了，就一家人利利落落地吃一顿满月酒好了。说是不叫，金平发了信息祝贺阿宝满月，于是我让先生去接金平母子，加上保姆去外面吃了一顿饭算作满月酒。这样，阿宝的满月也算庆祝过了。又过两天，妈妈提出回去，我没有挽留，让先生把妈妈送上火车，那边通知了爸爸去月台接她。

也许先生的生活早已回归原来的轨道，上班，下班，应酬，出差，一样不落地进行着。我的生活则天翻地覆，像进入了另一条生活的生产线。我在每一天里都重复着相同的节奏，争分夺秒地吃，争分夺秒地喝，争分夺秒地睡，争分夺秒地醒。我希望和孩子一起同睡同醒，怎奈我不能像孩子一样扭开开关就醒，关上开关就睡。不管她是醒还是睡，我需要每两个小时给她喂一次奶，换一次尿布。有时被什么吵着睡不着，或偶尔醒来，我恍惚地发现我身边多了一个婴孩，难免地想弄清我是谁，她是谁。当战栗着明清过来我是一个母亲，她是我的孩子，我又会迷惑于我们的明天会是什么样子。孩子一个动静，一个嘤嘤哭啼，我要判断她怎么了，我要怎么做。我惊讶于孩子的先天智慧，传达给我隐秘的信号，也惊讶于一个女性浑然天成的母亲本能，我从未知晓的事情，在一个瞬间的反应里全然懂得如何处理，动作娴熟流畅，宛若一个操练许久的工匠。就这样，我每天无不是在欢喜又乏味、繁忙又单调地过着分分秒秒、日日夜夜。我最大的收获，是我得到一个确定的信息，我是一个母亲，我从此要为这个孩子负责，并且懂得我们将在此一生中不离不弃地相伴和牵挂着生活。确定这个，我似乎才终于安心下来。但安心下来的生活还是一样地过，只是心不慌张了，不急迫了，可以慢条斯理地洗一件孩子的衣服，给她洗澡，看她醒来和入睡。一天午后，我给孩子洗完澡放在阳光照耀着的床上，让她趴着练习抬头和支撑身体，不想她突然蹬起腿来，往前拱了一步。

6

一晃到了年底，姐姐怀孕五个月，爸爸妈妈商量过去照顾姐姐。好像是姐姐先打的电话邀请。姐姐怀孕后一反以往的态度，变得很会撒娇，她打电话跟爸爸妈妈说云云有保姆，她又请不起保姆，只好请爸爸妈妈过去给她当保姆了。"保姆"这个词本是以前他们之间忌讳的词，姐姐生生说出来了，看来邀请爸爸妈妈过去是诚意的了。多少还带有悔过后的诚意？爸爸想了又想，跟妈妈说："自己的儿，当真计较也狠不下那个心，她有难处了当父母的怎么能不帮？"妈妈是个没有主见的人，爸爸这么说，她也下决心忘记跟姐姐相处时的种种不快，他们俩又把老家收拾收拾锁了大门，带了几只母鸡去了苏州姐姐家。

很快过了年开了春，姐姐怀孕八个月了，要考虑生产的事了，姐姐也已早早地购置了生产用的东西。离每月产检还有几天，姐姐突然尿红，打电话问我是不是正常的，我说肯定不正常。我又问她还有其他状态没有，姐姐想了想说腿上有小红点，我说小红点正常，有些孕妇会有，但尿红不正常。姐姐跟姐夫说了，叫姐夫陪着去产检，姐夫说还有几天才到产检的日子，不疼不痒的再等等呗。姐夫那时在创业，有些忙，什么事不细想，以为姐姐为了解便秘吃了太多红色火龙果所致。姐姐想想，是吃了红色火龙果，也就没有要求姐夫开车陪她去医院。我第二天打电话问姐姐的情况，我说不行，必须去医院，让爸爸陪着也得去。

去了医院正常产检似乎也没有什么，但一周后姐夫突然在傍晚打电话给我，语言不成趣，说："孟云，我刚从医院拿结果出来，还没回家，还没跟你姐姐说，我打电话给你说，你姐得了白血病，你得来苏州一趟，你弟弟也得来，你们得抽血配血型给你姐生完孩子做骨髓移植。"我一听就紧张了，也可能是被姐夫紧张的语气吓的。我说："姐夫，你别乱，这病要是真的，我们给我姐治，我们给我姐做骨髓移植，但是现在姐姐有危险吗？"姐夫说，一时半会儿没有危险，可以先输血小板，但是危险能看得见，没有多长时间了。我问那是多长时间，姐夫说："你姐快生了，不管什么时候生，只要生就是坎，生孩子会出血，她这病出血是止不住的。"姐夫又补充说，"她自己已经没有血了。"简单商量了需要着手做的事情，我立刻订了去苏州的机票。姐姐得了白血病其中的一种，正式名叫再生障碍性贫血。

我的孩子正在断奶，还没有完全断掉，此去苏州只能抱着孩子，第二天坐最早一班飞机去苏州，下机后直取高速去医院抽血。弟弟也到了，我们一起抽的血。抽血时我还抱着宝宝，她才七个多月，正是不要生人的时候，她开始以为护士要给她打针，哭得不行，后来见针扎在妈妈胳膊上，是妈妈"打针"，才一脸惊诧地停止了哭声，抱着我脖子不动弹。

这事也不能隐瞒姐姐，因为要安排她住院了，一刻也耽误不了。姐姐听了哭，只是哭，半天才摸着肚子说："我怎么这么命苦，一天好日子还没过上。"是啊，姐姐跟着姐夫在深圳打工八年，姐夫去年才辞职到苏州创业，跟人合资的小工厂才刚运作起来，她就得了这不要命的病。

更不要命的是她肚子里还有个孩子。孩子踢她，姐姐又笑了，说："阿宝你看，小妹妹要找姐姐玩了!"大家不敢笑，都看着我，我忙代表怀里的孩子说："哈喽哈喽，小妹妹，姐姐也想跟你玩!"说完，我觉得缓解气氛的责任到了我身上，没话找话起来，"也可能是小弟弟哟，阿宝说不定想要个弟弟呢，阿宝说是吧?"这种话实在太无聊，我有些说不下去。

爸爸妈妈已经知道姐姐得病了，也知道得了不要命的病，大气不敢出一声。妈妈还围着坐了过来，爸爸远远地坐在门口望着窗外不说话。二〇〇七年，苏州项城区一个新开发小区里，多层的楼房，姐姐家在七楼，父亲望着的窗外是一栋栋整齐有序排列的白顶红墙楼房，楼房边绿化带种的灌木还未长大，微小的绿色伏在楼层底部断断续续连接不上。

我一直逗着阿宝，让阿宝摸摸姐姐的肚子，又随着姐姐肚子里孩子的脚把她的手移来移去。阿宝咯咯地笑，姐姐说，这是妹妹的小手喔，这是妹妹的小脚喔。从这情景看，姐姐笃定肚子里的孩子是女儿了。或者她想要个女儿。

晚饭我们还是正常吃，妈妈煮饭时还稳重，洗碗时开始哭。爸爸下楼散步了，很长时间不见回来，我让弟弟去找爸爸。等姐姐被姐夫陪着洗了脚上了床躺下，爸爸才回来。爸爸也去哪里哭了，眼睛肿着。不知弟弟哭了没有，可能年轻，皮肉紧实，泪水里的盐没有伤害到他脸上的皮肤。弟弟说:"二姐,我明天一早就去上班,你带宝宝起不了早,我就不跟你说话了。这里的事就交给你了,有什么情况你给我打电话。"我说:"好,你去上班吧。"

有什么办法呢,我们每一个人都在已知的恐惧中假装平静、镇定,弟弟在模具工厂上班,那点工资对于姐姐的病来说能帮上什么!但我们都知道姐姐这病需要钱,谁也不敢小瞧了一分钱,我们需要倾其所能来筹到一大笔移植费,四十万。

四十万当然只是个开始,但这时谁也不知道只是个开始。

7

我们一时都不知道如何面对这场灾难,每个人的心里都只有恐惧,躲避一样,各自早早地进自己的屋里装睡。可是这一夜谁也没有睡,隔着墙我能听到爸爸妈妈叹息,听到姐夫在说情话,听到姐姐抽泣。

到了陌生的地方,阿宝也不肯睡,好不容易把她哄睡着,却比往常更早地醒来。我刚有点睡意,看手机,才四点,可她闹着要起床,我只好抱着她去客厅。人一走动,我的眼泪还是要从胸腔往头上走,堵得鼻腔胀疼。我想哭,为我们面对的巨大困难而哭,也为姐姐而哭,她真的还没有开始享福。前些年她把爸爸妈妈接去深圳开超市,虽有爸爸妈妈在帮着打理,但她要进货,要上架,要早早晚晚地手动整理数据。虽然那时也有电脑了，但那时的电脑还很落后，太多的东西需要她手动去做。妈妈不能认字，爸爸眼睛花，除了简单的收银结账他使用不了电脑。那时还是486电脑，荧屏闪得他的眼发糊。

我抱着阿宝刚到客厅，爸爸也到了，看我眼睛睁不开他说他抱阿宝，叫我再去眯会儿。可能又是一阵折腾，我躺下后在昏沉中想睡，听到客厅里爸爸教阿宝唱歌："小燕子，穿花衣，年年春天来这里。我问燕子为啥来，燕子说，这里的春天最美丽……"宝宝还不会唱歌，但听着好像蛮高兴的，奶声奶气地啊啊呀呀。四月了呢，春天就要过去了。

不一会，姐夫也起床了，姐夫走到客厅，听声音说："阿宝你起得好早啊！你起这么早是不是想陪大姨一起去逛街呢？"

我听着忙起身问他们怎么起这早。姐夫说，姐姐想去上海看看，趁现在还走得动，就去看看呗！我问要我们陪吗？姐夫说我抱着孩子不方便。我说那好，你们小心点。我看看姐姐的卧室门还关着，没去打扰，也可能是内心不敢面对她。然后见姐夫出门了，他说他要出去借一辆车。我跟爸爸看着姐夫出门。妈妈也起来了，也看着姐夫出门。似乎是他此番出门会给我们带来什么希望似的。

虽然大家都起了，弟弟还是悄悄地走了。

妈妈知道了姐姐要出门，忙着去准备早餐。妈妈说："她晕车，吃点东西在胃里人能舒服点。"我跟爸爸没有阻

拦妈妈，也不知道姐姐会不会想吃早餐。爸爸仍在客厅哄
阿宝玩，因为有动静，我反而能睡着了。不知道姐姐是不
是也是这样。她的房间一直没有动静。

第二部分　你

1

　　立刻移植被姐夫否决了，因为姐姐已经怀孕八个月五天，若是移植不成功，又遇着孩子瓜熟蒂落的一天到来，姐姐会遇着大出血，那时不光是目前的方案舍弃孩子这么简单，完全有可能丢掉两个性命。姐姐生孩子必定会大出血，而孩子因为姐姐移植用药，也要不成。因为孩子连着母体，母体用药孩子同时也会吸收，那可都是抗生素类的药，剂剂要命。

　　不知姐夫、姐姐两个人怎么商量的，他们改变了马上移植的方案，改成打催熟针，等孩子可以降生先剖出孩子，然后为了防止感染，先要割掉子宫，再做移植，至少，保住孩子。

姐姐现在还像个正常人，这个方案是她签字的，作为娘家人我和父亲还没有权力帮姐姐做决定选方案。女人结婚后，如果她没有特别指认她的第一责任人，她的第一责任人是她的丈夫，然后才是有血亲关系的直系亲属，爸爸、妈妈、我和弟弟。一时间我们都恨起姐夫。但姐夫异常冷静，他说："你们也不傻，就是我们选择第一个方案，也会遇到大出血的危险，且可能因为移植后排异使这个危险增大，所以不如在她身体还没有那么脆弱前先剖出孩子，至少这时的孩子是健康的。我也能理解你们，你们是陈平平血脉意义上的亲人，觉得陈平平的生命是第一重要的，她的孩子第二重要，但你们只要冷静一想就能想通，孩子也是平平的孩子，有一个总比两个都没有强。"

姐夫冷静得可怕，他的话让我们不舒服，他说话的样子也让我们都很讨厌。但我、爸爸妈妈，都坐着一动不动，都不想出声。姐夫说完转个身，感觉很无趣，拿了换洗的衣服又出门去医院了。姐夫走了半晌，妈妈恶狠狠地说："要是大鹏在非抽他两个耳刮子不可。"爸爸还是看着原来的一个什么地方，悠悠地说："抽他有什么用呢，他说的是大实话。"

弟弟叫陈大鹏，我们都叫他大鹏。

姐夫早饭后走的，说是早饭；也是九点多了，妈妈下了面条，他吃了一半。收碗时妈妈没舍得倒掉姐夫剩下的半碗面条，自己吃了。临到中午，妈妈下楼买菜。小区门口就有菜市场，近一个小时，妈妈才提着一把青菜回来。

爸爸也出去了，妈妈刚到家，爸爸也到了家。爸爸一看妈妈只买了一把青菜转身又出去了。姐姐家住的楼房没有电梯，还住七楼，妈妈上下一趟觉得很吃力，见爸爸下去了，冲他背后说："你就不能留点力气，省一碗饭。"爸爸可能听见了，没回头下楼了。

等爸爸再回来，提了二两带皮后腿上肉，两块老豆腐。爸爸说："阿宝在断奶，要吃点顶饿的，早上吃的面条，总不能一天都给孩子吃面条。"妈妈见爸爸甩给她肉和豆腐，嘴角动了动没开口反驳，抹着泪把菜提到厨房做饭去了。爸爸这时给妈妈摆脸色我有点看不过，但我不想家里再有争执，不想把大家还有的一丝力气用在争执上。这时节的是是非非都没劲头，不等燃起火苗自己先灭下去了。妈妈没知识没文化，这导致她什么事上都没有主见。或许他们年轻时妈妈在什么事上也能有一星半点看法，但都会被读了初中有文化的爸爸给压下去，久而久之，妈妈就变成一个没有主见的人，什么事都听爸爸的。曾经我跟姐姐研究过妈妈没主见的问题，结果是，妈妈没读过书，满脑子老思想，她是依了古话"嫁鸡随鸡，嫁狗随狗，嫁根扁担扛着走"的教条，虽然并非主动选择依附爸爸，但无意识中依陈旧观念接受爸爸是天，爸爸说什么就是什么。我跟姐姐也曾经研究过村里其他没有读过书的妇女，发现凡是依附了丈夫的都没有主见。村里有一个年轻时守寡的，也是文盲，却是一个非常有主见的人，因为她成了一家之主后，什么事都需要她拿主意，这也并非是她的主动选择，是她需要成为一个有主见的人。所以有主见和没主见都未必是主动选择的结果，不过是一种习惯，或说是习俗要男人当家作主，要女人听附男人。我跟姐姐也发现，没有主见的人都特别能忍，妈妈也是，妈妈总能忍受爸爸，接受爸爸的任何安排。反过来若是妈妈做了让爸爸不满意的事，爸爸对待妈妈的态度不是忍，他自己把不跟妈妈计较的行为叫宽容。"宽容"与"忍"的区别，让我跟姐姐更多时候是向着爸爸的，觉得"宽容"是主动的立场，而"忍"是一种被动地接近懦弱的接受。我们认为妈妈是可以反抗的，也认为只要妈妈有个人的态度爸爸也是可以妥协的，但可悲在妈妈从来没有个人的态度，一旦谁说她哪里不对，她即使万般不高兴最终还是会认下"错误"。这没必要，所以我跟姐姐常叹妈妈"可怜之人必有可恨之处"。作为日渐成长中的女性，我们恨妈妈身上的太多东西，我们发誓不要成为妈妈那样的人。就说早上姐夫剩下的半碗面条吧，搁平时妈妈也不会吃，但因为现在家里马上就要很穷了，妈妈选择吃了，这搁爸爸身上是不可能发生的。爸爸会衡量这半碗面条他不吃会不会饿死，若还不至于到饿死的地步，他是无论如何也不会来吃心里正讨厌的女婿剩下的半碗面条的。

　　姐姐读中学时跟我讲过爸爸的两个故事，她还曾把这两个故事写进作文，并命名叫"不食嗟来之食"。姐姐说爸爸是有骨气的，是一个讲气节的人，一个人在那样关键的时候还能讲气节讲骨气是让她很服气的。

故事一：爸爸小的时候正遇着饥荒，他父亲死了，母亲多病，他跟姐姐要到河工那里捡剩饭吃。其实那个年代哪有剩饭呢，不过是河工吃红薯时咬下的头尾和剥下的皮，他们小孩子捡去吃。姑姑是不管什么的，守在别人碗边等别人一剥下就捡走。而爸爸不是，从不上前看着别人吃，不等别人吃饱端碗走人他绝不上前去捡，那时爸爸四岁。

故事二：爸爸的母亲因不堪孤寡被欺，又因带不走一对儿女就自己偷偷走了。他跟姑姑为了找母亲，流落到一个村庄。有户人家无子，告诉他和姑姑他们的母亲在路上病死了，被埋了，要他改姓供他读书养他吃穿。爸爸跟姑姑同意了，准备留下来，后来爸爸听说这户人家只要他不要姑姑，他不愿意了，连夜爬起来拽起姑姑逃跑，这年爸爸五岁半。

我知道这两个故事后自然也很感慨爸爸有骨气。故事从姐姐那里听下去，说所幸后来，他们找到了他们的外祖母家，外祖母外祖父还都健在，一时吃住有依。他的外祖父四个女儿，没有儿子，家境不错，抄家前埋了不少财产，坏时代过去偷偷挖出来还是"富裕"人家。但爸爸又生气了，他觉得外祖父外祖母能把三个女儿都嫁得很近，为什么偏偏要把他的母亲嫁那么遥远呢，以致他的母亲孤零无助，默默出走，最后凄惨而死。好在之后的两年里，他们外祖母打听到那个村人的话是假的，爸爸的母亲并没有死，只是与他们姐弟俩走的路线不同，流落到另一个村子里了。又因为有病在身，实在走不动嫁了人。姐姐感叹，爸爸成长中太多挫折和苦难，磨炼他成为一个不盲从、不信吹嘘、只信奉自己的人。姐姐曾认为这些都是爸爸难得的做人品质。

这些事说起来都是那时我与姐姐年纪轻，以旁观者又是对爸爸崇拜的心态赞叹爸爸，现在事情来到她自己的身上，妈妈因为要给她治病省钱吃别人剩下的半碗面条，她若知道又将会作何感想？

妈妈叫吃午饭，桌上摆了一大钵面条，还是煮面条，旁边有一个盖碗一盘蒸肉饼。盖碗打开，里面是半碗肉糜，盘子里是咸蛋蒸肉。爸爸半天不来，我抱着阿宝坐下，先给阿宝用肉糜拌面碎（把面条弄碎），然后借阿宝的名义叫"姥爷姥爷快来吃饭了"，"姥爷，姥爷，您再不来吃饭，阿宝也不吃了"！这么叫两遍，爸爸出来坐下来端碗吃面。妈妈很用心，把二两肉剔出精瘦的部分用刀拍成肉泥隔水炖烂给阿宝吃，把剩下的筋皮和两块豆腐剁碎，拌上他们从老家带来的咸鸭蛋蒸上给我们吃。就这样，一个蒸锅，水里，屉子上，一锅出来两个菜，我看在眼里又怎能说妈妈是一个没有主见的人呢？

虽是一盘肉饼，我仍希望分成三份，各自一份，谁也不要推让。我希望我率先舀走一份，剩下的两份爸爸妈妈也能自然取走，但不想他们两个谁也不动。于是我只好给爸爸舀上一份，又去给妈妈舀，妈妈不接。爸爸看妈妈一眼，不知是什么眼光，妈妈端着碗往客厅去了。我把妈妈的一份咸鸭蛋肉饼放回盘子，继续给阿宝喂饭。爸爸吃完一碗面没再回头装，把碗往厨房一撂下楼去了。妈妈从客厅过来，看样子早吃完了，就是不过来。等妈妈又装了面汤坐下来，小声嘀咕说："搁平时，这样的面他至少吃两碗。年轻时干活干捞都能吃个三五碗。"我嚷妈妈："你现在说这个做什么？"

阿宝没吃完拌的面，我把孩子剩的吃了，自己碗里的也吃完，再吃不下回头碗。妈妈见状说："又剩，晚上不煮饭了。"我没接话，我知道有我在，爸爸是不会同意妈妈哪一顿饭不煮的。

吃完饭，我带着阿宝午睡，妈妈照常找点家务事做。到了两点她又开电视，我听着声音，还是放着那个一百多集的电视剧，但是嬉嬉闹闹几声就没有了。妈妈关了电视。午睡后醒来三点多了，阿宝在家里玩到四点半，我带她下楼玩，妈妈帮我搬便携式婴儿车下楼，遇着爸爸回来，他知道妈妈这是要陪我下楼了，把妈妈拉了一边说什么，看样子两个人还在闹别扭，又不得不互通要紧的话。妈妈转过来跟我说："今天不下楼了吧，你爸说路口有家人办白事，把路两边占着了，不好走。"我说："那咱们往南去，小孩子一天不出去走走要闹的。"

小区南边是田地，田地里正是一天里的好风光，但小区到田地有一条沟过不去我也知道。妈妈说："那咱就在沟边玩玩吧，不过去那边了。"妈妈说的那边是小区的大门口的小广场，也是那家把路占着办白事的方向。妈妈说:"你要什么叫你爸过去买。"我说:"什么也不要,阿宝吃的用的都有,鸡蛋要是没有了,叫爸爸买一斤鸡蛋,明天早上给阿宝吃蛋黄拌稀饭。"

晚上我们果然吃剩的半钵面条,又一热就成了黏稠的咸稀饭。

家里一时除了给阿宝添辅食,什么东西都不买了,连两毛钱的葱也不买了。妈妈说:"这两天天天青菜下面条,你也买根葱爆点葱油,面条好有个香味。"爸爸说:"阿宝又不能吃葱,大人吃饭是挡饿的,要香味做什么?"妈妈说:"又不是我们两个吃,不是还有云云嘛!"有时候我不知道他们怎么有那么多的拌嘴,兴许是为了过日子,好把一天一天的时光耗完。

2

姐夫上次吃过早餐走后的三天再没有在家吃过一回饭,也没有在家睡过,只是回来拿了两次换洗衣服。妈妈把他和姐姐换下来的衣服洗干净,分别用袋子装了,等他回来提。姐姐入院后的第四天,我跟爸爸去了医院,爸爸在医院的院子带阿宝,我随姐夫去了姐姐的主治医生办公室签字。姐夫对方案很清楚了,医生专门为我解释了一遍会诊方案,催熟胎儿,剖腹取子,割掉子宫,隔离恢复,同时等待配型结果,我跟弟弟任一配上都准备移植,若配不上只能等待。医生说完这些,又说,病人已经没有自主造血功能，目前每天输血 800CC 维持身体机能。没有造血能力也意味着没有止血能力，剖腹必定会面临大出血，所以剖腹那天，如果配额的血浆不够，可能需要直输你们的血给你姐姐。所以现在等配型结果，两个都能配上就太好了。已知的事，我是 A 血型，姐姐是 O 血型，弟弟是 O 血型，我不能给姐姐直输血浆，配上干细胞的可能性也无，所以，医生这么跟我说话，其实是在跟未到场的弟弟说话。事后我原话告诉了弟弟，弟弟说他请假来。我让他提前两天来，他说不用，剖腹产那天一早再来，他一天工资加上加班有一百五十块钱工资！听弟弟这么说，我在电话这一头潸然泪下，弟弟什么时候这么懂事与勇于担当了！

姐姐入院之前，我、姐夫、爸爸已经开始筹钱，目标是四十万，但我们在姐姐入院第二天就知道了，在四十万之前还有每天一万八千块的费用要支付，这一万八包括婴儿催熟针、姐姐输血浆，以及母体可能输入给婴儿的某些干预针剂，我们叫不上名字的一些进口药品。这一万八还不包括姐姐住隔离病房的住院费。

等到四月八号的剖腹日子到来，连一坐车就吐的妈妈也来到医院。姐姐全麻前，我、爸爸、妈妈和弟弟隔着玻璃跟姐姐见了面，姐姐戴着耳机跟我们说话向我们挥手。之后我和姐夫全身消毒后又穿上一次性隔离服进了隔离间，姐姐说："阿宝呢，想看看阿宝！"我说："阿宝给爸爸抱着，医生不给进来。"我那时用一款三星翻盖手机，用手机拍了阿宝的照片给姐姐看，姐姐说："长大了，像个大姑娘了。"我开玩笑说："还不到八个月，让你说得跟十八岁似的。还是你会看，我就看不出像大姑娘。"说完意识到什么，对姐姐笑。姐姐也笑："我真看到了阿宝大姑娘的样子。"我说："好吧好吧，你厉害！"姐姐身上肿得不行，像遇到危险时给自己充了气的河豚。才短短四天，好像比进来时胖了两百斤。姐姐握我的手，她的手也肿得不行，使不上力，我只好紧紧地握回她，然后合起她的一双手冲手心里假假地吹了"仙气"。我戴着口罩的，也戴了手套，倒是姐姐没戴口罩，光着手。她的手上我握过的地方留着我手的印痕。

"吹仙气"是小时候游戏时表示给对方加油的意思，朝姐姐吹完，我又告诉她，我会在手术室门口等着她，会一直等着她，到时一定要互相说"靓女，雷好啊，我好中意你"（陈慧娴一首歌里的对白，我们之前逗对方的时候常说）！姐姐笑了，喃喃地开口说起来，我说不能说不能说，现在还不能说。姐姐说："好久没讲广东话了，我练习一下。"我说："不行不行，练习也不能说出来。"说这话时我还想笑的，说完已哽咽，一下子就哭了。姐夫见我哭一把把我拉走，他可能都没意识到他使出了多大的力气，那力气有些粗暴，一下子就把我从他身前拉到了他身后。

姐夫跟姐姐说着什么，我抹了眼泪，再没有勇气过去跟姐姐说话，就踉跄出门。过了一道隔离门，是隔离仓的过道，一间间隔离室，都是玻璃的，里面都躺着人，有的有家人陪伴，有的孤苦伶仃。过道的另一头是大隔离间，分成两排，每间两人或三人。我知道走完过道出了大门，爸爸妈妈就在外面，我尽量走慢些，叫眼泪退回身体，然后乐观地对待父母和我快八个月的孩子。妈妈说："怎么肿成那个样子?"也不是问我，就是说她自己的心里话。爸爸说："那样子，不知道打了多少药水进去。"弟弟这年未满二十三岁，还有些愣头愣脑，说："是打药水打的吗?"爸爸说："明知道是打药水打的。不是打了药水，这只三四天工夫，什么病能成这样!"我们都不说话了。如果妈妈说话还是在心疼姐姐，爸爸这话就是愤怒了。但愤怒谁呢?

弟弟给阿宝买了个会唱歌的小熊，一按就唱歌，阿宝在啃小熊，可能啃到了开关，小熊一下子扭起屁股唱起歌来。小熊一唱歌，阿宝也"啊啊啊"，好像也在唱歌。我接过阿宝来抱，给她换口水巾，又检查她的纸尿裤有没有湿。一检查，原来阿宝拉过大便了，都干在屁股上了，还好不多，蛋黄样一坨。我想发脾气，想说阿宝拉了大便你们都不知道吗?但又忍了，或者爸爸妈妈真的不知道阿宝拉了大便，现在带孩子的方式和以前完全不一样了，现在的孩子都用纸尿裤，以前用尿布，屎尿一出，温度和味道就出来了，大人就感觉到了。但其实细细留意一些讯号，还是能知道，比如小孩子拉完屎尿会烦躁一下，或哭或闹。联想到阿宝现在多了一个玩具，或者她拉完大便闹了一会，大人以为她瞎闹气，弟弟去给她买了玩具就不闹了。

可是人啊，原来是越无聊时越发脾气，反而是危险与困顿时，会忍下一切，先要耐心地把紧要的事做完。面对手足无措的爸爸，面对无主见的妈妈，面对不成熟的弟弟，我突然意识到这个家我最"大"了，要顶住天塌立住地陷。可我是家里的老二啊，二三十年过来，我可有可无，没钱给孩子们交学费了，首先考虑辍学的是我。当然，比起姐姐，我学习太差了，而弟弟还小。

姐姐全麻后仍是只能由我和姐夫护送去手术间，全麻后的姐姐像睡着了，像个吃饱喝足的胖娃娃那样甜美地睡着了。

3

我们一家人等在手术室的专用电梯外，妈妈不停地说："云云，是在这儿等吗？你刚才是送到这里吗？手术室在电梯里吗？"以前妈妈问这种傻问题爸爸是要嫌弃妈妈的，会说，"瞎搅和，不懂不会等喽看，就知道张嘴问！"但这天爸爸没拿这种话说妈妈，也跟着一起问起来："云云，手术室不是应该有一个大门吗？"我说："是，手术室有一个大门的，大门进去还有小门。但是那一层不给外人进，他们做完手术从小门里推出来，还有一个大门，大门再出来就是电梯。这两部电梯都是手术楼层的专用电梯，在这儿等就等于在大门口等了。"爸爸说"喔"，背着手，又点点头，很郑重地表示懂了。

时间自然是正常过的，我们再焦急也不能加速时间，我们也都知道。相反的，我们希望时间不要太快，一是希望医生慢慢地、仔仔细细地给姐姐做手术，二是我们不想手术太早结束。我们的这点心思被妈妈对着墙自言自语道破："不着急，不着急，手术慢慢做，我们不着急。人没出来说明人还在，还在手术。"这时过去了五十分钟，比起继续等待下去，我们庆幸手术没有过早地结束。

　　在一楼的电梯口等待的不只我们一家人，很多人，扎着堆或站着或就地坐着。但不管是站着的还是坐着的，都盯着电梯数字显示屏看，小小的一块液晶显示屏难以计算出承载着多重的目光。只要数字一变，人们马上就会躁动，站着的移几步，坐地上的马上起来。出来的医生和护士穿着都一样，无法识别是不是推病人进去的那一个，但大家自有自己识别亲人的方式，无需人教，大家一致看车头，看布盖着的就不动。看没盖着布的就挤上去，直到识别那张脸不是自己能够识出的才作罢。这都是因为大家太着急了，一切动作赶在医生叫家属之前。其实只要稍稍耐心一点，等电梯门开，等车身全部出来调好方向，带头的医生就会叫出这床病人家属的名字。但是谁又能等待到那一刻呢？事实是医生不但叫出名字，还会叮嘱一番，叫家属陪着病床去到该去的地方，如门诊，如住院部，如殡仪楼。

　　最怕的场面是电梯一开门，病人是盖着脸的，然后等病床全部推出，调好方向，医生叫出这床的家属名字。那被叫到名字的人一定是大嚎一声，失重摔倒或颤抖哭泣。摔倒在地的还可能一下子挺直身子，任由其他的家人抬开不要挡着病床的路，然后这其中还要再挺身而出一个人随着病床而去。大家像要上台演出的老演员，一切的动作都无需谁来暗示和排练，每个人都能直接上场出演自己的那出戏，动作浑然天成。

我们家最先焦急起来的还是妈妈，不停地问进去多长时间了、多长时间了。我不想答。忙什么又回来的姐夫答过一次妈妈，一个小时了。爸爸本来绷着嘴专注地镇定着，听姐夫说话也看过来。姐夫说："你们放心，这个手术上面很关注，几家媒体都来了，他们会认真对待的。"爸爸反应很快，问："媒体是谁？"姐夫说："报纸的、电视的。"爸爸问："他们来能帮上平平手术什么忙？"姐夫说："不能说能帮上什么忙。越多人关心这例手术，他们就越会重视，他们越重视，平平不就越有好的可能嘛！""喔"，听应和声，好像妈妈也听懂什么了。从姐姐检验出结果至现在半个来月，姐夫没少跟医生交流，姐夫现在说话都在使用专业术语了。他说"这例手术"。

姐夫进一步解释："这家医院第一次给平平这样患再生障碍性贫血的产妇做剖腹产手术，引来几家医院的专家会诊，所以平平的手术成败不光是咱们几个人在乎，除咱们几个人之外，还有医院，还有再障专科和妇产专科、新生儿专科，乃至整个医术界都在关注。所以，爸爸妈妈，你们现在放心了吧，平平剖腹产这一环是不会出大问题的。

咱们选择这个方案还是选对了的!"姐夫是激动了,强调地说:"至少在这个环节上大人小孩子都不会出大问题的。现在媒体都等在系主任办公室外面呢。"这节骨眼上我们没心思跟姐夫较真,若真较真起来,这个方案不能算"咱"选的,两个方案出来,我们并没有参与抉择。我们只是"听到"了这个方案而已。

爸爸看着姐夫说完"吭吭"几声哭了,显然他之前一直吞着一口气,这时人一放松那口气跑出来了,呛到了他。妈妈说:"这是好事啊,你老头子怎么哭了?"弟弟也说:"是好事!"我的注意力多少被怀里抱着的孩子转移了些,并没有爸爸激动。可能旁观者清,觉得姐夫身上有万事一身轻、提前卸过包袱的感觉。他说的大家都很重视姐姐这例手术的好消息并没有让我多在意,但他这"提前卸包袱"的轻松感惹恼了我,于是我冲他说:"别高兴太早,我姐可是还在手术室没出来呢!"我这么一说,爸爸又不哭了,使劲地憋回眼泪。他的眼泪好像是专门为了迎接喜事的,既然还说不准,那就再等等,不能浪费了。

一小时过去,一小时十分过去,一小时十五分过去,一小时二十分过去,一小时二十五分过去,这时,妈妈注意到已经有第二个护士拿着血浆叫大家让出路来,直冲电梯里的人递去。妈妈一说,电梯关门的瞬间,我和弟弟都看到血浆是长包的不是短包的。是两包,不是一包。我跟弟弟相互望。弟弟的脸比平时长。弟弟用左手摩擦右胳膊上次抽血的地方。我们再往姐夫脸上看,姐夫的脸也很长。

一小时五十三分，一小时五十四分。自从过了一小时五十分我们再也等不下去了，一分一分互相报时。主要是我报给弟弟，弟弟报给我，爸爸凑过头来听，妈妈也凑过头来听。这期间姐夫不见了，不知道去了哪里。

两小时七分，姐夫回来了，说："好事好事，手术完了，平平马上就出来了！"我们都没心思相信他，盯着电梯门看。一个包着头的五大三粗的男人从一个电梯推出来之后，医生还在交代家属，另一个电梯门打开，姐姐出来了。虽然等了这么久，但我们都还没做好准备，听医生叫姐夫的名字，我们才想到这次出来的是姐姐，大喘一口气。姐夫被交代签完字马上去新生儿科领孩子送去保温室。剩下的我们跟随姐姐的病床去重症室。一个护士还说，不要跟这么多人，一个就好了。弟弟怯场，说："二姐你去！"我把阿宝转手给他，马上跟着过去。

穿过一个长长的走廊，医生走得很快，两个护士也走得很快，我只好很快地跟着。姐姐鼻和口插着管子，戴着氧气罩，不是亲人真认不出谁是谁来。我想摸一下她，两边有护士，我只好摸了摸姐姐盖得严实的脚和腿。姐姐身上的被子盖得太厚，几乎摸不出哪是她的身体，可是我还是相信自己摸到了她的脚。还好我知道，全身麻醉的人怕冷，保温是很重要的事情。我还想再看清楚点什么，已经到了重症室门口，我被拒在门外，凡进去的都需要消毒检测后才能进去。我本来不知道接下来要干什么，爸爸妈妈和弟弟赶到，问我姐姐是不是进去了，我说是，他们又问我接下来干什么，我说，等着，会有人出来叫家属的。然而其实直到这时我也不知道作为家属的我们接下来要干什么。我们一时无趣地等着，一直等着，等了太久太久姐夫才来，才办好孩子的住院手续。孩子已做过新生儿的各项检查，为了等肺更进一步成熟，还要在温室里待五天，到时没事就可以先出院。我们谁也没问有事了怎么办。这一刻我们不关心孩子，我们的希望还在姐姐身上。

孩子在温室里，姐姐在重症室，姐夫出去接受媒体的采访。这一天，很漫长，又很快地过去了。

当什么事都干不了的时候，只有等待。当等待里只能等待的时候，人就无趣了，要找点什么事打发时间。妈妈说："插那么多管子。"她也不是问谁，就是自己这么说。爸爸也说："是插那么多管子。"又不像是回答妈妈，也不过是自己这么说。"人没一点动静。"妈妈说。"做全麻都那样，人什么也不知道。"我回。我不想他们猜来猜去的，我希望大家省点力气。

"那你说话了我就还是问问你，你说，你姐是有知觉的还是没知觉的？"爸爸问。

"没有知觉。说了全麻。"我回。

"你可能不理解我的意思。我的意思是你姐她现在到底是个什么情况？是全麻那样的，还是不是麻的也是那样的？"爸爸又说。

我看爸爸一眼，说："你看你问题都不会问。你是想说你理解全麻的人是什么也不知道的，但全麻过了人会是什么情况吧？"

"对对。"爸爸说。

"谁也说不准，至少这会儿是因为全麻没有知觉。"我说。

"那你去找医生问问什么情况嘛！"妈妈说。

"没用。一是没有跟医生约找不到医生的，不接待。二是，医生要找家属首先是找姐夫不是找我们。我们不是第一家属。"我说。

"真是奇了怪了，我们生的养的还不如他一个外姓的。"妈妈说。

"胡说什么，这个时候哪是发牢骚的时候！"爸爸喝止妈妈。

窗外天黑了，阿宝在婴儿车里醒来，要吃的。我们才想起我们中午饭也没有吃。我给阿宝准备奶粉，弟弟去接热水，冷热各半，冲好奶粉给阿宝喝着，推着她我们出去医院找吃的。

五块钱一个盒饭我们都嫌贵。弟弟这时机灵了，说饭是免费加的，于是我们四个大人要了两个盒饭，撕下盒盖又找人要了两份饭。

晚饭后很晚了，才见到姐夫。他叫弟弟留下，叫我带爸爸妈妈回家。他让我打车，妈妈不舍得，爸爸想了想说，还有阿宝呢，打车阿宝舒服。于是我们拦了一辆的士从苏州市第一人民医院打车回了项城区。

第二天姐姐没醒，但报纸出来了，报纸上说外来务工者陈平平是一位再障孕妇，昨天在苏州市第一人民医院成功剖腹产出一名健康女婴，目前母女二人平安。报纸上配的照片是姐姐上手术台未全麻之前的样子。身上穿的不是病号服，是粉蓝色的孕妇裙，耳朵上挂着长发，手脸都是肿的，但一双眼炯炯有神地看着谁，看样子对明天充满了希望。

　　我们看完报纸放心了许多，妈妈把姐姐的照片剪了下来收着。但第二天直到中午姐姐仍没有醒来。

　　很意外的，晚上我们开电视，新闻上正在播姐夫的采访，姐夫神采飞扬地向记者报喜说母女平安。我们看着姐夫那个样子觉得过了，再母女平安，姐姐还没醒呢，没醒算什么平安！随着一段对医学专业方面的报道之后，镜头对准了医生，然后是姐姐。我说：“快看，是姐姐。是醒来后的姐姐。”姐姐还是戴着氧气面罩，无力地动了动手。我忙打电话给弟弟，弟弟说他也是在看电视，他也不知道姐姐什么时间醒的。我又给姐夫打电话，姐夫仍是激动地说：“是的，是的，平平醒了，下午醒的，还不能说话。”听声音他周围乱哄哄的。

　　“谢谢菩萨谢谢菩萨！”妈妈嘴里念叨着，也不管朝着的是哪个方向跪地就磕头。

　　至于什么时候醒的，醒了为什么不给我们报喜，一时我们都不想追问和计较。爸爸听了就去房间睡去了。妈妈说：“他去哭去了。”爸爸这么爱哭我长这么大还真不知道。

4

大家一时忙碌起来，爸爸买菜，妈妈负责给姐姐煮饭，弟弟专门送饭，我检查姐姐给孩子准备的衣物，刷洗晾晒，等着孩子回家。

姐姐在慢慢恢复。能动了。能坐了。能吃流食了。想吃薄面条了。妈妈听了姐姐想吃面条热泪盈眶，本来坐着，即刻起身，要去厨房。

姐姐和姐夫给孩子取了大名，这一出生就经历了人生大劫，自然是合了八字取了个压得住命的好名字。但我跟爸爸妈妈还是不想因为每每开口叫这个孩子的大名就想起还在隔离室的姐姐，我们私下叫她小蜻蜓。爸爸妈妈自是不会先起这个意，是我几次叫了他们才跟随。说起来这也是姐姐曾经想要给孩子取的乳名，她跟妈妈散步，看见蜻蜓，说蜻蜓真好啊，多高多矮都能到，一条沟也能一下子飞过去。她站在那里不走看成群的蜻蜓，说要是女孩就叫蜻蜓。妈妈当时还打她的罢，说："不要老想着女孩女孩的，娘想什么就会是什么，你总想女孩女孩的，到时就真生个女孩。"姐姐说："女孩有什么不好。我们就喜欢女孩。"妈妈带着她的老思想说："你能做得了一家人的主？"姐姐嗔妈妈："什么一家人一家人的，我们一家人除了我不就是他，到现在了你们还对他有意见。"妈妈不肯认姐姐的说法："我又没文化，又不知道话咋说，习惯上不都是这么说话吗？你不高兴了我怎么都说不得。这出来还好好的，咋才一句话你又怼硌我。"姐姐听妈妈这么说才和气地说："现在不是你们那一代，现在的人男孩女孩都好。"妈妈在讲述这些时，我能想象的场面是：姐姐任性了，妈妈委屈不吭声了。

接小蜻蜓出院的那天，我去见姐姐，她好起来了，人瘦了一百斤的样子。我见姐姐的样子很高兴，说："雷好啊，靓女，我好中意你嘅。"

姐姐笑，说："疯妮子。"

我说："你说一遍。"

姐姐流泪了，说："我说不好，舌头肿的。"

我光顾高兴了，她这么说我才留意她说话声音含混，发音像咬着舌头说的话，等了解了知道是舌头上肿了一块。我说："没事没事，不就是舌头肿了，你好好养着，消炎就好了。"

我们黏黏糊糊嘻嘻哈哈地聊了几分钟，没一句重要的话，却字字句句情深意切。护士催促我走，要消毒了。我说："姐我走了哈，你要什么打电话给我，我给你买。"

姐姐说："月亮。"

我说："给你摘。"

不能拥抱。我们握手。又挥手。又挥手。我走出去了，姐姐贴着玻璃挥，我几乎是倒退着走出隔离室。我不能忘记，姐姐把手贴在玻璃上朝我挥手的样子。

姐夫给姐姐买了 MP3 听歌。

我一路上想，姐姐为什么不提见孩子的事？说话间我们几次差点就说到这个问题了，有一句还明确说到今天孩子出院，我来接孩子的。我们也都没提上次她陪我产后出院的情景，那时还有金平和她的儿子小兔子，小兔子总要看阿宝的小手小脚。此时此景，难道不应该谈一谈过去相同的往事吗？姐姐逃避了。我也逃避了。

　　弟弟护送我和蜻蜓回了家，爸爸妈妈问姐姐怎么样，我说很好，电视还会放她，我们留意这几天的新闻就好了。

　　当晚我们就看了电视新闻做后续的报道，首先是一个近镜头，姐姐给大家挥手，然后镜头拉远，姐夫进到镜头里，端碗喂姐姐吃饭。最后是姐夫的个人镜头，告诉媒体喂姐姐吃的是我妈妈做的鸡汤薄面条，半流食，有营养，易消化。姐夫很会面对媒体了，说面食是平平从小就爱吃的食物，出来打工多少年，这次生病才又吃到妈妈亲手做的这么好吃的薄面条。

　　妈妈听了不高兴，转头冲着我说："哪是这次生病才又吃到，别说是你姐姐吃多少回了，光他也没少吃！"

　　我安慰妈妈："他这不是跟记者面前摘好听的说吗？你计较这个做什么。"

　　妈妈明白过来什么一样，说："是啊，我这是怎么啦，我孩子好好的就好，他想怎么说怎么说。是我老不中用了，不知道哪跟哪了。"我知道妈妈这时说的"孩子"是指姐姐。

我们看完关于姐姐的新闻没心思看其他的,妈妈说:"还是报纸好,报纸能把照片剪下来。人搁电视上放,电视一关,人也没有了。"

爸爸说:"不懂还爱瞎胡说。人怎么没有了,人还是那个人,是拍人的录像没有了。"

妈妈不敢接话,生闷气。爸爸也可能觉得妈妈那么说没什么,反而是他这么一解释更不好。然后又听爸爸悠悠地说:"怎么把头剃了?"

我这时才看爸爸,一诧,爸爸太严肃了。我也没问为什么不能剃头,忙搜刮肚子里的好话:"她在里面不方便,又怕感染,剃了好打理吧。"

爸爸不接话。看他的样子正要找个什么事做,小蜻蜓哭了,他也忙着去,我也忙着去。两个孩子睡一个屋里,小蜻蜓一哭,阿宝也醒了。我自然要去抱蜻蜓,爸爸抱阿宝。但是阿宝不愿意姥爷抱她,躺着直摆手,叫"买买,买买"。阿宝还发不清"妈妈"的音,发"买买"的音这是在叫我,我只好又来抱阿宝。阿宝八个来月,什么还不懂,却又有占有的本能。她看我抱过蜻蜓,用手拍蜻蜓,我只好让爸爸把蜻蜓抱开,给阿宝弄水喝。等她喝好,啃着手指饼才肯叫姥爷抱走,我这时才看蜻蜓。蜻蜓拉了黑色的大便。这孩子不幸,一出生肺不成熟又被什么感染,在医院五天医护只给输液并未开奶,食道还未打开,直到我接回家才开一次奶,这黑色大便还是胎便。为什么是黑色的呢?看孩子并无哪里不适,我给她处理好大便,又喂了一次奶粉。出生后未开过奶的孩子，错过吸吮的本能，这时连奶嘴都不会吸，要很巧妙地压一压她的舌头才知道往里面吸。压的这个动作做不好，往往第一口就呛到孩子了。蜻蜓第一次自然是呛着了，所以第二次我特别小心，先用空奶嘴给她吸了，才换有奶的奶嘴。蜻蜓仍是吃得很少，但看她的状态是好的，也就放心许多。

第一夜自然是不敢睡的，蜻蜓睡她的婴儿床，阿宝跟我睡熟后把她抱到了妈妈床上，爸爸在客厅打了地铺，我一有动静他就开灯等着，看是不是要热水什么的。阿宝起了一次夜，换了纸尿裤又睡了，这一夜睡得最好的数阿宝。

第二天天气好，蜻蜓熟睡。嘤嘤小哭是饿，喂饱抱抱就好。大哭是屎尿，给她换干净了也是很乖。倒是阿宝反应过来了什么一样，发现我总抱一个婴儿，有些无缘无故的烦躁。本来跟爸爸玩得好好的，突然就叫"买买，买买"哭起来。爸爸很会哄孩子，不停地逗她笑转移她的注意力，教她说"妹妹"。阿宝自然还不会说"妹妹"，她现在高兴时发的声音是"bababa"，要我时才发"买买"的声。我妈妈总说她在叫"爸爸"，要教她叫"妈妈"。我总要更正妈妈阿宝不是叫爸爸，她只是高兴起来喜欢发"bababa"的音而已。爸爸怀里抱着蜻蜓，眼里看着阿宝，人还是很高兴的，也会逗趣说："你妈想听阿宝叫她姥姥。"我一笑，也浑身一轻松，于是也半玩笑说："那姥姥还有得等喽，要明年喽！"妈妈也开玩笑，说："还说我，你还不是想听阿宝叫姥爷。"我说："都急不了，也都跑不了，到时候两个一起叫，吵得姥爷姥姥不安生，到时候又要拿棍子赶扁嘴子一样赶开的。"

好像我不小心又说错什么了，一时都不吭声。

妈妈半天接茬说："我不舍得。"

我想，妈妈你哪里会不舍得呢，我可是挨过妈妈很多打的，抓住什么就狠狠地往我身上抽。可这话我这时怎么能说？搁平常聊天，回望从前，这话我可是能对妈妈说得出口的，我还会拉起一侧衣襟给妈妈看，"您看，您当时就用柳条子抽我这里，起一串包。"

5

隔离仓内有个护士站。姐姐用护士站的电话告诉我一件事，这时我还能听清她讲什么，只是觉得她气短。我想，气短跟舌头的肿块关系可能不大，但我不能跟姐姐聊这个想法。听她说完话，我转移话题告诉姐姐听说她喜欢蜻蜓，我们在家都叫孩子小蜻蜓。还强调说我跟爸爸妈妈都很喜欢小蜻蜓，现在我带着她，觉得跟自己生了老二一样，带起来顺心顺手的。我还说蜻蜓像她，偶尔睁一下眼睛，眼珠黑黑的，可好看了。我讲这个话的时候，姐姐没有插话，能感觉到她静静地听着。然后她理解了我要表达的意思，我们私下给她的孩子取了乳名。姐姐说："叫蜻蜓好，我也想要是女孩就叫蜻蜓。你知道傍晚时蜻蜓一群一群地飞的样子吗？可好看了。那个时候，我就很羡慕蜻蜓，多高的地方多低的地方都能飞，一条沟一下子也能飞过去。云云，我跟你说实话，我还不想见，我想给自己留个念想，有个心劲。妈妈不是总爱说做事要有个心劲才能做得好嘛，我现在理解了妈妈的话，我也要有个心劲把这病治好。"

我说："我懂，你放心，我会好好带她，把她好好地交给你。我真觉得像我生的老二一样，我都想阿宝快快长大，跟我一起带蜻蜓妹妹了。"

姐姐说："我知道了。我要挂电话了，不然护士要批评我了。对喔，别告诉你姐夫我申请打电话的事。"

我说："我知道。我不说。"

姐姐跟我说的一件事是："小云，你知道吗？我没子宫了。"

我说："我知道。我也签了字。"

姐姐说："喔，你知道啊！"半晌，姐姐又说，"是觉得身体里少了一样东西，没着没落的那种感觉，你知道这种感觉的吧？不过，也没什么，我怀过孩子了，以后不生孩子不是我的问题了，是我没有子宫了。"

我说："我知道你的想法。"

姐姐说："你可别跟爸爸妈妈说。"

我说："我不跟爸爸妈妈说。你的事都是我跟姐夫签名，爸爸妈妈不知道。"

姐姐说："那就好。"

我说："你的手机还没带进去用吗？你说话舌头疼，可以给我发信息。"

姐姐说："我跟你姐夫说了，他说手机要送医院检查，还要消毒才会给我用。给我用了也要每天送去消毒。你知道吗？我用什么东西都要消毒了才能用，书也要消了毒才能看，电视遥控器也要消了毒才给用。我跟你说，你们给我洗过的内衣，都要消毒了才给我用。好玩吧？"姐姐笑。

我说："不太好玩。但消毒了好，我希望每一样东西都认真消过毒了再给你用。"我没告诉姐姐，我们专门买了一个大煮锅给她煮衣服。她用的什么东西洗干净了再煮过才晾晒。

姐姐说："好吧。听你们的。"

我说："一个人很无聊吧？"

姐姐说："还好。我现在还在产后恢复期，一天要睡很多觉。但你知道吗？我现在每天都输一包别人的血，我觉得身体都不是我的了，怪怪的。"

我说："别胡想八想，生病了，身体怪怪的很正常，跟输别人的血没关系，是生病的身体它不舒服，在告诉你要好好休息。平时感冒了都觉得头重脚轻呢，更何况你还刚生了孩子！"

姐姐说："不是生的，是剖腹的。对喔，我还刚剖腹出来一个孩子，所以觉得身体里空得没着没落的。我真是傻了。"我插话说："一孕笨三年！"

"好啦，我想通了，别担心我。代我感谢爸爸妈妈，也感谢弟弟要给我捐骨髓干细胞。"

我说:"汽醒(广东话神经病的意思)。要你感谢!"

姐姐说:"那我挂啦!护士来了,要催我回去了。"

我说:"好。你回去吧。"

其实我并不确信她觉得身体怪怪的跟输别人的血有没有关系。

其实我也感觉到了,姐姐对病情非常看好,她都在想移植的事了。

其实我也感觉到了,姐姐心里充满了恐惧,以至她讲话都是怪怪的,跟平时很不一样,丢了魂一样。

姐姐舌头肿块还未全消,肺部又感染了。本来我们准备移植的钱还没有准备齐,又要在她剖腹产手术和蜻蜓住保温室上先花去一笔。刚花过那一笔,又花舌头消炎和肺部感染的一笔,一笔一笔,四十万目前还没筹齐已花去了二十几万。我们一家人已经在为钱焦急了。但不管怎样我们都要准备好移植的钱。之前姐姐剖腹,我已经给姐夫转了九万块钱,心里估算着还能再凑多少出来,如何向先生开口。

姐夫的妈妈来了。这是我的失误,我提出等蜻蜓满月了把蜻蜓带走一起带,因为我家有保姆,而我又刚生过孩子有经验。可以让我妈妈跟我一起走,也可以让我妈妈留下来给姐姐煮饭。我说妈妈跟不跟我走不重要,重要的是我把孩子带走,让你们专心照顾姐姐,姐姐接下来要有一个漫长的治疗。

姐夫起先不出声,后来转开话题也没说几句就走了。聊天后,两天不到他的妈妈就来了,蜻蜓的奶奶。

　　蜻蜓奶奶来了之后,姐姐家更住不下了。我还没跟姐夫讲妥蜻蜓的事,爸爸说他回去借钱,让妈妈留下来帮手,让弟弟留下来送饭。这时我还不太明确姐夫叫蜻蜓奶奶过来的目的。

　　蜻蜓出院一周,我觉得有必要给孩子洗个澡了,姐夫让孩子奶奶学着洗,我也没多想,由着奶奶在一边看着。小小的蜻蜓,剖出来五斤一两,在保温室只输液瘦下去很多,即使喂食奶粉一周,好像还是没能长回到出生的样子,现在是比生下来还要瘦的感觉。我把她的衣服全部脱下慢慢浸在温水里看着她瘦弱的样子,心里难过得不得了。这么瘦,耻骨凸露,高于大腿,让人不由联想到人类最早的祖先鸟类。这么说真是不尊重这个孩子,但我真的很难过很心疼。

　　蜻蜓嘤嘤地哭,我知道她是因为身上除去了包裹感到没有依着而恐惧,我把她整个依托在我的手臂上,把她的头放入我的臂弯。因为这个姿势抱她,我的衣服迅速浸湿了,孩子奶奶讲普通话夹杂着方言,说小孩子不怕的不怕的,放下去洗就好。这位奶奶明显是粗鲁的,我心里生满了嫌弃,但碍于是亲家没有表现出来。最后变成她说她的,我做我的。全程也就七八分钟的时间,我把孩子洗好简易包裹起来抱去调好温度的房间,给她全身按摩舒展,这个弱小的孩子竟是十分喜欢抚摸的,高兴起来一阵一阵地蹬腿。当我把手掌挡着她的一双小脚让她使力时，很意外的，她把自己朝头的方向蹬了出去。见她腿上有力，我心里这才一阵喜悦，对这个看着瘦弱的小生命放心下来。

孩子奶奶这天起主动要学着给孩子换纸尿裤、喂奶，我也都让她做了。比起我妈妈，孩子奶奶做事是很干脆利落的，换纸尿裤一抬一颠一拉一裹就好了。我说孩子大便了要用湿纸巾擦拭干净，她说："干净了，干净了。"我说孩子喝完奶要竖着拍个嗝再放小床上，她说："拍过了，拍过了。"

在蜻蜓出生第三周、出院第二周里，蜻蜓奶奶什么都熟手了，她带着蜻蜓睡去姐姐的卧室，蜻蜓的小床也搬了过去。她多数时间讲方言，她做这一切没有跟任何人说，只是那么去做。她也不要谁搭手挪移东西，很快就把事做好了。姐夫偶尔回来也休息在那个卧室，蜻蜓奶奶还是疼她的儿子，主动睡在地上。

妈妈在厨房煮饭时没忍住跟我说："谁哩蛋谁搂，一窝是一窝。"

我小声说："说什么呢，你那是说母鸡。"

妈妈说："你都看着了，你说是不是这个理？"

我说："是这个理，你什么都别管，你就煮你的饭，叫你煮什么你就煮什么。"

第四周孩子不用我洗澡了。这是一个不好的信号，我去找姐夫商量还是我把蜻蜓抱走，姐夫说："你姐生这么重的病，孩子是个指望，你把她抱走，你叫我回到家看什么？家里没个孩子，家还是个家吗，我还回家做什么？"

我说："你不是刚好全心全意地陪着姐姐吗？她肺部感染一好就要做移植，得多少事情让你操心啊！这么多的事情难道还不够你忙的吗？你把寄望不是放在跟医生沟通治疗上，不是主动寻找最合适的医治方案，而是放在孩子身上，听起来多让人寒心啊！再说这个家先是你和姐姐的家，不是没有孩子就不是你们的家！"

姐夫愤怒地说："无理取闹！小人之心！平平是你姐姐，也是我老婆，我当然希望她好，可是孩子是我们的孩子，我为什么不可以寄望孩子给我带来安慰？你姐治病有医院有医生就好了，我们要信任医院信任医生，他们也想治好每一个病人，治好了是他们的荣耀，治不好于他们又有什么好处？我一个外行，我再怎么去努力了解怎么可能比医生更专业！"

我们的情绪都来得猛烈，我痛哭，他说的都对，可我的心却阵阵寒凉。从那时起我就觉得他在放弃，或他在卸压，但他不知道，也不愿体察，他在一次一次转移方向却不去面对。我们各自站在自己的立场上不能和解。

我在一个探望时间去看姐姐，告诉她好好配合治疗，姐夫、我、爸爸分别筹钱，会让她在治疗好肺部感染后有钱移植的。姐姐敏感得不得了，说："你要走了吗？"

我说："是。我回去筹钱。"

姐姐说："爸爸走了吗？"

我说："是，爸爸回去了。叫我见着你了再告诉你，叫你好好治。"

姐姐说："爸爸生我的气吗？"

我说："又瞎说，父母能生孩子什么气，过了就过了。"我知道姐姐指什么。

姐姐说："我终究还是让爸爸失望了。我终究还是伤了爸爸的心。"

我说："不要说这话。孩子能伤父母什么心，等你好了，等姐夫的公司好了，爸爸还要享你的福呢！"

姐姐说："是，我还没开始享福呢，爸爸妈妈还没有开始享我的福呢！"

我说："我的小福，爸爸妈妈又不愿享，就等着享你的大福！"我调侃地笑。

姐姐说："傻子。"姐姐说："你姐夫的公司还好吗？"

我说："不知道呢，他现在全部的精力肯定要放在你的治疗上，他是你的第一家属，医院会诊、医生抉择都要找他商量才能决定。我作为娘家人也只是作为代表签个字。但我有次听到一句他打电话说公司全部交给合伙人在管，非大事他不去公司了。"

姐姐说："我不好，公司刚运作起来我就来拖他后腿。"

我说："对啊，你不好，他追你七年，再不好，也是他努力追到手的，没有谁会同意他有怨言。"我使个坏笑。

姐姐头发长出来了，头皮一层黑黑的。我把姐姐的双手合在她的胸前，我说："像个好看的小和尚。"

姐姐说:"别,我可不想做'仪琳'。"姐姐这么一说,本来我们一起经过的岁月沉去多年,这时一下子又起来了。我们一起逛街,一起做饭,一起做家务,一起看电影,煲电视剧。除了童年,出来打工后我们携同生活了五年,一时历历在目。

这次告别是轻松的,可能跟她在里面的生活充实起来有关。她有手机了,每天也能看书看电视。她的窗外是一片草坪,虽不能吹初夏的风,但景色与阳光她是能随时欣赏的。她也知道弟弟已经在分批次抽血,已经抽了两次了,再抽一次储备够提取骨髓干细胞的血浆,随时可以移植。但这时我不知道没有马上移植并不是在等足够的血浆,而是医院犹豫了。这是后话。后来我们没有再聊起移植费用四十万的事情,姐姐是有意回避了,她知道说什么都没有用。她只知道,她要移植的心是坚定的。她不想死。在绝望和乐观面前,她意愿上选择乐观来对待她的这场灾难。她从不明确说出她得了什么病,从不明确叫出这个病的名称,她就说,"我这个病",好像在说咳嗽、感冒。

6

爸爸回到家后我给他打过电话,问他能筹到多少。这问题很残酷,五十多岁,家里只剩几堵墙和两亩土地的老农民还能有多少钱?早在二〇〇三年,父母变卖了所有家当，拿着存款三万二千块钱跟姐姐到深圳交给姐姐，之后爸爸妈妈再无收入。姐姐怕爸爸生她的气这事，还不是说二〇〇三年的事，比这更早。

姐姐一九七七年三月生人，是村里第一个女孩子中考考出去读了省中专的人。在姐姐之前村里不是没有女孩子能考上学，而是多数女孩子小学不毕业就被迫下学了。70、80年代出生的孩子读书阶段还没有义务教育之说，一个小孩子从读一年级起就需要交学费，就需要交材料费。当时的农村还很贫穷，并不是每个家庭都能供上孩子读书。姐姐懂事太早，很小的时候就知道读书好，知道农村的孩子只有读书好才有出息，所以她小学时的目标就是读大学，去北京读。小学、初中，姐姐如愿一路上来，到了中考姐姐要考高中将来考大学，爸爸这时出来打了罢，叫姐姐选择中专。爸爸的理由是，下面还有一个弟弟在读小学，要她早点出来工作好供弟弟往上读。这是生为农村人一出生就加入的一场接力赛，棍棒交到你手里了你就得接着跑。而我在这个游戏中早早出局，既不接谁的棍棒，也不用把棍棒传下去。我的例子对姐姐是个警醒，她知道这场接力赛的游戏规则的残酷性在哪。

除此之外，姐姐也懂得的更多。爸爸在村里为人和善，大小事处处忍让，心气高是高在暗处，她知道爸爸要破个例，不但要让女孩读书，让女孩子考上学，还要把三个孩子都供上去。这可能是他没读够书嫁接给子女的理想，也可能是因为他比别人稍有些文化的目光看到的远景。反正他是暗暗地较劲的一个人，要在某一处比别人强的。这个心思就是平时对我也不显露，什么时候生气了，把棍子打在我身上时才会听到他说："你不读书能有什么出息？你不好好学习将来怎么能考上学？你一天玩，你这样下去，别说中考考不上，就连初中你都考不上，你连初中都考不上你就只能出牛力气种地。"我当时年少，顶撞他说："种地就种地，种地有什么不好，我有的是力气。"可能是我这样回复爸爸让爸爸绝望了，看出了我的劣根，小学考初中没考上好学校，爸爸也不理我。第二年，一九九二年，来我们初中实习的大学生老师集体罢课，而学费又大涨，当我又一次被爸爸说学习不好就不要上学了的时候，干脆下了学去田间干活。大学生不愿意实习后留在农村，民办教师工资不上涨，大学生老师、民办老师工资两重天，于是就各罢各的工。

姐姐凭着一股心劲在老师长达两年的罢工潮下还是考上了中专，虽是很不情愿地去合肥读医校，终究还是顺从了爸爸的意思，因为这是她早就懂得的游戏规则。姐姐毕业后刚拿工资不久，不想一辈子做护士，偷偷拿着姐夫的信到了深圳找姐夫。在初到深圳的两年姐姐是瞒着爸爸妈妈说她在这边做护士的，其实没做多久就转行了，她鼻子敏感，闻不了药水味，打了几份散工后在家赋闲。二〇〇〇年上下，姐夫在的富士康工业园还是偏僻的乡下，别说进城，就是工业园区到村庄都要走很远的路，也没有公交。因为姐姐的到来，姐夫从宿舍搬出来在外租了房子，姐姐就随姐夫长达三年的时间住在一个村子里。姐姐这样赋闲有一天被爸爸知道了，爸爸很生气，觉得姐姐真是太不上进了。随着富士康园区壮大，周边发展起来，新盖的房子成倍增长，还不等外墙建好就被租完了。村子越建越大，两个遥远的村子各自膨胀后连成一片，暂住人口从十几万一下子增长到几十万。这数字一点也不夸张。不管是从人口数量还是繁荣程度，一个村庄比老家的县城还要发达和热闹。姐姐终于闲不住了，想着开个超市，刚好一个机遇到来，她认识的一个朋友嫁给了本地人，新盖了一栋楼，把一楼租给了姐姐。但姐姐一个人又忙不过来，就叫来爸爸妈妈帮手。爸爸这时还在壮年，想趁余力拼一拼人生，就变卖了家里所有值钱的东西来到深圳，跟姐姐一起开了一家超市。

二〇〇三年春天至二〇〇五年冬天的两年多的时间里，超市经营还好，三个人一起做事也刚刚合适，妈妈煮饭，爸爸守店，姐姐进货和管理货架。爸爸还学会了用电脑收银，这对他来说还是很稀罕的事。那几年手机还不甚普及，超市除了卖杂货还装了十几台电话，每到下班时间，电话亭前排着队的人要打电话。超市加电话亭一起，三个人大钱没赚，小钱也赚了少许，爸爸妈妈还是很满意的。但他们长期相处，矛盾难免处处显露，父女之间、母女之间因着什么少不了伤了和气。又恰这时苏州工业园像早年的深圳一样，一个个兴起，姐夫的一个徒弟到了苏州创业，拉拢姐夫合伙。姐夫见徒弟一个个都自己出去闯天下了，也想趁好时机开工厂当老板。二〇〇五年的初冬酝酿的事，第二年开年，等姐夫办完离职，姐姐把超市也转让出去了，准备一起去苏州。在姐姐和姐夫的计划里，并没有要马上带上爸爸妈妈，他们当时的言辞是他们先去苏州，等他们稳定了再让爸爸妈妈过去。也许爸爸妈妈想过留下超市，由他们老两口经营，不知是没有正式开口说出来，还是姐姐姐夫要挪腾钱的原因没能让他们如愿。父母与姐姐的矛盾再一次升级，终于从鸡零狗碎的小事落到关超市这个爆发点上。

我二〇〇五年秋结婚，刚过上新婚夫妻的小日子不到俩月，姐姐姐夫那边一走，妈妈就到了我家。爸爸负气要出去打工，等找了两份工并不如意，发现这并不是一个凭他的乡村经验能拼搏的世界时，非常气馁地回了老家。爸爸刚回去不久，妈妈在我家也住不住了，也回了老家。至于爸爸为什么不随同妈妈一起到我家是他心里有结，他不愿意我也不勉强，毕竟那时我并无要负担起照料爸爸妈妈的意识。可能爸爸妈妈的意识也跟我一样，姐姐因为读书用了家里不少钱，姐姐有责任给他们养老。事实也是，我早早下了学，弟弟还小，爸爸妈妈面朝黄土背朝天辛辛苦苦赚了点钱都供她去省城上学了。

妈妈走前告诉我，姐姐和姐夫把超市转了没给他们一分钱，爸爸身上的两千块钱还是那一年来深圳时带来的。当时爸爸留了个小心眼，给了姐姐整数三万，私自留了两千。爸爸就是揣着这两千块钱又回到了一无所有的老家。

连被子都是从深圳背回去的。等妈妈从我家回到爸爸身边，他们的两千块钱已花得差不多了，修屋补漏，砌灶添锅，没一样是不需要钱的。这一切刚添置完不到一年，他们就又因为姐姐怀孕去了苏州。

7

当时，姐姐姐夫不但带走了超市的转让款，带走了爸爸妈妈的三万块钱，还从我这里借了六万，说是给我股份。

姐夫到了苏州并没有跟他的徒弟合伙，姐姐也不知他们怎么谈的，总之是没有在他徒弟原来的公司入股这事上谈好，而是另立了自己的公司。从二〇〇六年的五月他们成立公司到二〇〇七年的四月姐姐产检时查出绝症，刚刚好一年的时间里，姐夫的工厂除了帮别人做尾单，大约自己接了三个单，两个才做完，一个回了款，另一单还未回款，第三单还在加工中。十几台机器的小工厂，除了姐夫，还有一个管理人员，听说过来工作后，入了五万的股份。姐姐这一生病，姐夫这一忙碌，工厂的所有事情都交了这个小股东处理。姐夫跟小股东商议，从公司拿出尽可能拿出的钱给姐姐治病，在给姐姐治病花钱这事上不能让人说闲话。如果这时小股东要追持股比例是最好的时机，所以小股东又注入了十万块钱。这样一来，两人几乎平股，姐夫加上我的六万块钱份额稍高一点，但他已无可能再从公司抽出一分钱了，包括第三单回款，不然他就占不住有利的份额了。姐夫从公司到底拿出多少我始终未知。

好在姐夫是个生意人，知道变通，他找到之前几家采访过他的媒体说他没钱给我姐姐治病了，而姐姐急需移植，希望通过媒体向爱心人士借款。凡借款者，他可以把公司股份给他，也可以日后加倍偿还。但是他的这份意思并没有得到媒体的支持，而是由媒体把这番意思变通直接给姐姐发起了捐款。那时的捐款不及现在方便，微信扫码就行了，那时转款还得去银行，五块钱也得跑一趟。所以那时的捐款是很诚挚的，要特意专注地去做一件这样的事，不是现在趁上厕所时扫个码就捐款了。有一家洗车店借势打广告，要把一周的所有营业额捐出来。后来洗车店在店前拉了横幅，"资助伟大的白血病母亲生子，捐出一周营业额"。广告语把"急性再生障碍性贫血"写成笼统的"白血病"字样，不知是谁的主意，可能是想"白血病"三字更抓人眼目，让看到的人心中一惊，陡生怜悯。这家洗车店第二天就上了报纸和电视，去洗车的车辆排着长龙。除当时的几家纸媒，北京《竞报》也发起了捐款。这时我已回到深圳，陆续从网页上看到有媒体去拍姐姐，隔着玻璃拍。一次一次，同一面玻璃上不断多出爱心字条、贴纸、粘贴布偶、中国结等等表达慰问的信物。我从媒体拍的照片中也能捕捉到姐姐的变化，这次下了床，那次在挥手。姐姐有一次贴着玻璃很近，人已经很瘦了，精神尚好，也可能是出于礼貌向着外面笑着显得人精神。她那样笑，露着虎牙，腼腆又温暖。

　　我从网上下载图片，一张张打印出来，她穿着病号装刚刚长出头发的样子，常常看得我忍不住痛哭流涕。有一次很晚了，我哄下阿宝睡觉，姐姐发短信给我说："云云，你给我手机充五十块钱吧，我刚才猜电视上的谜语，怎么才发几条就没钱了。你不要告诉你姐夫哈，他这周才给我充了话费。"我二话没说，坐起来就给姐姐的手机充了一百，我说："你想用就用，没话费别跟姐夫说了，我给你充。"说完，觉得一百也没多少，又充了一百。充完跟姐姐又聊了几个回合，还是觉得充少了，又充了二百。那时充话费也很麻烦，是一张张密码卡，刮开密码，报过去，才能充上。我把家里储备的电话卡都充完了才甘心。姐姐说太多了。我说不多不多，你想点歌就点歌，想猜谜就猜谜，还能干什么就干什么。许久，我都眯一会了，姐姐又发来短信："窗外有神。"我看看手机时间快十二点了，平了平心绪回说："有的，我的窗外也有神。"

　　我好歹又筹了十一万给姐夫转了过去。

　　已经是六月中了，姐姐还没有移植。弟弟早已抽过第三次血。也就是说，不是供体方的问题。姐姐肺部一直没有彻底好，但也算控制住了，只是舌头又肿起来了，不是一个包，是两个。不是包，是瘤。不是良性瘤，是恶性瘤。好像说是因为这个瘤又移植不了。这个瘤是切除还是控制，院方一时并没给定论，却是不太敢用大剂量抗生素，怕越压越厉害，这边按下去那边又难以预料地出现其他问题。姐姐听说长瘤慌了，发信息跟我说："要是切了，我以后就说不了话了，就是哑巴了。"我说不至于哑巴，只是发音不清，就像大方那样，"吃换吃换""我稀饭我稀饭"！大方是我们村里的一个姑娘，大舌头，说不清话。我逗姐姐，姐姐懂我的意思，不回话了。姐姐只知长瘤，不知是恶性的，更不知会蔓延。我说："我去看看你吧。"姐姐马上回："别来。在自己家自在，你好好带阿宝，你来帮不上忙，妈妈还得多煮你的饭。"我很满意姐姐这么回话，一个人还能调侃他人，总不会是多坏的心情。大概姐姐也是不想我太多担忧她，知道时不时要跟我开个小玩笑。或者，不止我和姐姐，当所有的人一旦面对真正的困难或灾难，总是需要往乐观向上的生活状态上去过的，因为绝望压人，使人负累，惴惴不安。

　　几方媒体发起捐款后，有一些爱心人士主动加入宣传和组织，也有人建议姐夫捐款账目找专人管理，每周公开数目，让更多的爱心人士放心捐款。这时最积极的一个组织来自网上的一个论坛，姐夫很早前在里面注册过，发过帖子。组织属民间团体，主要组织人在北京。与这个组织的有序展开同时，苏州这边医院决定给姐姐保守治疗肿瘤，进口针、调理、中药等，说不清究竟是西医为主还是中医为主。总之都说姐姐在慢慢好转。眼看着移植费四十万将要筹满，姐姐发起烧来，先是一次四十度高烧，人进入昏迷。医院一边下病危通知，一边注射强行退烧针，另加口服药、物理降温，几次轮番下来，高烧是退了，但低烧不去。医院这时劝姐夫放弃移植，回家安养。

姐夫问姐姐："咱们换家医院试试好不好，这边说肿瘤不退不能移植叫咱们回家保守治疗，但是也说不定肿瘤并不影响移植，只是得找一个愿意尝试的医院，你说咱们怎么选择？"

姐姐难以想象这个消息终于还是来到了她身上，她本身是学医出身，她知道回家保守治疗意味着什么，她想孤注一掷拼一下。姐姐说："我们有钱吗？"

姐夫说："有，云云打了十一万，爸爸借了两万，捐款十七万，公司能卖十万。"

姐姐说："卖了你不心疼？"

姐夫说："心疼，但等你好了，咱再重新开一个公司。"

姐姐说："你没钱了。"

姐夫说："没钱我先给万成财做管理。"原来他的合伙人叫万成财。

姐姐说："好。"

转院时，姐姐需要亲自签字，姐夫才发现姐姐的字写歪了，笔画重叠。姐夫看了看姐姐，姐姐看着他的眼睛像看着一个很远的地方。

姐姐转院去北京。弟弟和姐夫两个人护送。姐姐出院时在隔离间收拾出来一包东西，不知是弟弟还是姐夫带回了家。妈妈见是姐姐的东西，很珍惜地收了起来，和姐姐入院前从手上取下的玉镯放在一起。后来妈妈把这包东西给我看，里面除了棉布的衣服、手机、书、杂志，还有一本黑色封皮的笔记本。其中有一页写：我好像看不见了，又好像能看见，我看电视是黑黑一团，但又能看见人在里面。

又有一页写：可能眼睛真的不好了，看不清东西，本来想等主治医生来时告诉他，下午听说叫我回家保守治疗的消息，我没有说……

8

在爱心人士的帮助下，他们三人坐火车包一个软卧包间出发，第三日早上到达北京。软卧车厢消毒后一直封闭，里面备着氧气和急救设备。然而，医院并没有安排护士陪同。姐夫上车前学习了打针，弟弟也操练了病人昏迷下的安全保障手法，呕吐如何应对，以及几种情况下的防止窒息处理。

把姐姐送到北京已是二〇〇七年六月六日。安顿好姐姐，弟弟折回头来苏州接妈妈给姐姐煮饭，妈妈多了个心眼，觉得里面有两套姐姐的棉布衣服可能还用得上，就把姐姐交给她的这包东西带上了。她后来说，一点也没有多想，就是觉得是她用的东西，可能还用得着。

妈妈去到北京，姐姐还好。妈妈去看她，问她想吃什么，她还说要喝面疙瘩汤。妈妈十分用心地去做，小小小小的面疙瘩，用手心贴手心揉出来的，添水煮好后又软又糯又光滑，姐姐不用嚼就能咽下去。凡姐姐想吃的，妈妈定要设法做出来。妈妈说，姐姐小时候发烧就爱喝面疙瘩汤，也不放盐，也不放鸡蛋，就是光面粉仔细地揉出来的面疙瘩拿白水煮出来。

妈妈给爸爸打电话，说姐姐想吃的净是些不着边的东西，说她心里害怕，叫爸爸去北京。爸爸也是准备去了，中午又打电话给我，问我走得开不？我说走得开，到哪都是带阿宝。爸爸说他先去，看情况再跟我说。我说好。这时姐夫已经安排蜻蜓的奶奶带蜻蜓往北京去了。

就是爸爸打电话的这天傍晚，我带阿宝打预防针后经过小区的广场，遇见比阿宝早两天出生的阿俊，我便停下来让阿宝跟阿俊玩。

阿俊妈妈带了爬行毯，上面放了许多玩具，会叫的，会跳的，会说英语的，用来教儿子学习爬行。阿宝会爬了，阿俊还在想怎么才能动身体，阿宝已经把玩具抓到手了，阿俊急得哇哇哭。阿俊的妈妈哈哈大笑，说："你快爬啊，你快爬啊，看阿宝妹妹都会爬了!"看得出阿俊也想动一动身体的，无奈左右为难，身体一动不动。我任由阿宝在阿俊的爬行垫上玩，坐在一个长椅上翻出手机。我想打个电话，问问弟弟姐姐的情况，问问爸爸上车了没有。两天后阿宝还有一针预防针要打，我想告诉他们给阿宝打了这一针再去北京。我想说什么，想跟谁说一时拿不定主意。

广场的东边有个沙坑，专供小孩子跳远的。我从阿宝阿俊的头顶上看过去，见几个大些的孩子在比赛立定跳远。西斜的太阳光往东照，跳远的孩子跳过弧线的最高点时好像把太阳光顶高了一截，光线突然一跳。有个长发的小女孩，个头高挑，等她跳起来时，一对长辫子甩得老高，然后打在一起又落下，实在是太好看了。那时姐姐出现在照在孩子身上一样好看的光线里，好奇怪的，姐姐是齐腰的长发，扎着半马尾，站在沙坑边朝我望过来。很好看的姐姐，天蓝的半袖西装款外套，白色刚刚过膝的棉纱裙，白色的半跟软皮单鞋。单鞋的襻子上有一颗镶金边的珍珠。啊，说起来这双鞋还是我们一起逛街买的呢，我嫌太公主气，换了同系的另一款，没有鞋襻子，没有珍珠，简单得像一脚蹬。姐姐因为她的那双鞋，还专门去配了耳环，实在是让人觉得好笑啊，鞋上的珍珠是假的，却为了假的去买了一对真的珍珠耳环。一对真的珍珠耳环要跟一双鞋的价格差不多了，好几百。这件事我和姐夫笑话姐姐好久，后来她再买到很心爱的衣服，我们都要问她，要不要配个耳环？要不要配个项链？要不配个手链？要不要再配个包包？笑话她多了，她就懒得跟我们恼了，说好啊好啊，快拿钱来，咱们去买。

姐姐的西装的袖口和前门本来配的是包口的水晶扣，本来也好看，但她硬是去买了贝壳扣。一个扣又花去十几块。她说，你不觉得贝壳的才好看吗？有光，但不闪瞎眼，那个水晶扣太亮了。我爸爸妈妈也都觉得她穷讲究。这种事在一个家庭里可大可小，最好的收场是笑哈哈连讥笑带讽嘲一下照常过日子。

姐姐微微一笑，我正要朝她去，她一转身径直往前走去。前面是沙坑啊，她的鞋子踩上去会进沙的。但她就是那么地走过去了。

我心里怦怦地疼。我想姐姐了。想她正在承受她的苦难。想她见不得风，见不得外面的空气。想她要打针，要吃药，要呕吐，要把身体弓成烧红的大虾一样让医生把长长的抽骨髓的针从腰间的脊椎上插进去，直到针口吃到骨髓。

这时，时间来到二〇〇七年六月十九日傍晚，傍晚近黄昏。

9

天很快亮了。我推开玻璃门往小区的楼下看，小山坡上，白玉兰还是白玉兰，小叶榄仁还是小叶榄仁，散尾葵还是散尾葵，远处的垂丝榕、高高的假槟榔也都在那里，它们都还在原来的地方。

夜里的风裹起的一条长影是谁的，现在它又去了哪里？

二〇〇七年六月二十日，如常的一天，带孩子，煮饭，过等待孩子长大的简单日子。自从我带阿宝从苏州回来就把停工一个月的住家保姆辞退了，换了一个钟点工阿姨，钟点工阿姨姓钟，她每天做四个小时，主要负责洗衣、打扫卫生、煮晚餐。

我们刚刚吃过晚饭，钟阿姨还在吃一条她觉得煎得很香很脆的鱼，她说倒了可惜，留明天就不好吃了。她已经把餐桌上的其他餐具收进洗碗池，只要吃完这条鱼就可以去洗碗了。我的手机响了一阵，她叫了我："小姐，你手机在卧室响。"我在客厅，比她离卧室近竟未听到，我说："好，我去拿。"我跟阿宝坐在沙发上玩，怕她独自坐沙发会从沙发上跌下来，刚把阿宝从沙发上移到地上，客厅的座机就响了。是爸爸打来的。爸爸说："你忙不？"

　　爸爸向来是这样，打通了电话先问"你忙不"，你说不忙他才会跟你说事。你若说在干什么什么，他就会说"那你先做完手上的事，我再给你打过去"。所以接到他的电话你一定要说不忙。

　　我说："刚吃过晚饭，不忙，阿宝在地上玩，我坐一边看着。"

　　爸爸说："那我就跟你说个事。"

　　我说："你说。"

　　爸爸说："你姐没了。"

　　我说："什么叫我姐没了？"

　　爸爸说："你别急。你姐刚刚没了。"

　　我说："刚刚？就现在？"

　　爸爸说："也不一定是现在，可能昨天就没了，医生抢救了，电脑还跳着就说过来了。以我看，就是电脑跳，人可能早就没了。"

　　我说："那昨天怎么不说？"

爸爸说："昨天医生说过来了。"

我说："过来了也要给我打电话啊！得让我知道啊。"

爸爸说："你妈说都通知几回了，也都过来了。"

我知道爸爸说"都通知几回了"的意思。我一时也不能在电话里再责怪爸爸什么，他昨天坐了十个小时火车到北京，去到医院可能天都快黑了。

我弃阿宝一个人在地上玩，跑去把奶瓶、奶粉、保温杯、温度计、纸尿裤等阿宝用的东西收进妈咪包。收拾完才想起还要带阿宝的衣服，还要带我自己的衣服。先生在房间，听到阿宝夹在沙发底下出不来哭了才从书房出来，正要责备我，我说："我姐没了，我要马上去北京。"

先生是很有教养的一个人，关键时候讲原则的一个人，丁是丁，卯是卯，放下种种不悦，他看了一眼我的脸色知道我是认真的，于是说："机票还没订吧？"

我说："没想到。你现在送我去机场，有一班坐一班。"

先生说："这怎么可以，你又不是没坐过飞机，飞机票要先订的。"

我说："那你马上给我订，能订到什么时候是什么时候。"

先生把阿宝又放回地上，阿宝这时十个多月，很会爬了，一放下她像上了发条的青蛙"嗖嗖嗖"地就爬去一堆玩具中，把玩具弄得哗啦啦响。先生找出自己的手机打电话给他们公司专门订机票的同事。他总是这样，一要去哪里他第一时间打同事的电话，他说一是能拿急票，二是有很低的折头。接通电话后他不时通报："今天的都没有了，最晚一班只有头等舱。这没必要，一是你去到也很晚了，二是比打折票贵三倍。明天最早六点半有一班，还有票，十二点之前每个小时都有，你要哪一班？"

我说："最早的。最早的。"

先生便订了最早的一班。我听他说订好了才喘出一口气，之前这口气一直哽着我喉咙隐隐地疼。

我说："得再给我点钱，到北京少不了花钱。"

先生说："你之前转走了九万，又刚转走十一万，你也知道这十一万是怎么来的，是我抵押了妈妈的那套房子才弄到的。你现在还要，你叫我还从哪拿给你？"他可能以为我又要很多。

他说的这些都是事实，我无力争辩，但现在这个紧要关头我真的需要钱，只是他不知道，我现在不需要那么多钱了，人都死了，没地方花钱了，但我不想解释，低声下气地问先生："那你最多能拿给我多少？"

他说："两千。"又说："最多五千。"又说："只能五千，每个月还有房贷要还你也知道。再有只能到下个月我发工资了。"

我说："好，就五千。谢谢你。"

阿宝的安抚奶嘴掉了，"啊啊啊"地往地上指。我走过去弯腰捡起来，去卫生间用温水洗了，又回客厅用开水烫好，才发现先生从阿宝专用的奶瓶消毒柜里又取了一个给阿宝。阿宝有了新的安抚奶嘴也没吸，在玩一个玩具。

五味杂陈的一夜，都知道的结局，都不想挑明的结局，都不想面对的结局，都明知不可为而为的结局，终于还是来了。三个半月的折腾好像不过是所有死亡到来前的必经之路，是坚强的面对，是用力的陪伴，是尽力的拘留，是延长的绝望和悲痛，是让你慢慢地痛，最后麻木了，它才悄悄地来。最后它真的来了，悲伤却没有减轻一点。我想再会一会昨天夜里梦见的那被风卷起的长影，想知道它长得像谁，想知道是从哪棵树上跑出来的，想知道它是不是谁的魂魄，想知道它现在在哪里。

早早醒来了，全都收拾好才把阿宝穿衣抱起，然后直取电梯间。

我抱着阿宝，斜挎着妈咪包，先生提行李和婴儿车。装车，车启，一路顺着还亮着的路灯去到机场。安检时阿宝醒了，看着周围陌生，看着有人要拿东西探测她，撇着嘴要哭。阿宝这是委屈了，怎么一睁眼什么也不认识。她试着哭几声，又趴回我肩头，又试着哭几声。等过了安检推车去登机，阿宝仍不愿坐婴儿车，我只好抱着她，把所有的东西放在推车里。

直到登机，一直不明所以的阿宝从灯光耀眼的机场大厅到机舱内才松懈下来，然后才大声地哭。大哭一会，任我怎么安抚她还是嘤嘤地哭。如果她会说话，她可能要问："妈妈我们这是怎么啦？我们为什么在这里？我们要去哪里？"我给她喝早就准备好的清水，温温的，刚好入口，阿宝边哭边喝，边喝边哭。300CC的水喝了一半，然后咬着奶嘴不喝了还能听到她从身体里发出的暗暗抽泣声。起飞后阿宝含着奶嘴睡着了，才轮到我哭。我靠窗口，中间是空位，过道是一位男士，他从坐定就闭着眼养神，看着怎么也睡不着，却怎么也不睁开眼睛。

三个多小时的飞行，阿宝吃喝拉撒睡一样没少。到了北京，谁也没来接我们，我直接打车去了医院。

都在医院。蜻蜓跟奶奶也到了。姐姐已经送去了太平间。还未化妆，拉出柜子，掀开盖布看表情还是垂死前挣扎的样子。只是嘴里含了金币，脚上系了绳子，衣服换了寿衣。只是冷藏，还没有冷冻，有人介绍说，冷冻了就没办法化妆了。

爸爸昨天看着姐姐穿衣入殓，这会在外带阿宝。妈妈昨天没进去，这会非要进来看看，弟弟和姐夫便带了妈妈进来看。弟弟刚把姐姐抽出来，刚把姐姐脸上的布掀开，妈妈就哭了，哭得煞是惊人，把死人都要吵醒了。姐夫提醒说："这里不能哭，这里又不是平平一个人，这里很多人的，你这么哭人家家属也不愿意，是要把你赶出去的。"姐夫压着嗓子说话的声音怪怪的。刚说到这，来了一个老头，果然叫妈妈不要吵。不知弟弟听谁的嘱咐要给姐姐穿上鞋，等会要拉出去化妆。于是妈妈忍着哭泣看弟弟给姐姐穿鞋。我本来扶着妈妈，只觉妈妈的手臂一硬，她就倒下了。妈妈哭死了过去，我摔倒在地上。弟弟还在给姐姐穿另一只鞋，我跟姐夫把妈妈往太平间的门外拖。太平间门口不知几时来了一些媒体的人，好像都认识姐夫，有手上闲着的也过来抬妈妈。妈妈身子硬挺挺的，口和鼻一点气也没有。我掐妈妈人中，有人按虎口，有人扶腿，尝试让她的膝盖弯曲。好像从海底浮出，好像刚跑出一条无氧的暗道，好像刚出生的孩子第一声啼哭，妈妈像火车长鸣一样响亮地长吸了一口气，然后又哽住，半晌才啊地哭出声来。

妈妈醒了，有人接手把妈妈扶到远处去了。我和姐夫折回头看姐姐，要把姐姐送去化妆。

有人推来一个铁架子床，啊，太平间的床真是和住院部的病床没法比啊，铁架子床真就是一个铁架子，发着冰凉的铁腥味。我们把姐姐连着抽屉抬出，啊，原来抽屉还有内层，内层是可以抽出来的。

姐夫走在前面拉着铁架子，我和弟弟一边一个扶着。不重呢。我又看了看铁架子的轮子，原来如此，轮子很圆很大，转动很好。

有两个穿戴严实的人接待姐姐，先是朝我们鞠一躬，不，也可能只是对姐姐一个人鞠。他们指定一个位置让我们把姐姐放下，然后说，你们可以出去了，化好了会叫你们来接。听声音应该有一个人是女的。但是两个人中是谁说的话我并没有留意。出了一道道门，走出一个大门，不知是谁给我们准备了火纸，见我们出来烧了火纸叫我们从火上跨过去。我们跨过火，又去洗了手才各忙各的。我去见爸爸妈妈，弟弟跟姐夫去办一些手续。

一会，弟弟先回来，叫我们先回去住的地方。妈妈说她还想再坐一会。妈妈还在悲伤中不能回神，看着妈妈那样子是没力气动弹，爸爸说那就再坐坐再走。不知爸爸从哪找来很多报纸，在地上铺了一片，又用一个床单垫了一层，由阿宝坐在上面玩。阿宝起先见到我也是委屈得很，惊魂未定的样子哭了一会，安抚好坐到地上玩时还时不时往我怀里爬，确认我不会再丢下她。蜻蜓这天三个月十三天，啥也不懂，躺在婴儿车里望着会唱歌的风车跟着"啊啊啊"地唱。真好，她什么也不懂。

我忍不住要问昨天抢救的情况。爸爸说："大鹏进去的。我跟你妈在外面。"

我问大鹏："当时什么情况？"

妈妈说："她昂，咬着大鹏的手不放。"说着又哭了。

爸爸冲妈妈说："好好说话。"

大鹏说："就傍晚吧，傍晚前，四点多钟，通知又昏迷过去了。我跟大姐夫进去看，医生过来抢救。本来昏迷就什么都不知道了，这次反常，大姐很痛苦地动起来，身子抽搐。医生在弄心电图，我扶着姐姐的头，她瞪着眼看我，我以为她要说什么话，就低下头听，我就听到她喉咙好像卡东西了。我怕她吐东西呛到气管去，一时又找不到东西，就把手伸到她嘴里，给她咬着两个手指头。后来就咬着我的手没气了。"

弟弟说着伸出两个手指头，食指和中指在第二节上都有明显的黑黑的牙印。

我问："怎么是黑的？"

大鹏说："不知道，掰开嘴拿出来就黑的。"

我问："咬太久了？"

大鹏："不知道，也没太久，半个多小时吧。"

我说："那时妈妈没看人？"

大鹏说："没看，病房不给摆，很快就要拉走。我出来跟爸爸妈妈说，他们就坐着不动。"大鹏有点埋怨地看了爸爸一眼。

爸爸应该能知道大鹏看了他一眼，也没出声回应，垂眉垂眼地在地上坐着。

一时都不说话。

半晌，爸爸说："那个时候看什么，刚抢救完，魂还没走，样子看了心里难过。等魂走了人安静了再看心里好受些。"爸爸又说，"我大半辈子了见了多少临死的人，看不下去了。你爷爷死时我小，那时人穷，还要趁他有口气把衣服扒下来给活人穿。衣服扒下来人还会动。你奶奶从病到死是我一手伺候的，澡也是我洗的，衣服也是我做的，我换的。那时还不时兴化妆，穿好衣服，我看着不好看，又给你奶奶洗了脸，梳了头。我跟你姑姑讨饭那年，一起在一个屋子里过夜的小哥俩，一天死一个，都是我跟你姑埋的。我们才多大，挖不深坑，也没东西裹他们，就那么干埋的。那几年挖大河，死了多少人！有一回，就在我旁边，河一下子裂了一条口子把人吸进去了，软稀泥，劲大，我拽着一条腿不放，几个人过来一起拽，拉上来腿跟人都脱节了，鼻子眼都是泥浆，就没气了。拉煤，夜里走着走着半路上倒下一个，都不停下来，就我一个人停下来陪了他两天等人来收他。两个煤车，我一个人，我怎么弄，我不就是坐着陪他两天。离人家的村子不远，还不能让人知道他死了，不然不让停那。"爸爸发现他话多了，停下来了。

一时都不说话。

我说："一个大人躺着，你怎么瞒住人？"

爸爸说："我给他脸上头上敷热毛巾，干了就换换，干了就换，看着脸上水灵灵的。有人问，我就说发烧了，脸肿了。"

妈妈长叹一口气："谁知道我咋这么没出息呢！见到她昂，一下子就不出声了。要说你姥姥死，我也没害怕；谁知道见了她我咋吓成那个样子！"

爸爸说："你不是吓的，你是心疼。她姥姥走那怎么一样，她姥姥是老人家，你是女儿送娘。这不一样，你这是白发人送黑发人，是老哩送小哩怎么一样。"

妈妈又哭了。

弟弟去给大家买饭，去给两个孩子打热水备着冲奶粉。

那边姐夫预约了火葬场，订了追悼厅，只等着第二天把姐姐送过去。

我们本来在医院的一棵树下坐着，姐夫一切手续办好，过来告诉我们可以走了，妈妈一听要走了又哭，爸爸就说，那就再坐会。我们坐了又坐，彼此也无话说，就是干坐着，直坐到有人来催我们起来，说要关院子了，我们才起身。

10

北京的七月，白天炎热，夜晚清凉。妈妈与弟弟、姐夫落脚在一个老旧准备拆迁的村子里。村子白天还不觉得冷清，天色暗下来路灯不亮，零零散散几户人家亮着微弱的灯，才让人觉得人去楼空的荒凉。下午我们回来拐进村巷前的街道上繁华热闹的景象好像从来就不曾经过。还是六点多，妈妈煮了一大锅面当晚饭，锅小，面多，很多面条都没有散开，并成一团。人员增加了我，增加了爸爸，增加了蜻蜓的奶奶，碗没有那么多，妈妈爸爸用方便面碗装面。看着方便面碗用过很多次了，软塌了。面也坨，碗也不好，这餐晚饭大家吃得潦潦草草。太阳落下后有一段时间明亮，微微的天光使发白的老杨树皮看起来温暖而慈祥。有人来看望我们，带来了两个大西瓜，没寒暄几句，爸爸趁来人还在开了一个，相对之前在屋里席地而坐吃的一顿晚餐，我们在一棵大杨树下的石桌上开的这个西瓜就显得热闹而丰盛了。红瓜瓤流着汁，汁液顺着石桌的桌面往地上淌，拧成绳一样的汁液流畅而有力，才刚出瓜瓤不久就已经滴到了地上。地上都是黄土，干旱成粉的黄土遇着带着甜汁的西瓜汁很快抱成一个个土珠子滚动，蹦蹦跳跳热热闹闹聚在一起欢喜成一片。

搁平时，农民好把式的爸爸要赞不绝口这样的好西瓜的，今天他开的，却没有一声赞赏西瓜的话。等开好了，爸爸才说："给你洪大哥拿！"

爸爸是对弟弟说的。弟弟起身，拣个顶大块的拿起，双手呈给洪大哥。客人一接，大家都默默地上前拿。我拿一块最小的，掰下一小块给阿宝唆。阿宝已经出了好几颗牙，我怕她咬下大块卡着，她唆时我总是往外拉着。这个动作几下之后阿宝不愿意了，双手抢西瓜，爸爸看见了，切了薄薄的一片给阿宝自己拿着。然后爸爸又递给洪大哥一块。洪大哥谦让，让爸爸先吃，爸爸声音哑的，说有呢有呢，西瓜大，都有。

微光从树干上慢慢地往树梢上爬，石桌上的光也慢慢退下了。每人吃两块后，桌上还剩一块，并没有谁想拿起它。这块瓜很大，天光还好时瓜瓤鲜红雪亮，光走后，这块瓜很快黯黑下去，像一团死血。

妈妈找了个袋子收瓜皮，左右为难这块瓜，然后就哭了。大家沉默不语，怎么就偏偏剩一块瓜呢！我见妈妈哭，上前说，给我吧，我一个下午没喝水。但实际我又吃不下，掰下一块红瓤递给弟弟。妈妈去丢垃圾，爸爸舀了碗水冲洗桌面，然后站着不动看妈妈回来了没有。

姐夫在一旁跟洪大哥说话，话说完，洪大哥要走了过来跟爸爸告别。爸爸感谢人家，紧紧地握着人家的手不放。一时场面江湖气起来，洪大哥说："老人家留步！"爸爸赶快拱手示意感谢。客气完，姐夫去送洪大哥。我爸担心妈妈还没回来，朝洪大哥和姐夫走去的方向张望。他叫弟弟："大鹏，你去路口看看你妈。"弟弟腿长，几步迈开就要超过人家。爸爸又叫："大鹏。"

大鹏回头说："什么事？"

爸爸赶上去说："你姐夫还在送客人呢，你慢点。"

弟弟懂了，客人还未走远，不要急躁躁地超过客人。我想，这也可能是爸爸没有亲自去找妈妈的原因。

洪大哥是房东，是论坛捐助小组的成员。他家这套房子拆迁，两年没人住了，家具都抬走了，他不知又从哪搬来两张旧床、一个桌子、锅和电磁炉给妈妈用。妈妈、弟弟、姐夫，他们到北京后就住在这里。两室一厅的房子，两张一米的木板床，我跟阿宝、妈妈睡一张，蜻蜓奶奶带蜻蜓睡一张，爸爸、姐夫、弟弟睡地上的几块木板。也不知哪来的木板，也不知哪来的纸箱皮，他们三个男的就睡在上面。姐姐的遗像用一个床单盖着放在房间与客厅的过道里。

都太累了，都睡下了。蚊子很多，爸爸听我给阿宝赶蚊子，听蜻蜓奶奶给蜻蜓赶蚊子，摸黑又出去买蚊香。

蚊香点上，大家熟睡，蜻蜓嘤嘤地哭。她都三个多月了，哭泣还是没力气。蜻蜓奶奶哄着，听着不像抱起来哄的，还像是都躺在床上奶奶拍着孩子的背在哄。阿宝听到哭声也哭，似乎是因为只有阿宝才能懂得蜻蜓的语言，像姐姐要用哭声陪伴妹妹，一时两个孩子都哭起来。阿宝哭，我抱起来走走一会就不哭了，但蜻蜓还在哭，我过去看，觉得蜻蜓在起热，忙给孩子量体温。孩子发烧了。奶奶太累了不经意，说哭热的。我说不是，我抱起蜻蜓走动着哄，叫妈妈起来准备温水，给蜻蜓擦身子。折腾一个多小时，孩子一直是低温，并没有烧起来，于是多给孩子喂水。两次水喂下去孩子不喝了，还是哭。蜻蜓奶奶说："你们出去说说，叫平平走吧，别舍不得孩子，看把孩子闹的。"我跟妈妈面面相觑，我知道妈妈胆小，让她去叫爸爸。爸爸早就醒了，听着动静，妈妈一叫他就出来了。

爸爸找个碗舀了一碗水，又加了什么在水里，端着出去门外的黑夜里。我跟妈妈都以为他要喝水，爸爸没有喝。爸爸开了门，走出去两步，把一碗水在门口前倒出一条线，然后说："平平，你走吧，孩子还小，别吓着孩子。你孤单也没办法，你是那边的人了，就得去那边。这边的人会记得你的，到了你的日子会给你烧纸。你走吧。你不走，别说小孩子，大人也不得安生。"我在屋里听得毛骨悚然。妈妈还在屋里，她并不敢出去，也说："你走吧，别舍不得孩子，孩子会长大的。"我推搡妈妈："别说了，让爸爸也进来，本来没什么，你们这么一说，我都觉得害怕了。"

爸爸进来："自个人，不害怕，好了好了，小孩子不会哭了。"

蜻蜓安静多了。但我想，可能是给她擦了身子，身上清爽了，安心入睡了。后来又嘤嘤哭了一会，喝了奶就好了。再后来一直睡到天亮。

阿宝醒来，我还在给她冲奶，先被爸爸抱出去了，等我冲好奶给她拿去，她正高兴地提了一只知了在玩。我问哪来的，爸爸说他四点多起来看树上爬着一只，就捉了，说着指一棵老杨树。知了被一根很细的白线拴着，白线是从哪个床单上扯下来的。我想，玩吧，孩子不闹人比什么都好。

大家陆陆续续起床，妈妈去买了早餐，包子。连水也没买。爸爸说怎么连稀饭都不买。妈妈说她烧了开水，喝开水。爸爸不出声。姐夫拿了个锅出去买了稀饭。回来说："吃吧，吃好点，医院的账结完了，还剩钱。"

爸爸说："人家捐的不还？"

姐夫说："他们表态了，钱都是散捐的，还回去也麻烦，就说不用还，剩的给咱们还借款。"

妈妈说："好人啊，咱命这么背，咋还碰着好人了！"

姐夫没吭声。爸爸难得地赞叹，也说："是遇着好人了。"

吃了饭，分了工，大约七点多。阿宝、蜻蜓由爸爸妈妈和蜻蜓奶奶带。我跟弟弟、姐夫去医院的太平间接姐姐，把姐姐送去殡仪馆。按洪大哥的建议，也是集大家的想法，姐姐没来过北京，曾经也有愿望来北京游玩，这次却没能玩成，所以送殡队要转一下北京。路线是从医院到火车站，然后经天安门把长安街全部走完后去八宝山。这都是北京最有代表性的地方，也算了却陈平平生前的心愿：看看北京。

我们坐车到医院，拉开抽屉，弟弟说还打开看看吗？姐夫没出声。我说看看吧。姐姐这回装了袋子，袋子有个长拉链，可以从头一直拉到脚。弟弟拉开拉链，姐姐衣着整齐，很安静很端庄地睡着。姐姐的头发好像又长长了些，看着很倔强，旁边的往两边横，头顶的往上伸，根根独立。弟弟说："姐姐好看。"我也说："姐姐漂亮。"姐夫没出声，颤抖着把拉链从脚上拉起，直到脸上。有专门的工作人员来抬姐姐，还是上次看到的大轮子铁架子。有人说话，告诉我们还会跟一个化妆师。但是化妆师几乎不跟我们碰面，说是会坐专门的车去到殡仪馆，直到开完追悼会。

工作人员把姐姐送上专门的殡仪车，要我们坐两边，他们一个开车，一个坐副驾。等车装好，说好路线，殡仪车跟在开道的三辆车后面出发。陆陆续续的，后面还有很多自发前来参加追悼会的人开着车跟着。大家都打着双闪灯，任谁一看都知道这一条长龙是一个车队，变道时也不会有人想要插队进来。

按路线走完，我们到了八宝山，预约的追悼厅里，上一家追悼会还未开完。我们下车在外等着，姐姐随车去了后面。正在开追悼会的是个有官衔的军官，来了很多部队的人，迎宾的都是女的，清一色黑衣，胸前别着真的白花，高矮也差不多，她们礼貌而周到，给每一个来宾都递上一枝花，胸前还都别上一朵。来的宾客也都讲究，回礼庄重。有一个年龄不到四十岁的女的穿着一身黑，黑鞋黑袜黑纱裙黑色苹果领真丝衬衫黑无领外套，连头上的花也是黑的。虽都是黑色，因每件衣服的材料质地不同，一身黑的衣服竟是十分的显见层次，立体而有神。她时刻牵着一个三岁多的小女孩，小女孩跟她穿着一模一样，款式、面料、质地都一样，只是头上的是个红花。小女孩高高兴兴的，走路踮着脚尖，时不时还跳一下。她们有贵宾到时才站到迎宾队伍中去。他们的宾客陆陆续续来着，里面布置得差不多了，工作人员推出来一个人，把他放在花海中央，然后出来一个人通知外面的人可以排队进去了。我很想混入人群看看那个军官的年纪、长相，可是我试了几试还是不敢，他们的宾客队伍太整齐了，除了军装就是黑色礼服，我出门随便穿的衣服，既不是黑色，也不是礼服，很是不敢上前。他们那样讲究，让我心里怯懦，不敢继续看下去，只好走到一个亭子下坐着。亭子里坐的人不多，可是来了一个男的扶着一个哭晕的老妇人后，很快来了一大堆人。老妇人不听劝，撕心裂肺、竭尽全力地哭，一会又哭晕过去了。我想起妈妈。妈妈爸爸带阿宝不来是对的，整个八宝山上到处都是悲哀悲痛的气息，好像这里的空气有重量，压得什么东西都往下沉，呼吸到肺里，压得肺也往下沉，让人呼不出气来。

有人通知这一堆人中的谁要去捡骨头了，老妇人除了喘气，人完全动弹不得。一个男的问，你能走吗你能走吗？却不听老妇人应。来人说那边等不得，随便个什么人去捡吧，于是一个男的跟了来人离去。

我想走动一下，刚下亭子，来了个送葬队，有三十几人的队伍，看上去是刚捡了骨灰出来。打头的是个二十岁左右的男孩，捧着遗像走在前面。后来是两个中年人，一男一女，男的捧着骨灰盒，女的蒙着白色的头巾哭着。再往后是仪仗队，负责敲锣打鼓，再后面是亲属。原来也不是都很讲究的，这个送葬队也没有统一衣服，也没有都是黑色，甚至还有个女的穿着红色的丝质衬衫，下身配一条牛仔短裤，衬衫扎在腰里，很时尚的打扮。我看看她又看看自己，突然很放心自己的衣着，至少我还是一身深色的长衣长裤。他们要绕过亭子转个半圆去另一条岔道。我重回亭子看他们转过来，当我又把目光看向捧遗像的男孩时，发现遗像上的人和他长得一模一样，年纪也是二十岁左右的样子。哪有自己给自己捧遗像的？遗像不是他自己的，也不会是他的父亲，像上的人那么年轻。我往男孩的身后看，发现那对中年人是他的父母，一家四人长得那么像的！也就是，遗像中的那个人可能是男孩的哥哥，或双胞胎兄弟。

我目送他们而去，在远处的一个路口他们停下，队伍随即打乱散在一边。然后仪仗队收工往另一个方向走。原来请了仪仗队也就是从焚烧池送到那里啊！我们为了省钱没请仪仗队，这样看来也不用太遗憾。

军官的追悼会撤场，姐姐的追悼会会场开始布置。爸爸打来电话，问怎样了，我如实说上一场才撤场，姐姐的才布置。爸爸没再问话，也不等我问，他说两个孩子都乖，不闹，这会阿宝也玩累睡着了。

　　姐姐的追悼会由洪大哥他们自发组织的爱心人士组织、主持，什么也不用我们操心，他们再三交代，两个孩子还小，不要进八宝山，就是要来也不能进追悼厅。他们还给两个孩子送了红色的头花，找专人送了过去。

　　姐姐的追悼会开始进场，迎宾也是有的，穿了统一的义工马甲，论坛来了四五十人，还有从河北、山东开车来的，我没想到姐姐的追悼会也会这么隆重，我真是白白地担心了一场。对，是隆重，我原以为只有我们一家人，又加爸爸妈妈和蜻蜓奶奶要照顾孩子不能上来，我原以为只有我们三五个人。一介无名之辈的姐姐竟享受着和军官一样大的追悼会厅，许许多多的人来追悼和送别，我真是为姐姐高兴。因为布置都是统一的，除了花圈和字幕与上一场的军官并没有什么不同。就连宾客献的菊花都是一样的。我很感动，在心里告诉姐姐"你的追悼会很隆重呢"！因为感激，向宾客谢礼时，我每一次都紧握他们的双手，深深地鞠躬。

　　最后是我们自己人献花，我这才走近了看此刻的姐姐，嗯，姐姐好看，就是头发太短了，从我记事就没见过她留过这么短的头发。直到棺床要盖上盖板我才突然难过起来，我说："就这样拉走了吗？"我一问出，发现现实正在进行中，已经盖上盖板。我拖着姐姐的棺床不放，不让他们拉走姐姐。这时姐夫和弟弟过来拉我，把我交给两个女宾，他们送姐姐去焚烧池。我一时哭得不能站立，但其实我也是想站立起来去送姐姐的，我本来不是还在为姐姐高兴的嘛，我这是怎么了！我被安置在一个亭子里，有人陪着我，我哭不出声，他们就是看着我止不住的流泪。有人给我喝水，我不能吞咽，直到我睡着了。有人给我洗脸，能感觉到一只手一次次地轻柔抹擦的过程。我被轻柔地、温柔地、柔情地对待，伴着一次一次有人叫我的名字，我见着姐姐在远方挥别，她去天上了。

姐夫和弟弟已捡回姐姐骨灰，仪仗队已朝我在的亭子这边走来，我慢慢站起，有人递水给我，我喝了整整一瓶水，然后在队伍拐弯时加入了他们。

11

加上两个孩子，我们一行八人乘火车去姐夫的家乡埋葬姐姐。姐夫也是安徽人，老家在宣城市的朗溪县。装骨灰的是个白色的圆坛子，瓷的，外面是个红漆木盒。但仍是怕破了，红漆木盒外面又用泡沫箱装着。然后又用我的一件衣服系着。火车开动，乘务员来检查行李摆放，一个很高的大男孩，山东口音，他说桌子上只能摆放水杯，其他东西要收起来。姐姐的骨灰本来摆在桌子上，却被他要求放到床底下去。我说那不行，这个不能放床底下。他说那放上层的柜子里，我说那也不行，这个东西不能放柜子里。他不耐烦地说，那你抱着！我说好，然后把泡沫箱放在我的床上。阿宝在床上玩，拿着一个玩具反复地丢在不锈钢托盘里听声响。我把泡沫箱放在我的身后，给阿宝移了个方向。我实在太累了，让爸爸看着阿宝，我挤在角落里睡觉。姐姐的骨灰就在我的头边。

姐夫的老家人昨夜已经挖好了墓穴。清晨，我们下火车直接去山上。本来叫爸爸妈妈不要上山，爸爸说这不行，这是要埋了，是最后一次见了，他要上山。妈妈也要上山，我说，你们都上山谁带阿宝。最后商定轮换上去，妈妈先带阿宝，爸爸和弟弟先行去山上看墓坑的情况，我跟姐夫一起送姐姐的骨灰上山，中午给姐姐送饭妈妈再上去。

人情冷暖难料，事情并不像在北京那样有人主持大局，每个人都服从给定的角色，使人与事理性而有序。

轮到中午给姐姐送饭，妈妈肠胃不适，只有我、弟弟、姐夫上山。去的时候不觉，就知道走了很长很长的路。下山时发现这个叫太阳村七组山的风景真不差呢，不是我们老家平原的风貌，是秀美山峦，一眼望下去，茶园、稻田、竹林、山峰，相映成画。

妈妈在一个拐弯处巴巴地等着我们，她迷路了，既找不到上山的路，也找不到下山的路，她就记得爸爸说有个荷塘，她现在就想找那个地方，好沿着那条路上去。因为上午的事大家都不愉快，我能想象为什么没有人陪妈妈上来，一时心里悲凉。我跟妈妈说别上去了，一堆黄土没什么好看的。妈妈不依，说下午就坐火车走了，我们不陪她自己上去也得上去，我们只好又陪妈妈上去。上去了姐夫又放一次鞭炮，妈妈带了纸钱，我们又烧了一回纸。

我们下山后爸爸抱着阿宝等在山下，爸爸让赶快走，一刻也不要等了，离开这里去宣城的火车站。他重复着，离开这里。离乘火车的时间还早，但因为身心都很疲惫，谁也不想吵架，只要谁有一个强烈的主意，大家就会依了那个人。好像是一种无奈，也像是一种解脱。就是向前方的路往哪里走都是走，只要走过这一段就好了。我们都知道这个理，于是都依了爸爸，趁行李都没有打开，赶快离开。

去到市区，离火车开动还早，我们找了酒店歇息，傍晚上的火车。刚上火车就到了吃饭时间，妈妈说："该送饭了。"我们谁也没有应她。

第三部分　我们

1

我们次日三点到的阜阳，预计六点多能到临泉县陈家
村一巷的家。

下了火车出了站，爸爸带阿宝，弟弟照顾妈妈，我去
找出租车。后来我抱阿宝坐在副驾驶位，妈妈不适，躺在
弟弟怀里。

阿宝上车很快睡着，我难入睡，睁着眼看着车子前方。
大雾，车远灯照出去白茫茫一片。车开得有点快，我一再
叮嘱司机慢点开，爸爸见速度未慢也说："师傅慢点开，
俺这有个小孩子，老婆子还晕车。"司机原是不肯慢下来，
弟弟在后座突然向前大吼一声："叫你慢点听不见是吧？"
爸爸忙说："好好说，别嚷。"我说："师傅你再不慢点，

我弟暴脾气，还要吼起来。"司机这时才慢。出了城约二十里，进入荒野，一个东西车前一晃。司机机智，急忙刹车，但那东西还是撞得车"咣"的一声。我说："是什么？要下车看看吗？"司机挪了挪屁股，定了定神说："不看不看。走夜路常有的事。"又说："有钢镚吗？"我说有，叫爸爸拉开我的包拿小钱包出来。爸爸问："要几个？"司机说："随意，一个也行。"爸爸给了两个。司机接了两个硬币把车窗摇下来一个缝丢了出去。开远了，爸爸问："是啥？"司机说："野猫、黄鼠狼什么的，野兔子也有可能。可真不小！"司机再没有开快，到了我家天已经清亮。

一条巷子十来户人家，只有北面巷底一户有老人留守，然后就是我爸回来住了十几天，剩下的都空了。都锁着院门。木门腐朽，铁门生锈，家家户户门上一概泛着冷清的光。

我家院门前有两棵杨树，才是七月，已经落下来厚厚的一层叶子，这样子看少不了下过一场暴雨。爸爸走前用塑料袋把铁锁包上了，弟弟卸行李，爸爸去开锁，妈妈下了车又哭又吐，说："还是少了一个啊，再也回不来了啊！"

我去妈妈旁边，说："你别哭了，阿宝还没醒。"我知道只有这么说才能止住妈妈的哭声。不是不让她哭，是觉得在悲痛面前还是不哭的好。她这么哭，让我非常心虚，对一家人接下来的生活没有了底气，万般慌张。爸爸没说话，有点默许妈妈哭下去的态度，所以妈妈就继续哭着。爸爸去院子东门的菜园旁边清出来一块干净地，让我抱阿宝去坐着，躲一躲妈妈的哭声，但阿宝还是醒了，一脸诧异地左看右看。谁都不劝妈妈，妈妈也没哭长久，不哭后开始做事，很快清扫了院子，把床单和垫被抱出来晒。

爸爸去北京这一周余，西屋里来了一只母猫，下了两个崽，小小的，毛发稀得能看到皮肉。但仍能看出一黑一白，黑的带白点，白的带黑花。西屋是弟弟的，除了床还有一堆杂物，爸爸他们一时围在一起，商量着要不要动它们的窝。又说，小猫这么小，动了窝母猫不要小猫了，小猫只有等死。这是爸爸在说话。爸爸又说："我没走时这个猫就来瞄点了。母猫大，怀的少，看不出来要生，还以为它来找吃的。这是看没人了就选定这个地方了。"妈妈说："肯定是头胎。"阿宝这时被爸爸养在废弃猪圈里的几只鸭子下河时的"呱呱"叫吸引了，看着鸭子经过菜园，惊奇地发出"喔，喔，喔"的声音。然后她又往我的肩头趴，趴一下又拧着身子看鸭子，又稀奇又害怕。鸭子下河了，我抱她去院里，弟弟让去看猫咪，阿宝很喜欢，挣脱着往前去抓母猫。母猫哪里可能让抓，还隔一米远就冲阿宝"嘶嘶"地叫，阿宝却不怕，高兴地跺脚。爸爸一看这情境，说："别挪窝了，就由它在这把这窝小猫养大，你睡堂屋去。"这样决定，弟弟的床也不能抬，自己去堂屋拼两条长椅去了。看完猫，大家一时都有了生气，各收各的屋，上午十点半，我们就把家收拾好了。因为打算好好生活了，一家人把钱全凑出来规划生活。爸爸数的钱，分分角角加起来只有不到七百块钱。爸爸说："够，还有半袋面，够买油盐的就行。还有几只鸭子下蛋，不吃肉也能过去。"当天，妈妈就在院子东边的菜园整出两垄地下了好几种菜种，说天气好的话，半个月后就有青菜苗下面吃了。

我们各忙各的，都不谈姐姐的事。晚餐前，村里来了一个人，年纪蛮大，我叫太爷，看我们各忙各的，他一个人坐坐一会就起身走了。爸爸去送，太爷说不送不送，走到院门就把爸爸推回来了。爸爸说："也好。那我不送二爷了。我们一回来可能都知道了，您老来过就算都来过了。叫大家都不要往这里来，不来我们不谈，来了一谈一家人都难过。"太爷站院门口说："不谈不谈，就看你们刚回来缺什么，给你们拿点。"爸爸说："不缺，啥都不缺。放心吧您。"原来早上妈妈那一哭叫"报丧"，怪不得爸爸不制止妈妈。爸爸从里面锁了大院门，我们就在院子里、菜园里忙，出入走东边菜园的小过道门。没有目标的生活除了讲吃，实在没什么可忙。吃又没什么可吃，好在家里还有半坛猪油，随便炒什么都香。阿宝又不太能吃油，妈妈便想着做阿宝能吃的面食。做来做去发现还是馒头最合阿宝的意，再就是放了淡盐的菜丸子。闲淡的日子过了几天，弟弟要出去做工，说都在家闲着也不是个事。爸爸说好，说去给他借路费，我说不用借，咱们把剩下的都给大鹏拿去，过几天等阿宝爸爸发了工资汇来钱，咱们去县城取就有了。爸爸说："也好。"

除去这几天开销，我把剩下的四百多都给了大鹏，大鹏就要三百，说去上海一百多的火车票，再有一百多就够用了。到了那边吃厂里住厂里不花钱。大鹏只收三百，多的硬是不收，说留着给阿宝买吃的。

说话这天，弟弟买了第三日的票，又在家住了两天。爸爸几时把鸭子逮了三只去卖了两百多块，大鹏火了，说："说够了够了还卖鸭子做什么！"又说，"就剩两只鸭子了，一天两个蛋，你们四个人怎么吃？"

爸爸不接话，妈妈在一旁说："两个够了，阿宝又吃不多。"我说："都不要争吵，过两天我就去县城取，真穷到揭不开锅几个大活人会想办法的。"我这么说话，都不吭声，我才意识到我犯了忌，说了"大活人"。我忘了，我们现在真是太忌讳"死"和"活"这两个字眼了，上次爸爸说到大猫要是不要小猫了，小猫只有等死，大家不吭声，爸爸意识到什么，没话找话，说他走前大猫就来家里瞄窝了。于是我闭口不说话。

避着不谈也不是个事，还是得谈。家乡有三天圆坟之说，我们回到家的第二天是姐姐下葬的第三天，妈妈是偷偷地在河边给姐姐烧了纸"圆了坟"的。妈妈把地方选在一棵老柳树下，树下长着半人高的野草，烧过的纸灰站岸上看不见。但到了第七天，给姐姐送灵，爸爸买了些烧的东西回来，我跟弟弟都看见了。我们看见满满一筐的金箔纸银箔纸，明白是给姐姐买的，弟弟便问爸爸："给大姐立牌子吗？"

我爸说："咱们家都没牌位，你爷没有，你奶也没有。你大姐又是嫁出去的人，也不能在家立。按说今天是你姐头七，娘家人要去送灵的，但是咱们隔这么远，赶不过去，就远远地烧点纸好了。"

弟弟还算懂事，没有多问，只看着爸爸做。爷爷死时爸爸才两岁，他对爷爷没有一点印象。后来爸爸离开我们村十八年，回来找不到爷爷的坟了，爸爸就只在家竖了个木条，权当爷爷的牌位。

我们家平时只在过小年大年时才给"木条"上香，上香也不是一家人都上，只爸爸一个人上。我们三个孩子从小没见过爷爷奶奶，习惯了一家人就是爸爸妈妈和我们三个，也意识不到那个"木条"是什么。我家堂屋的条几案上除了有个"木条"还应该有过神位，后来不知道哪去了。反正爸爸小年大年焚香点蜡磕头跪拜什么神什么"木条"时，我们只是在旁边看，也说不清是什么特殊年份爸爸会拉过我们其中一个跪下去跟他一起拜。有一年是姐姐拜，弟弟笑嘻嘻也跟着过去拜，爸爸说，好吧好吧，你要拜也拜吧。旁边的妈妈问我："二妮拜不拜？"我说我才不拜。爸爸也脾气好，说不想拜不拜。

这天，爸爸破天荒地又把堂屋的条几案子打理了一遍，生了蜡火点了香，像我们小时候看到的一样，他又磕头大拜了一回"木条"，然后又引了香火去河边的柳树下去烧金箔。面对河边老柳树下的一堆灰，我和弟弟陡然明白他们悄悄地给姐姐烧过纸了。但姐姐的头七，我们一家人还是要一起给姐姐送灵的，妈妈叫我远远站着就行，因为我抱着阿宝。妈妈过一会上岸边来换我，叫我过去烧点。烧火的地方拔掉一片野草，几块红砖上压着一块小石子。石子有小孩子的拳头那么大。

这棵老柳树是我家在这里建房的那一年爸爸种下的，他什么时候想起奶奶了，就给奶奶在这里烧纸。

送弟弟去公路上坐大巴去火车站，我又给他偷偷地塞了一百块钱，他不知道，但他总会发现的。

院门关了几天，我们送弟弟走的时候打开后就开着了，爸爸说："开着吧。要来的早晚要来。"这么说是真的，刚送走弟弟回来，院门口等着两个人，北院的大奶奶和西院的三爹爹。都提着东西，面粉、鸡蛋。爸爸妈妈把他们让到屋里，我让妈妈抱阿宝，去倒水沏茶。大奶奶和三爹爹都是上了年纪的人，都是过来人，也都绕着话说，问爸爸秋季还种地不，要种的话什么时候要整地，什么时候埋化肥。还说，现在都有机器，不用人种，你说一声，机器来了到地里走两趟就整好地了。爸爸应着，说是是是。爸爸种地是行家呢，爸爸都懂，知道三爹爹这是没话找话。大奶奶还拿了蒜头来，说自己种的还没吃完。鸡蛋也是自己家里的，吃玉米下的蛋，黄大。说瞧阿宝来了，给阿宝吃。二十几个，也不知道大奶奶攒了多长时间的鸡蛋。她们家就她一个人，孙子在县城读书，半个月回来一次。后来陆陆续续又来了一些人，本村的，邻村的，再就是亲戚。姑姑、大姨、我姥爷、我舅舅。爸爸的四姨，我叫姨奶奶，拄着拐杖也来了。

大姨抱来了一只小狗，叫起来还奶声奶气的，院里一下子猫猫狗狗都有了，很是农家长远生活的情景。

来的邻居和亲戚，女的多夸姐姐懂事，男的多夸姐姐聪明、读书好，说她一考上学，亲戚门里下一茬小哩都不听爹妈的了，都要上学，这不是，后来村上考上好几个女娃子，比男娃都争气。

一人问起我："这个二妮后来没上学，现在干啥了？"

我爸忙接话："没上学也不赖，自己知道上进，比她姐好。"

这人说："那真是不容易。"

我说："哪会比我姐好，是我姐帮我不少。还是读了书有眼见，老早就叫我学东西。"

这人说："你姐啊，那学习好哩能读大学！"

爸爸说："那时候哪供得起，底下不是还有两个小哩吗？"

这人说："大鹏哩，大鹏后来考上没？"

爸爸说："没哩。早出来工作了。"

另一人插话："不是听说跟他大姐夫学活吗？"

爸爸不接话。

还是第一个人说话："时代不一样了，到了社会也能学。"

爸爸说:"是这个理。"

农村的老人家聊天尴尬得很,很少顾忌别人的感受,或者在面朝黄土背朝天的原始的人类生活面前,什么事也不过是"事"而已,有什么不可以说的呢?本来,弟弟的事也是父母窝心的事。姐夫从富士康辞职创业前就叫弟弟到苏州他徒弟的工厂做学徒,学了五个月。后来姐夫没跟他的徒弟合作成,弟弟照说也应该到姐夫的小工厂做工了,但姐夫说弟弟还未学成,再去其他地方学好了再到他的小厂做,也顺便学学人家的管理。爸爸妈妈听着也是个理,不想,弟弟一直在外面的工厂做,直到姐姐生病也没到姐夫的工厂做工。照说姐姐现在入土了,姐夫要回去管工厂了,应该提及弟弟工作的事,但是没有,提都未提。他不提,弟弟问他送爸妈回去后他回原来的工厂还是到姐夫的厂上班,姐夫竟果断地说回去原工厂,还说姐姐这事都太伤心了,弟弟要是去他的工厂两个人常见着不好。一时弟弟也没反驳,他觉得他看见姐夫自然也是要想起姐姐的。所以弟弟走前跟我说起这事,他并未有疑心。倒是我心里很不舒服,觉得并不合情理,按常理这个时候要团结,好好把厂子发展起来,也算是给姐姐一个好的交代。但事实并不如此。

我没让弟弟跟爸爸说这件事,爸爸后来也不问我弟弟去哪里。

弟弟走后又过了半月,阿宝水土不服便秘总不好,我打算回深圳了。转眼我带着阿宝出门一月有余,转眼阿宝十一个多月了，要周岁了，也要回去补打疫苗了。爸爸能理解我要走，却是千言万语地想说什么又不说。

我说："爸你有话？"

爸爸说："也没啥。说没啥吧，也有点事想叙叙。"

我说："你说，你不说我不知道你想叙啥。"

爸爸说："这么几件事：一，光你说叫我跟你妈去深圳，但是家又不是你一个人的，阿宝爸跟你谈朋友到结婚从来也没来过咱们家，当然，你们谈朋友很快就结婚了，我的意思是说，这个时候他要是来咱们家接你们多好，也算他来过咱们这个家了。他要是一次不来咱们这个破家，我怎么好往你家去，这不合情理，哪有做老丈人的先上女婿的门的。这是一，所以以后你也别叫我去你家，你妈要去随她的便，我不能去，去了你不能做主，让你麻烦。二，大鹏这事，大鹏没考上大学去做超市做得好好的都当领班了，你姐他俩非叫他去学模具，这去学了，也出师能干活了，他又不管了，这事你得看看怎么处理。三，三呢，家里没供你读书，你姐知道学，都供她了，她上班也没供大鹏，倒是你给你姐寄过钱，又供了大鹏几年。你姐也知道她没往家里寄过钱，又把我们老两口的一点钱拿去开超市开工厂，她说她养我们，她管大鹏，现在她不在了，大鹏的事你看你方便过问不？你看，就是这几件事。"爸爸说得小心翼翼，怯声怯气。

我说："你这就是两件事，不是三件事。一，去不去我家。二，大鹏的事。哪是三件事。"

爸爸说："是三件事，家里没供你读书，都供你姐了，你姐说了管大鹏，你姐不在了，你就是家里大的了。"

我说："你别这么说，我姐没管大鹏，管我了，写信都是她给我写，我写信也都是往她学校寄。后来又是她叫我学东西，这已经算是管我了，所以，你不能老这么说我姐，怪不得你们总有小矛盾。你们的老思想不行，老大就得担责任，管小的，你们给我姐太多压力了，怪不得她跟我逛街总觉得她不高兴。问她又不说。"我又说："蜻蜓爸指望不上，大鹏以后的路怎么走还是靠他自己，他不想做模具就当浪费了三年。这事没办法，谁让当初人家说什么就是什么，人家许诺你们就信。至于我管不管大鹏，我回答不了你。他也是大人了，能为自己负责了，干吗非要谁管他。再有，你要想找蜻蜓爸要回三万块钱，我就跟他说，以前我姐找我拿过几次零碎的钱不算，再除去给我姐治病打了两次钱，他还欠我六万呢，这是他找我借的，不是我姐，还说给我股份，股份现在看他是不会给了，六万可是真金白银，以后等他发财了我会找他还给我，到时一起要你们的三万。但是现在我们多穷多苦都不能要，就是捐款补了一些借款，他的公司分给了别人一半这事是真的，看在小蜻蜓的分上，得让他喘口气。等他稳当了，这个钱我势必会找他要。"

爸爸说："倒不是要三万这个事，我跟你的意思一样，孩子咱要养他不给，他要养，他要养孩子这个钱我们就算给外孙女花了。我不是要这个钱，就是想说他开着厂能带着大鹏一起做事，大鹏也有个出路。"

我没法接话了，这话题很让我意外，一是没明白爸爸为什么非要有个人管大鹏呢？二是我确实从来没想过管家里的任何事情。想想我小时候，爸爸妈妈不是在田里做事，就是去砖窑厂做工，很多年后，我回头看我的童年，发现记忆里都是姐姐，姐姐在煮早餐，姐姐在刷锅，姐姐在喂猪，姐姐在给弟弟穿衣服。妈妈恨我贪玩不归家，吃晚餐把我关在院子外，姐姐偷偷地给我留了稀饭盖在锅里。我的记忆里爸爸妈妈是不存在的，是缺席的，偶有一点印象，无非是我惹事了，他们打我，打得我嗷叫。现在回想起来那叫声跑的一个院子都是，撞到老柿子树上，撞到老井上，撞到老鹅身上，把老鹅撞得嘎嘎乱叫。再后来我下了学出来打了工，跟姐姐通信，都是她在鼓励我，消解我的思乡之情，安抚我的孤独之心。也所以，这个家对我来说只有姐姐，没有爸爸妈妈，没有弟弟。我现在是很看不起爸爸了，他原来是这么自私，养大姐姐叫姐姐有出息就是为了帮弟弟？我拿不准是不是这个意思，就隐隐这么觉得。这与姐姐跟我传达的父亲形象完全不合，姐姐说爸爸独立，讲节气，有骨气，我这时一点也看不出来。但看在姐姐的分上吧，我不恼怒，我想象着若是姐姐会如何对待爸爸，便让心里升起一股温情，于是对爸爸说："先走走看吧。过了年清明，咱们是要去宣城给我姐上坟的，到时再看看他的态度。"

说走还是不舍得，妈妈做事时总不自觉流泪，你得提醒她"您又哭了",她才知道自己哭了。妈妈说:"我没哭。我就觉得你姐在我面前晃一下。"

我跟爸爸说,我走了,你要看好妈妈,她现在都恍惚了。爸爸说:"有什么办法呢,我们一起生活三年,虽是叮叮当当,磕磕碰碰,总还是一个锅吃饭。你姐怀小孩她打电话给我们,你说哪有父母不能原谅的孩子呢,我们又去了。这可都是你妈伺候她。她病了,还是你妈给她煮饭,说吃啥煮啥。你姐又去北京,都昏迷两天了,醒来还是要吃面条。北京那是啥条件,你也看到了,人家借给咱的地方,就一个锅,连案板都没有,你妈和好面搁手心里搓也得给你姐做面条。这是你妈用她的办法疼你姐。人跟人就是这样,谁伺候谁多谁的感情深,睁眼闭眼有回想的东西。这个没办法。"我理解爸爸的意思,人与人的情感建立来自付出和交往。交往的越多,记住的情节越多,回忆也越多。回忆多了自是想念。这么想着,我也想起姐姐。

我说:"那我妈这样下去不会有什么事吧?"

爸爸说:"得往前走着看,哪天想开了,又或者是哭够了,就不哭了。"

我说:"爸,你搁北京时说我奶奶死,说要饭时见两个小孩子死,你是看多了想开了,还是心里对死麻木?"

爸爸脸一整,不是皮肤往下拉,就是整,整理衣领那样脸色一整,说:"啥是看多了,啥是想开了,啥又是麻木,你说说?"

我一怵，快三十岁了，第一次遇着爸爸这么严肃地问话，我在爸爸的脸色里能看到刀刃。这时的我，本能地不敢看爸爸的眼睛。我弱下来，说："爸，我不是说你没感情，我不是也没经过事嘛！我是担心妈妈那样，你怎么想的我摸不准，才那么说话。"

我爸说："你比你姐确实受苦少，别看你去外打工早，你姐读书并不少吃苦。都以为我不心疼你姐，给你姐压力，我也心疼，但不出人头地，在这穷地上生活更苦。这个苦你奶奶吃过，我也吃过，你们生的时代好，可以往外走，不知道在巴掌大的地方生活的难。话说回来，你们现在的年轻人看不见那个时候的苦，可是那苦搁人一辈子里压着怎么能轻了。"

我说："那你到底希望她做到什么样？"

我爸说："这话怎么好说，我说什么了，我什么也没说，我就告诉她要出人头地就得好好读书。我就跟她说你又是个女的，还不是个男的，不能拼不能打，你不好好读书有点文化，你怎么让人看得起。"

我问："你就只说这些？"

我爸毫不客气地说："我就只说这些。但是，你姐知道的东西又不是我一个人告诉她的。你小，你不知道，咱们去你姥姥家，她经过王庄就走不动，个个拉着她左看右看，她是那里的人，她知道。"

爸爸好生奇怪，竟觉得我打工不苦，竟觉得读书的姐姐更苦，他是以什么标准来这么评比的？

2

从我家往南五公里是长官镇，原来叫长官乡。长官乡往东三公里是爸爸的姥姥家大张庄园；往南两公里有个村子叫大王庄；大王庄西南二点五公里是大齐庄我姑姑家；大王庄东南三公里是我姥姥家白棚村；大王庄西南四公里是我大姨家王湖村；大王庄往正南五公里柳集村是我两个姑奶奶家。也就是，我们家的亲戚都在我家以南，以长官乡为坐标，平展一百八十度的以南。而大王庄除了长官乡又是一个坐标，是去其他亲戚家的必经之地。大王庄是什么地方呢？大王庄是姐姐的出生地。大王庄又是奶奶的墓地所在。这层故事，姐姐很小就知道了，我很久的后来才知道。小时我只知道村里有人恶言说我姐姐："再哭，再哭把你送回大王庄。"或者说："你走吧，你不是这个村的人，你去大王庄吃白面馍去吧。"姐姐听了哭得更凶了。我不懂他们说的话什么意思，但我会骂人，我会朝着把我姐姐说哭的人吐口水，骂他们："不怕烂舌头根子的骚货！"男的女的我都这么骂。我骂了他们，他们反而哈哈笑，说："这个厉害，这个才是俺这个村里生出来的人。"长大些才知道那么骂人是不对的，主要是骂得不准确，"骚货"多骂女人，有时是男的说，我也是那么骂过去。我也不知道这句话从哪听来的，肯定不是妈妈，妈妈不敢骂人，一旦说了脏话是要被爸爸严肃批评的。这话大约是前巷大婶子骂隔壁的二婶子，在我们村里她们两个都是很厉害的女人。

爸爸丧父后正是灾年，奶奶一个人带姑姑和爸爸。爷爷三兄弟，大爷新婚第二天就被国民党抓了壮丁，门下无子女。二爷有两个儿子，把大儿子过继给了大奶奶，老二自己养。我爷爷是老三，一女一儿，也就是我姑姑和我爸爸。大爷爷杳无音信，二爷爷和我爷爷在灾荒年相继死了。这样一来一个大家庭就成了三个女人养四个孩子。大奶奶是目不识丁的大家闺秀，这样说好像有点矛盾，但真是大户人家出来的，却又不识字。大户人家出来的好，是家教实在好，知道自己门下的儿子是别人生的，就把自己隐退了，一切听二奶奶安排。也有一说我大奶奶是大家庭的庶出，自打娘胎就知道不好与人争。我奶奶是识字的，不知道为什么也不争。或者是年纪小。她的问题得从爸爸的姥姥姥爷说起，我叫太姥姥太姥爷。他们是地主家，有四个女儿没有儿子，就把四个女儿都养得很好，都请人教了书。太姥爷自然也是读了书的人，就连太姥姥也是读了书的，那时随便读了点书的人都是有文化的人，看待世界自然比大多数人能看得远。太姥爷家被抄家时往马棚里埋了不少东西。听说就是在马棚的粪池下挖的坑。马棚里有坑，马棚外也有坑，马棚里是个小坑，马棚外是个大坑。抄家的人也去了马棚，但见马棚里都是马粪，小坑连着大坑，把两匹马牵走后往里丢了两块土坯就走了。太姥爷和太姥姥后来虽也按着别人的贫苦日子生活了动荡的几年，但家底还在，时代过来了，太姥爷家也过来了。但这时也是晚了，太姥爷也是没有办法地在家家户户急着嫁女时下嫁了四个女儿。

四个女儿，留了最机灵的老二在身边，另三个嫁了出去。老大嫁了隔壁村的一个长工，那时刚获得自由身；老四嫁了本村多少年娶不上媳妇的光棍；奶奶是老三，当初数她嫁得最远，却是嫁得最好的一个青年。爷爷当时还是个做香火的学徒，没有读过书，奶奶从没嫁过来就要死不活，嫁过来更郁郁不欢。爷爷小，奶奶更小，都还是不太立事的年纪。待他们生了一女一儿还没养大爷爷就死了，奶奶自己提不起精神活，一天病恹恹的。大家庭没有男人了，二奶奶管起了大家，把三个男丁按年纪排了老大老二老三，这事是在我爸爸两岁还是三岁那年吧。没有排姑姑，按年纪，姑姑是比二奶奶的二儿子还大的。三个男丁跟着二奶奶大奶奶合了一个锅吃饭，我奶奶和姑姑没饭吃，奶奶就想着往外走，想着带着姑姑走算了。姑姑那年五岁还是六岁，跟弟弟感情深，舍不得弟弟，偷偷哄了弟弟出来，奶奶就带着一儿一女走了。本来是想着回太姥姥家，可是那时正是所有人都揭不开锅的时期，都在过贫苦的日子，太姥爷看二姨奶的，二姨奶就毫不客气地用面布袋扔了半袋干粮把院门关上了，她自己两年生三个，这时有了四个儿女，小的还在哺乳。二姨奶的这个狠劲让奶奶实在想不到，但难说不是她有这个狠劲才让太姥爷把她留在身边的。那样困难的日子，没有一颗狠心如何自保，又如何活得下去呢？这是奶奶当初牵着一对儿女转身时对自己说的话。说这话也不能算是原谅她的二姐，算是为自己认命作个底。

奶奶带着爸爸和姑姑在沟边和荒野地里过了些日子，还没等有个落脚处就被二奶奶找到了，他们娘仨就又回到了我们村。

日子越来越难过，有人去大队打饭还没到地方就死了，有人饿着肚子睡的，第二天醒不来，有人偷偷吃黄土，肚子太沉坠死了。一时怎么死的都有。奶奶生病，去不了二奶奶家帮工，不帮工哪会有饭吃呢，只能靠姑姑和爸爸捡河工剥下来的红薯皮吃，小姐出身的奶奶看着都是别人嘴巴里吐出来的东西怎么也吃不下去。一天夜里奶奶想着去死，离家走了。这也就有了后来姑姑又带爸爸从二奶奶手下跑出来一路讨饭找奶奶的故事。姑姑认为奶奶肯定是去太姥姥家找吃的，就凭着记忆往太姥姥家去。那时没有大路，处处还是荒野，人烟自然也是稀少，姑姑和爸爸迷路了，找不到他们的姥姥家大张庄，十多公里的路走了二十天还没走到。自然是他们走偏了，绕过了他们姥姥家继续去了东南。路上，姑姑带着爸爸讨饭，偷戏班子的衣服和干粮。后来发现戏班子的东西最好偷，就跟定了戏班子，为了一口吃的，人家到哪她带着爸爸到哪，全然忘了要去太姥姥家找奶奶的事。直到后来，有人收了姑姑在戏班里打杂，洗衣服。据说那时候的戏班子也不像戏班子了，台上的皇帝也不能穿黄褂，只能穿贫民的衣服。说是唱戏，更像说书。

　　姑姑和爸爸跟着戏班子又走了些日子才跟别人说实话他们要去姥姥家。戏班子走南闯北，知道他们姐弟俩要去大张庄就告诉他们早就走过了，但眼见两个小小的孩子要走二三十公里，就许他们秋天往北走的时候把他们送到大张庄。姑姑七岁多不到八岁，对人说她十岁了，戏班的人也就真当她十岁，给了她活干。爸爸不到五岁，人本来瘦小，想说大点也没人信，没有人给他干活，他就帮姑姑打下手。等戏班子终于顺路把姑姑和爸爸交给太姥姥，太姥姥找到奶奶已经是第二年的秋天，时间离奶奶离开已经过去一年半，奶奶已经又嫁了人生了个儿子，而身上又刚怀了一个，干瘦的身子上刚刚鼓起一个馒头样子。奶奶这次跑出来没有去太姥姥家，自然是心里一直有恨，恨嫁了她，恨嫁得远，恨打发她像打发一条狗。奶奶经过太姥姥家继续往南，在大王庄讨水时到了一户人家，这家只有两口人，一个极矮的青年正伺候一个快死的老太太。青年见奶奶倒在他家栅门脚上，把给老太太熬的稀饭端给奶奶半碗。巧的是，第二天一早老太太就没气了，青年把熬的稀饭又端给奶奶喝，让她使劲喝，喝饱。青年跟奶奶说，如果不走，以后都有稀饭喝。奶奶想，有稀饭喝也饿不死，不走就不走了吧，就再也没走了。

　　太姥姥找到奶奶见奶奶那个样子，转身走了，过两天就把姑姑和爸爸送了过来。太姥姥说，她有四个孩子，不会养你这两个，养这半年都是我偷偷从嘴里省下的。

奶奶知道太姥姥说的"她"是谁，不吭声接过了姑姑和爸爸。

奶奶怀的孩子又出生，家里就有四个孩子了，眼看着这一家也没有吃的了。姑姑觉得这不是个事，她弟弟的年龄搁奶奶小时候就已经跟着先生读两年书了，要在这个家庭怎么可能读上书呢。她跟奶奶和后爷商量，说我只要你们管我弟弟吃饭就可以了，我自己不吃你们的饭。可我弟弟要上学，学费也是我去挣，不要你们管，但你们不能阻拦这个事。后爷是个矮子，又是个文盲，奶奶这么漂亮的人又有文化，他怕奶奶跑了，就答应我姑姑。姑姑一个人又回去找到了戏班子要求做杂工供爸爸读书。爸爸去读了书。姑姑后来嫁给了戏班子里演七品芝麻官的人，也就是我后来的姑父。

很快时代变了，都有饭吃了，姑姑要嫁人，爸爸初中差一年没读完也只好下学了。这年爸爸十六岁。爸爸自己在家把初三的课本学完，去学校讨了一张试卷给自己考了试，之后就把书埋了地下，去了生产队挣工分。爸爸长相标致，十分清秀好看，又带着读书人的机灵劲，很快被选了去做民兵代表到乡里学打靶子。一次爸爸学习归来，家里只剩下了生病的奶奶一人，问及奶奶，奶奶才说后爷是过继到大王庄的，现在这边的人都死了，他们的老家庭好起来了，把他接了回去。所以矮子后爷就带着两个儿子一个女儿走了。后来奶奶又生了一个女儿。爸爸平时民兵不训练还是在生产队挣工分，十八岁那年终于拿了满工分十分，他本以为从此可以好好地给奶奶看病，不想就是这年奶奶不行了，爸爸好好地服侍了奶奶半年，直到奶奶死在他的怀里。姑姑随戏班不知道到了哪里，等姑姑有音信回来，爸爸已经一个人挖土坑埋了奶奶，坟上插的柳条子都发了芽。

爸爸送走了奶奶，还是当民兵，不当民兵时在生产队干活。

爸爸有一次去乡里训练时认识了同样派去乡里训练的妈妈，妈妈黝黑，苗壮，也是当民兵的好体格。妈妈大爸爸两岁，觉得爸爸好看，有些主动。爸爸虚岁十九岁了一直没有人给他提亲，都知道他是个孤儿，无依无靠。如果不是生产队大家庭依靠着，爸爸这样没根的人更是没人过问的。妈妈不识字，行事莽撞，说她无所谓我爸是不是孤儿。我姥爷正烦我妈嫁不出去，听说了马上找人找到我爸要把我妈嫁了。我爸说那不行，他得给奶奶守孝三年。我妈说她等。一等果然是三年。我妈嫁到大王庄，我姐姐自然也就在大王庄出生的。这一年是一九七七年，姐姐出生的日期是农历三月二十一日。姐姐姓王，叫王瑞平，瑞是吉祥是好，平是平安。后爷姓王，爸爸姓王，姐姐姓王，但都是虚姓，都是靠了原来的王姓人家。后爷走了，有了自己的姓。吃人家的嘴短，拿人家的手软，爸爸说做人要讲良心，还在人家屋檐下吃人家的饭就不能改回自己的姓，一天不走，一天就还得姓王。

3

时间退后一年到一九七六年九月八日，这天下午我爸爸正在乡里训练，有人通知我爸爸太姥爷死了，叫他去守孝。爸爸没忘记大张庄张家，那可是奶奶长大的家，自然是一听说就去了。他去还有个目的，是想让那边还活着人知道他长大了，也想让他们知道奶奶死了，他想看看那边人的反应。爸爸去到张家见大家都在忙太姥爷的后事，就按下自己的心事不表，听从着张家的安排，他想着太姥姥总会想起他把他叫去问话的。但第二天一早他又接到通知，要他回乡里站岗，因为伟大的毛主席零时十分逝世了，乡里要组织各大队分批到乡里有毛主席塑像的广场上追悼。爸爸把一身白孝脱去，换了通知他的人给他的黑袖章，在乡里有毛主席塑像的广场上一站就是半月。因为追悼会一开就是半月，先是各大队分批次开，然后集体开，然后代表开，然后是党员开，直到后来主持人再想不出名头了，追悼会才结束。这时爸爸才返回太姥姥家，太姥爷早就入土了。听说所有给太姥爷戴孝的人后来都脱去了一身白麻孝衣，统一换成了黑袖章，因为上面要求，先把个人的悲伤放下，先一起追悼伟大的毛主席。所以太姥爷的葬礼上没人哭得昏天暗地的，大家都庄严地唱国歌，庄严地背毛主席语录。爸爸听说心里多少好受了点，想想要是自己在也是哭不出来。觉得那个时候他也还是唱国歌好，也还是背毛主席语录好。

太姥姥听说他回来了，叫了他说话，说是知道奶奶死了，说爸爸一个人不容易，要给他半袋东西。爸爸隐约还记得发生过一次"半面布袋东西"的事，坚决不要。太姥姥说你先打开看看。爸爸见太姥姥眉宇间都是奶奶的样子，就打开了那半袋东西，吓他一跳，都是铜钱。有些事情说来真是奇怪，太姥爷死了，二姨奶反而不当家了，倒是太姥姥当起家来了。现在的张家是太姥姥当家。但不管怎样，当初他们拒绝了奶奶，这让爸爸想起来就不舒服，所以还是不能接受张家的东西。

因为悲愤还是孤独，爸爸从太姥姥家回来直接去了生产队，倾其所有换了一只羊腿扛着，一个人去姥爷家求亲。虽然只有一只羊腿，我姥爷还是把我妈许了我爸，他三年前就想把我妈嫁了。爸爸一个人迎娶了妈妈。

姐姐出生后，国家实行分田到户，安徽凤阳那边已经分完，分到土地的农民在收音机里喜气洋洋，唱歌跳舞。我爸想我们这里肯定也快了，便想借这个机会回到他出生的村子。又加他如今娶了妻有了后，想着是时候回去认祖归宗找回自己的姓名了。这样，爸爸就单枪匹马地回到村子来，跟族人说了他的意思。但是当时并不顺利，这是爸爸没想到的。他想，"我爹是这个村子的，我也是在这里出生的，现在我长大了，回来认祖归宗了，凭什么不让我回来？"我爸说他扛着枪站岗的时候突然想明白了，他是男的，还要带妻儿回来，这是要分组里很多地的，所以受到了阻拦。

爸爸本来当时只是试探，受到阻拦反而成了动力，更下定决心非回来不可。待第二年春，村里正是丈量土地分组的时候，爸爸带了妈妈和姐姐回来了。那时爸爸妈妈穷得叮当响，只有一架破架车和两床被子。爸爸拉着车，妈妈和姐姐坐在车上，加上他们的锅碗瓢盆，一辆破架车还装不满。爸爸回来后，一个爷爷少时的小伙伴出了头，说人回都回来了，哪有往外推的理，就把他家白天拴牛的牛棚让出来给了爸爸妈妈住。这个人就是后来我叫四爷爷的人。他跟爷爷是堂兄弟，他小，我爷爷大，从小一起放过牛。那时河道无人维护，暴雨冲出的横沟很多，而横沟下往往又有漩涡，四爷爷踩了空，在他快滑到漩涡时，爷爷拉了他一把。四爷爷因为那个漩涡吧，给了爸爸一间牛棚，就只一间，一米高的土坯以上都是高粱秆扎的。爸爸妈妈不嫌弃，放下架车，清理了牛粪，又用水和了泥把高粱秆子里里外外糊了一层泥巴，这就算有家了。爸爸不傻，他没有在冬天回来，就是想着春天了，天暖了，怎么着都好，冻不死妻儿。

父亲扎下来不走，从组里分到了三口人的口粮和土地，开始像模像样地过日子。事实上他若不回来，在南边分的粮食会更多，但他就是认死理了，他得回来，等组里分田到户时这里应该有他的土地，他得姓回自己的姓，他姓什么他不能忘记。后爷走后是奶奶不想回，他见奶奶病着，舍不下奶奶，不然他十八岁成年拿满工分时就应该回到这边生产队来。

这一年冬天到来之前，爸爸做够了土坯，把牛棚加固了一回。拆掉了高粱秆的部分，全部用黄土坯盖到了顶。盖好后，虽然还是低矮，但都是黄土坯的，密不透风，他想妻儿在里面可以放心过冬了。

挨过一个冬天，才一开春，爸爸就准备盖房子。组里这时分给我家一块闲置的宅地，因为靠河边，偏离村子，一直没有人要。这块宅地虽还不如四爷爷家的牛棚那块地好，因为是属于爸爸的，爸爸还是喜欢它，决定在这块宅地上盖房子。盖三房，两间堂屋，堂堂正正的堂屋，外加一间凑合着能在里面煮饭的灶屋。

不知妈妈几时怀上的我，房子见高时，妈妈的肚子也大了，那边房子刚刚上梁，还没待放鞭炮，这边妈妈见红。爸爸只好顾我妈这边，把我妈往长官乡上的医院拉。我不足月，要在医院待一阵子，妈妈先回家了我还在医院里吸氧气。爸爸趁一天夜里去找了太姥姥。太姥姥好像预知爸爸早晚要回头找她一样，又把那半面袋铜钱提出来了，事隔多少年，好像又续上了同一场戏。或者这是太姥姥为奶奶预备的，无论如何该是给奶奶的一份。就是我出生的这一年，爸爸说一个铜钱就值两块钱了。

也许是因为有了自己的家，也许是因为太姥姥的铜钱，爸爸想起了奶奶，春上，爸爸在我家房子不远的河边种下一棵柳树。

我出生后，爸爸还想再要一个，又因妈妈太累总怀不上，等到弟弟出生，又赶上计划生育，不但罚了款还不分地。交够了罚款，以为能分到土地，又迎来三十年不动地的政策，这下弟弟成了彻底没有土地的人。

从生产队分田到户是按全村人口平均分配的，但是村里又细分了组，每组人口增减与土地分配自行管理。一时，全村的适龄妇女都在生孩子，小孩子争先恐后地往地上落，每个组的人口土地出现差距。我家从我出生到现在都是四口人的土地，从八分地减到六分，从六分减到五分。

我妈生不过别人，我家又没有老人去世，别人家的土地总量是越来越多，我家是越来越少。爸爸妈妈从土地上得不到更多的收入，只好去砖窑厂去制坯、搬砖。所以，从我很小的时候开始，我的家长就只是姐姐，她系着妈妈的围裙，在腰里卷了几卷，还是像穿长裙一样盖着脚面。如果我的记忆没有出错，我对姐姐最早的印象是她还没有压水井高的时候就开始压水煮饭了。

4

我担心妈妈，说走还是没走。

姐姐三七和五七，妈妈都在路口给姐姐烧了纸。姐姐五七过后，阿宝爸爸给阿宝寄的奶粉要吃完了，眼看，我们真的要回深圳了。

阿宝爸爸转给我两千块钱，我买了火车票还剩一千余，偷偷地放在了妈妈的枕头下。此后的两个月我再也没有给爸爸妈妈寄过钱，好在弟弟能拿工资了，给爸爸妈妈买了日用品寄回来，包括过冬的棉衣和被子。

因为我和姐姐很早出外，家里九十年代中就装了电话，十几年过去了，电话机还是那一部，还是用同一块绣花布盖着。妈妈把老鼠咬碎的绣花布洗干净补了起来，又把电话机擦干净，就等着有电话打进来。可是从爸妈回到家，一个月了，姐夫从未打来一个电话。爸爸绷着劲不说，妈妈唠叨："蜻蜓会翻身了吧！"又说："翻身了可要看好，别看不会爬，一挪一挪，屁股一拱一拱，不知道啥时候就拱到床边上了，大人不留意就摔下来了。"

我说："你这都是瞎操心。人家奶奶也是亲奶奶，会照顾好的。"

妈妈说："谁知道呢，就是要操这个心，就好像眼看着似的，看着蜻蜓长大了，会翻身了。"

我说："是四个多月了，你心里算着日子，日子一天天过，孩子自然一天一天大。不是你眼看着似的，是你想着这么大的孩子是什么样。"

妈妈不服我这么说她，说："真是就像眼看着似的，就是神奇，你还别不信。"

有什么好争执的呢，妈妈说什么就是什么吧。

妈妈说："你姐是啥时候回来的呢，咱们刚回来那几天她还没回来，梦着她还都是在苏州。这几天再梦着她，就回来了，背喽书包去上学。"

爸爸说："你那不懂净是胡说，啥是回来了不回来了，你想梦着哪就梦着哪。"

我也想起就是这几天我有一梦，我说："我有一次也梦着姐姐了，好奇怪不是她长大的时候，是她还小小的跟一两个月的胎娃时候一样，但胎娃的脸又不是那样，看着又像大人，眉眼又像姐姐长大的样子。"

妈妈说："哟，那是已经投胎了吗？她托梦给你，跟你说她长啥样，好叫你记得她。"

爸爸说："早该投胎了，哪会等到这个时候。"

妈妈说："你别说，大常营有一个年轻人好几年了还不走，天天闹她娘没给她套水红色棉裤，大夏天里还要找她娘要棉裤。"

爸爸说："猫有九条命，人有三条，能走一条就投胎了。"

妈妈说："平平哩？"

爸爸说："我没梦着，一回也没梦着。"爸爸突然擦眼泪，又说："你说哩，她咋就不让我梦她一回哩。让我梦一回，我也知道她啥样了啊！这多奇怪，这才五七，我都记不住她长啥样了。"

我说："你睡觉死，呼噜能响到三尖塘，梦着了也不知道，你怪她怪不着。你要想知道她长啥样，家里不是有照片吗？"

爸爸不接我的话继续说他的："我琢磨着，她三条魂早就走完了。她还没生蜻蜓那会咱一起去看她，肿成那样，动手术出来我看就走一条了。生完蜻蜓我回来找钱，找河北的瞎子算了一回，我才出八字，瞎子就说，这个人怕是已经不在了。第二回，第二回就是在北京时，我去到说抢救回来了，我看那样子哪像救回来了，魂都不在身上了。第三回肯定就是火葬了，人是肉长的，拿火烧多吓人，那边一点火，一叫她编号起身就走了。过去人土葬，五七后才肯走，现在都是火葬不等埋就吓走了。"

妈妈说："现在年纪大的活够够的了都不敢死，一听说要火葬就哭。大河跟她娘说不给她火葬，夜里偷偷埋，她娘才闭眼。"

我觉得话题是时候从姐姐那里岔开了，在她那里聊下去只会使我们更悲伤，就想了问题问我妈："后来大河娘烧没烧？"

妈妈说："咋说哩，她是没烧，大河挨个给人送礼叫大家不要举报，说他娘胆小，怕火烧。但有人跟她一样，先是偷偷埋了，又挖出来烧了。"

爸爸插话说："那是大猫娘。先是夜里偷偷埋了，后来又挖出来去火葬场烧。都臭了，还折腾人。"

妈妈说："我爹也怕火葬，回头也许他偷偷埋，好叫他早闭眼。就是不知道你舅舍不舍得花大价钱挨门送礼，不要让人举报。"

爸爸说："你这说哩跟多嫌老头活似的。"

妈妈忙解释："不是啊，我就是说不让老头害怕，许他不烧。"

爸爸说："又不是你一个，还有他大姨，他小姨，还有他舅，你一个人能说了算？"

我不知道怎么插话，觉得这时代死也是一个大难题，老一代人害怕火葬不敢死，为什么不采取过渡式，让老人用老办法死？现代的人不怕火葬，觉得人死了死了就没了，还信点什么的，认为灵魂是升天的，死去的不过一具肉体，也就无所谓怎么处理。我想试探地问爸爸妈妈害怕火葬吗，又觉不妥当，还是没问。

我走前，大奶奶又来送鸡蛋叫我带回深圳，强调说是吃玉米长大的鸡蛋黄大。我叫爸爸拿钱给大奶奶，大奶奶不收。爸爸说农村人的日子长喽哩，不收不急着给。我知道爸爸说的是礼尚往来，这事对农村人来说不是一天两天的事，它是长久的形式，是一生，是几代人，这么想想也就释然了，由爸爸去还这个礼，去还这个人情。

大奶奶是我们家族中另一门里的，大爷爷八十三，大奶奶八十岁，她不记得自己怀过多少个胎生了多少个孩子，后来活下来长成人的是四个儿子三个女儿。她常说现在的人生孩子太容易，一怀就能生，一生就能养。她说她们那一代，她们的上一代，上上一代，生孩子跟抽签似的，不定哪个能生下来，不定哪个能活下来。又说起她的一个娘家族妹，也就是嫁到这个村另一族家的五奶奶，生下来五个孩子，养大了三个。又说，说养大了也不算养大了，都是童子命，都没过一轮。我知道什么是童子，在农村说童子是养不活一轮的意思。要是谁家给孩子算命是个童子那是很严肃的事情，年年要烧替身，直到烧到十二岁。十二岁是一轮。童子搁古时候有钱的人家还会找替身去死。再后来人们意识到叫替身去死也不合适，就找替身去寺院出家。出家，也是重生的一种。因为出家意味从此不算俗世的年岁了，出了家就算腊生，从出家那一天算起，也是一年算一岁，是另一个世界。据说爷爷的长辈中就有一位从小给富贵人家做替身出了家，我叫太太爷，有个时期逼迫出家人还俗，太太爷也只能还俗。但太太爷在寺院过惯了，过不了世俗的生活，自己在荒野地里搭了个草棚当寺院。他的俗身有次有难，太太爷又替他去斩了头。

村里除了老人就是上学的孩子，但孩子也越来越少，村庄里非常安静，鸡飞狗跳一声，隔两条巷子都听得到。

二○○三年爸爸妈妈去深圳跟姐姐开超市那年离开村庄，用爸爸妈妈的话说，除了几面墙把什么都变卖完了。但是爸爸妈妈说老狗不舍得卖，卖了就会被人杀了炖成老狗汤。老狗叫多多，是弟弟要养小狗，从谁家刚出窝的小狗抱来养大的，这一年就十一岁了。爸爸妈妈是想着它这么老了活不长，让他在我们的院子里老死，委托了四爷爷每天过来一回添食。四爷爷也乐意，他是看上了我家的空房可以养牛，院里又有狗，刚好可以给他看牛。所以后来爸爸妈妈回来，四爷爷还是用我家的两间房子养牛。

不想，爸爸妈妈离开的那几年，多多不但没死，一直活到了现在。二〇〇七年这年，多多十五岁了，它太老了，一天悄无声息，凡是来过我家一趟的再来它都懒得出声。它连骨头也不想啃，喜欢吃半流食。因为吃得太少，我们都心软了，想把它当一个老人来养。骨头汤煮面，鸡肉熬粥，差不多阿宝吃什么它就吃什么。连阿宝喝剩的奶粉都是拌了玉米馒头碎给它喝。我妈笑话它托了阿宝的福，说它老了老了吃山珍海味了。不是妈妈笑话，多多以前吃得太差了，现在阿宝吃什么它吃什么，确是有点享福的意思了。我妈还说，就差给它补钙了，电视上天天放"人老了要补钙"，妈妈说这句像唱戏一样。我一听，对啊，为什么不给老狗补钙呢，于是就把阿宝的鱼肝油每天给它吃两滴。好奇怪的，从我们回来一个多月，老狗愿意站起来了，虽然还是不叫，有时也愿意哼哼两声。四爷爷来喂牛见它大变样说，前几年就看着不行了，我估摸着是等你们的人回来它才想死，现在你们人回来了，眼看着它又活过来了。还是你们舍得喂它。我妈说，喝奶粉，补钙，骨头汤，能不又活过来了，快死的人一下子吃这么好也有劲了。但妈妈意识到什么，说到这忙不说了。大西院的一个奶奶拄拐棍过来串门，老远就说，听说你们的狗都叫你们养好了，我来看看你们咋给它补钙的，我这腰抻不直，腿抻不直，补钙能补好吗？四爷爷哈哈笑："照他们这么喂，那能补不好？"四爷爷叫我妈："大鹏娘，你快给拐老婆子看看你们给狗补的什么钙。"妈妈说："我不识字，我也不知道，一个小蓝瓶，我得问二妮。"我排行老二，爸爸妈妈还有村上的老人习惯叫我二妮。虽然妈妈的名字也叫二妮。

我抱着阿宝出来，认真地跟他们说："这是小孩子吃的，就是好玩给老狗每天滴两滴。你们老人家是应该补钙，有专门针对老人补钙的钙片，你们跟自己的小孩子说买老人吃的钙片就行。"

四爷爷说："电视上有放，跟小孩吃的奶片一样。"

我说："对。跟奶片差不多，就是比奶片小一些。"

四爷爷说："那拐老婆子吃不了，她就一个牙了。"

我说："能的，放嘴里含化也行。"

四爷爷说："那敢情好，就是不知道她的小孩给她买不买。"

这正聊着钙片，没前没后的，大西院的奶奶突然冲我说："你啊，就是你，你小时候，就那个小孩子那么大，你妈你爸把你腰里拴个绳子系大树上。等你爸你妈老了，你可别疼他们。"大西院的奶奶果然满口只剩一个牙了，说话包不住风，但我能听出她说什么。她说话时还不忘指一指我抱的阿宝，用拐杖画着位置说哪里有一棵大树。

四爷爷说："这事是真哩。但有什么办法呢，你们又没有爷爷没有奶奶带你们，你姐大了能到地里帮忙了，你弟又小，得抱到地里喂奶，谁看你哩，地头都是河，怕你掉河里，不就是把你拴家里。说起来那鹅可真厉害，咬我几次裤腿子。比养个狗还厉害。"

妈妈忙什么一会出来搬了凳子给他们坐，冲大西院的奶奶说："你又在小孩子们面前翻瞎话。"妈妈这是有开玩笑的意思，"翻瞎话"是说假话。妈妈这样开玩笑，笑容里有点她年轻时开朗时的情景了。我心一松。

四爷爷和大西院的奶奶都不坐，又站站就走了。

或者人老了就是这样，讲着话好好的，动不动就往回倒带。不只是讲谁的小时候，还可能讲古时候，讲从来也没有亲眼见过的哪个先人、哪个祖先、哪个皇帝。大西院奶奶的话让我想起爸爸讲过的版本，与四爷爷这回讲的有出入，那一年不是姐姐去田里帮忙干活了，是姐姐生病了，送去了姥姥家。

5

算下时间，那年秋上我应该是四岁。那天早上我过四岁生日，早上得了一个红鸡蛋。

妈妈把一个鸡蛋煮好，从灶屋门上扯下一条红门对子纸，包起滚烫的鸡蛋在手里打圈揉。不一会，红纸服帖鸡蛋上了，妈妈把纸打开，原来的白鸡蛋壳变红了。下面的门对子经大半年的风刮日晒已经不怎么红了，我看着妈妈踮起脚从上面撕，上面的淋不着雨，还是红红的。

除了这个红鸡蛋是专属于我的，妈妈还蒸了一碗水蛋。起锅后淋上两滴稠亮的香油，淋上几滴黑黑的酱油，然后分一份给我，舀一勺给爸爸，剩下的她端着喂弟弟。妈妈把我的一份放在小桌子上让我自己吃，她端起弟弟的一份吹着喂弟弟。姐姐不在家，不然还要分一份给姐姐，那样爸爸就没得尝一尝今天妈妈蒸的水蛋好不好吃了。这年姐姐生病被爸爸骑自行车送去了姥姥家，姥姥常年生病，做不了农活，可以在家带姐姐。

吃完早饭，妈妈喂过猪收拾好锅上，爸爸往架车上放工具，妈妈用一根晒被子的大麻绳把我拴在院里的一棵大桐树上，他们就去地里起红薯了。

我已经这样拴着好几天了，我摸摸腰上的麻绳，又摸摸桐树上的麻绳，试着走一圈，然后再转回来一圈。妈妈系好后，我每次都要这么试一下，看看跟上一次的有什么不一样。我看后觉得妈妈今天系得也挺好的，紧紧的，结子扣我掰不动，心里就很满足。我为什么要检查妈妈系得牢不牢呢，我也不知道，我是看妈妈之前这么检查，我学妈妈。后来妈妈不检查了，我还是要帮着妈妈检查一遍。我这么检查，起初爸爸妈妈会停下来看我，后来也不看了，这天我检查时他们就没看，爸爸拉着架车，妈妈抱着弟弟走出了栅门。

我家只有三间黄土房，两间堂屋，一间灶屋。院子是用爸爸培出来的各种各样的小树苗圈种出来的，丝瓜和梅豆秧把上面爬得满满的，不特意从栅门里往里望，难知道院子里有个孩子。我一个人在院子里玩，院里有一只老鹅，有几只鸡，再有就是从树上飞下来的一群一群的麻雀。我不喜欢鸡，鸡有些傻，拉的屎又臭，只要一有鸡进入我绳子的长度内，我就走过去把它们赶走。但我喜欢老鹅，我叫"鹅，鹅，鹅"，老鹅就走过来，我抱抱它的脖子，它用长脖子圈一圈我。这样，我们就算拥抱了一回，彼此玩乐了一回。

这个鸡蛋我上午没有吃，一直握在手里。鸡蛋有些大，我握累了才会放到薄棉袄的口袋里。放一会又再拿出来玩，用桐树上落下来的黄叶子包着过家家，在地上挖个小坑埋起来。一会儿又从小坑里扒出来擦干净，擦过几回，见鸡蛋的红颜色快没有了就不舍得再玩了，又放在棉袄的口袋里。

中午我就吃这个鸡蛋。平时的中午吃口袋里妈妈给装的馒头。

傍晚之前，爸爸开始用架车往回拉红薯，每次到门口开门，老鹅会比我先知道，它伸着长脖子冲栅门叫，又伸着长脖子冲我叫，这样几次之后我一听老鹅叫便知道是爸爸拉了一趟红薯回来了。农忙时半晌不夜的，没有人会来串门，只有里院的四爷爷来借过东西。四爷爷人还没进来，老鹅脖子往上伸就开始警惕了。四爷爷还在设法取栅门上的门闩，老鹅已经"啊啊啊"地伸脖子飞奔而去。四爷爷推开栅门，冲老鹅说："咋地，你还咬我不成！"四爷爷没把老鹅放在眼里直接往里走。老鹅很激动，先是喙贴着地，像小孩子撅着屁股推着锨铲东西那样直直地跟随四爷爷。可能见四爷爷不停下，像蛇一样，忽地一屈脖子又伸出去咬了四爷爷一口。没咬着。老鹅又咬，被四爷爷一脚踢飞了。四爷爷这是不把老鹅当朋友呢！我叫："鹅鹅鹅。"老鹅还是"啊啊"地冲四爷爷叫。只是它不贴四爷爷那样紧了，远远地站着。四爷爷拿了一个钉耙自在地往外走，老鹅不知道拿他怎么办，只会"啊啊"地叫。待四爷爷把栅门关好拴好门闩，老鹅才来找我，把脖子贴着我的肚子往上伸，一直伸到我的脖子上找我抱怨。我光顾着替老鹅着急了，忘了四爷爷给我说了什么话，反正我没理四爷爷。我生气。他踢我的鹅了。

经过这次，我从此便知道老鹅是远远地就会分辨自己人和外人，自己人回来，它伸着脖子贴着地叫。人要进来了，它伸着脖子连贯地从上到下，再从下升起，行云流水一样在前面引路，样子非常好看。那样子好像作揖，又好像欢迎人去屋里。要是外人来它很着急，用着全身的力气一直仰着脖子叫，只要那人一靠进栅门，它随时有可能啄人家一下，但其实它啄不着。我知道这些微妙的事后，更喜欢老鹅了。但我并没有跟爸爸说我的感觉，我稀里糊涂的，感觉只是一转念的事，好像蠓虫子停了一下鼻头我刚觉得一痒它就飞走了，还不等爸爸回来跟他说，我就把这事忘了。

爸爸把一车红薯拉进来，不等卸下红薯，忙问我饿不，问我口渴不，还不等我答，爸爸就开门给我倒水喝。用大海碗倒的水，放到我能够着的小桌子上。爸爸也给我拿吃的，随便什么吃的都好。我趴在小桌子上吃着喝着，爸爸起火在锅里馏馒头，馏早上留的炒菜。爸爸估摸着锅里的东西热透了，就来卸架车上的红薯。看爸爸卸红薯也好玩，先拿两个粗木桩顶着架车把车子顶死不动，然后把车尾的红薯往下扒。等卸得差不多了，爸爸举着车把喊一声"嗨哟"把架车往上抽，然后红薯就咕噜噜全下去了。爸爸这样抽车子惹我好笑，我趴在小桌子上哈哈地笑。

爸爸抽完车子，把车子放下来也冲我笑，问我："爸爸有力气吧？"

我回答爸爸从来不用思考的，每次都嬉笑着说："爸爸有力气！"

然后爸爸去把锅里热好的饭菜包起来一份给我妈，一份端到我的小桌子上跟我一起吃。爸爸嚼芹菜很响，咯嚓咯嚓，好像芹菜就得嚼那么响才会香。我学着爸爸嚼芹菜，不响。我又学着爸爸大口咬馒头，爸爸一口就咬下半个馒头，我怎么也咬不了那么大，把嘴都撑疼了。爸爸也不批评我，爸爸只笑我，他知道我学了他这一下接下来就会小口小口吃了。

爸爸回来有时会抱抱我，用他那粗糙的脸蹭一蹭我的脸。有时问我什么，有时什么也不问，只顾埋头干活。有一次我告诉爸爸我很喜欢老鹅，爸爸也不回我，只笑，给老鹅丢两个小红薯条子，像我的大拇指那么粗。然后爸爸卸完红薯把红薯盖好又拉着架车走了。我有时会追着车叫"爸爸爸爸"，爸爸有时回头看我，有时不看我就朝栅门走去。他任我追，他知道我腰里有绳子，追不出去。

我忘了告诉爸爸里院的四爷爷来过，拿走了一个钉耙。

天要黑的那一趟爸爸回来再去田里会把我带上，因为天黑了，我在田地就不敢到处去，会乖乖地坐在弟弟的身边，或听爸爸妈妈的话守着一堆大红薯不动。我很高兴坐爸爸拉的空架车，坐着躺着都好玩。有时爸爸顾着走路，我从车尾滑下去他才知道。虽然我没有多少斤，但他还是能感觉到车尾一轻，然后翘了上去。我有时也会从坐着的车帮上掉下去，那样头先着地会很痛，我记得那痛，后来便不淘气往车帮上坐。有时爸爸心情好，会推着架车走，一边走一边跟我说话，还在我不经意间把车子推得一会儿快一会儿慢，我知道他是为了逗我咯咯大笑。我真的就会咯咯大笑一回。

　　天气晴朗的时候，我偶尔抬头看见出早来的星星，会躺在架车上不动，仔仔细细地看，看完大的看小的，然后再看看月亮，心里高兴得不得了。我会唱起姥姥教的儿歌："小月牙，晃晃吧，拍拍手，到俺家。俺家有棵大柳树，你就别走住下吧。"不管怎样，我是高兴星星月亮一直跟着我，我在村子里它们在村子上面，我到了地里它们也到了地里上面。

6

　　但到了我过五岁生日的那年的秋天，弟弟就一岁半了，会走了，喜欢上来牵我的手要跟我玩。牵我的手不是一把抓，是走到我旁边，把我的五个手指头分开，选食指和中指握着。姐姐这年秋天也未生病，也没有被送去姥姥家，收红薯的时候，我们一家人都去了田里。我已经懂事不会往河边跑了，跟着姐姐一起掰红薯上的泥。我做事还不长久，但自己不惹事又能看弟弟，常被大人夸，心里觉得自己了不起。

傍晚跟红薯车回来，弟弟坐在红薯上，我跟姐姐从后面帮着爸爸推车。爸爸卸下一车又去田里，要是弟弟哭闹着跟车，姐姐就会拿馒头片哄他叫他留下来。

这时姐姐要洗菜煮晚饭了，她嫌妈妈的围裙长，会在围裙有绳子的一头卷上很多卷，然后才系上。系上了还是长，像穿了一条长裙子。姐姐没有妈妈那样的急脾气，姐姐洗菜要仔仔细细地洗，先去泥、去黄叶、去根，然后一片叶一片叶地分开才放进水里洗。妈妈平时瞧不惯姐姐这样做事，说她才这么一丁点大就知道讲究了。不知道姐姐跟谁学的，可能是在姥姥家跟快要出嫁的小姨学的吧。姐姐才多大呢？农村人以农历年计，一生两岁，两生三岁，姐姐这是虚岁八岁了。周岁要到第二年的农历三月才八岁。而到那时她虚岁又是九岁了。这种算法，我读小学后还是算不清，怎么是八岁了，实际还不到八岁。怎么实际是八岁又是九岁。姐姐算得清自己多大。

姐姐晚上做饭，炒一个白菜，再炒一个秋天的萝卜或者梅豆角，掺一把豆皮或者猪油渣。豆皮和猪油渣只放一样，换着味道吃。

大约就是这年的秋天，姐姐去上学了，农忙过后，家里剩我一个人带着弟弟在院子里玩。爸爸出去做工赚小钱，妈妈里里外外忙得不见人，好不容易远远地见着妈妈了，走过去妈妈又不知去哪了。菜地里浇水，河边洗衣，土坡子上晒东西，妈妈一会儿在这，一会儿在那的。有时也见她割韭菜，我们便问妈妈："包饺子吗？"妈妈说是。妈妈还在河边洗韭菜，我跟弟弟就把鸡蛋从母鸡窝里掏出来了，坐在灶屋门口等妈妈。要是鸡蛋炒出来看着少，妈妈说你俩再去薅个萝卜，我跟弟弟就一起笑哈哈地去菜园里薅萝卜。也不用筐，我们一人提一个白萝卜就回来了。

看着妈妈剁馅子，看着放学回来的姐姐擀面皮子，我跟弟弟高兴得不得了。我负责烧火，等不及饺子包好煮熟就烧一块面皮子先吃着。妈妈闻到我烧面皮子还说，白面就是好，怎么吃都香。

妈妈是吃够了黑面的，但遇着哪一年地里收成不好，妈妈还是把白面留给我们吃，跟爸爸两个人吃高粱面和红薯面的窝窝头。窝窝头粘手，三个手指头拿粘三个手指头，五个手指头拿粘五个手指头。那时候我们也没有卫生意识，不管大人小孩，吃完窝窝头都啃手指头。谁也不笑话谁，很自然地啃，啃完了手还黏糊的就在地上搓一搓。那时到处都是干净的黄土，一点也不黑，搓完手指头就真的干净了。

姐姐读书后的第二年秋天，我也读了书。姐姐大我两岁半，照说应该比我高两个年级，不知道因为什么姐姐才比我早上一年。

我去读书了，就把弟弟忘了，好像不知道还有个弟弟。上学跟同学玩，放学了还跟同学玩，天黑了要姐姐找才回家。回家吃完饭就睡了。

那时我们周六还上学，只周日不用去上学。好不容易到周日这一天了，还是不带弟弟玩。妈妈要是刚巧逮住了我就会提着我的耳朵把我往家里提。我要走得很快才行，稍一走慢，妈妈的手又提高了，我的耳朵就会生疼，我就会唉哟唉哟地叫。妈妈说："知道疼啦？知道疼就走快点。"我的脚下就像生了火轮一样，一脚赶着一脚地往前走。妈妈一路上还会教训我，叫我向姐姐学习，把家当成家，把弟弟当成弟弟，做一个姐姐应该做的事情。

这种事情要是被后院的大奶奶遇着了，她就会说："瑞娘你手轻点，把小孩的耳朵提溜烂了。"

妈妈要看心情怎么接话，不高兴时就说："野哩很，能跑一个上午不进家。"要是心情还不错，会多少带着笑意地问候大奶奶，说："大婶子你这弄啥去？"大奶奶也看心情怎么回，"弄啥？闲不住，狗日哩和理又跟红娘打架了，瞧瞧去。"大奶奶的儿子多，好几个，确实照她说的，不是这家有事了就是那家有事了，一点也不让她安生。和理是她的大儿子，是她亲生的，可是她每次都骂她大儿子狗日哩。大奶奶心情好的时候回话前先嘻嘻笑，露两颗银镶牙，再说什么我们就走远了。她也走远了，说出的话我们还能不能听到，要看风往哪吹。

读书之前，我几乎没有跟别的小孩玩过。当然，姐姐也没有。所以读了书就好像开了眼，才知道这世界上还有那么多的小朋友。小朋友间虽然说着一样腔调的话，语言竟千差万别，我们彼此之间都听不太懂。但很快我们就什么都懂了，好像几十个家庭的人坐在了一起，能看见这一家的爸爸是怎么说话的，那一家的妈妈是怎么说话的。又或者是这一家的奶奶是怎么说话的，那一家的爷爷是怎么说话的。我常常会听着别的同学说话不由自主地哈哈大笑，我好像知道黄彩云的话是她奶奶说过的，一个孩子那么说话实在是太好笑了。

黄彩云撇着嘴说："活不长，过两天非死不可。等死了我叫我妈扒了皮，肉给我炖着吃，皮给我冬天做手焐子。"

黄彩云又说："我才不心疼，我养的我也不心疼，养兔子不就是为了剥皮子卖钱，剔骨头吃肉嘛！"我听到这里才听明白，原来黄彩云养的兔子病了，她盼着兔子死呢。我突然也很想养兔子，但我发誓我养兔子不为吃，我是想看着小白兔蹦蹦跳跳的。

当天回去我便找我妈说了，我说我要养兔子。我妈说："我多忙，我还有气力给你养个兔子？"

我知道我妈忙，忙拍着胸脯保证："我自己养，我薅草喂。我最喜欢薅草了。"

妈妈当时还是没答应我，不记得等到哪一天见着爸爸了，爸爸问我："你姐说你要养兔子，还保证自己薅草喂。"我本来差不多把这事忘了，爸爸一提，我心劲又上来了，忙回答我爸："对哩对哩，我保证自己薅草喂，不让妈妈喂。我最会薅草了。"我又拍着胸脯保证。爸爸看着我的样子笑，爸爸笑我也笑。爸爸下一次又回来时真给我带了一只白兔子。

养了兔子后，我就很忙了，又想跟同学玩，又想薅草喂兔子。两厢为难就只好做了取舍，跟同是需要薅草的同学约着放学了一起去田里。这下好了，又有的玩，又不缺兔子吃的草。

但是兔子实在是太能吃了，越长大越能吃，我光下午放学薅草已经不够它吃的了，有时中午还得带个布兜子在上学的路上薅，薅了带到学校里。

很多人会把东西带到学校里，有人带着弟弟上学，有人带着妹妹上学，还有人带着捡柴火的筐上学。我带着兔子草去上学一次也没有人说过我。我就放在我的课桌下面，老师知道我们每个人的课桌底下都藏着东西，也不管我们。

我养的兔子长大后被爸爸拿去卖了，给我换回一条灯芯绒裤子，口袋和裤脚口带着白花边。爸爸说还剩了钱的，但不能给我花了，要给我留着交学费。然后爸爸又给我买回两只小小的兔子，比上一只刚买回来时还小。

放了暑假，我除了薅草喂兔子，平时在家的时间多了。但我宁愿帮姐姐烧火，也不愿意跟弟弟玩。讨厌他像个鼻涕虫，还爱哭。我愿意跟姐姐玩，可姐姐不跟我玩，她像妈妈一样忙，什么时候都在做事。要是有同学来找她玩，更是不愿意让我在她眼皮子底下转悠。姐姐也有发狠的时候，但她的脾气不发在脸上，只发在眼睛上，她一瞪我，我就怕她了，跑得远远的。

我们三个孩子，我妈说数我不听话，但我面上好脾气，大多时候都高高兴兴的，谁打我骂我我也不生气。我看着妈妈扬手要打我了，我会跑，笑着跑。妈妈恨我的时候，跑半条巷子追上我也得把我打一顿。爸爸不这样，爸爸一看见我笑，扬起的手就打不下去了，所以我见爸爸要打我，我是不跑的，我只仰脸冲他笑。妈妈看不下去，说我爸不管教孩子，我爸说："举手不打笑脸人，小孩子都笑了就是知道错了，知道错了还打什么。"在这一点上，爸爸觉得我姐不如我，姐姐犟，不笑，谁打她都受着。对错都受着。

我不记得弟弟跑掉的时间多还是被打着的时间多，只记得他要是被妈妈打哭了就会找姐姐。姐姐心疼他，一边做着事还一边哄着他。他从不找我，经过我身边当我不存在一样还是去找姐姐。他常常是哭着去找姐姐，嘴里叫着："大姐，大姐，大姐在哪呢？"

我跟姐姐的性格太不像了，我见谁挨打也不劝，也不心疼。我看热闹，别人挨打我很激动，替他想着怎么溜掉。姐姐看情况，觉得我和弟弟没什么大错时就用身子护着不让妈妈打。妈妈在气头上是拉到谁都要打一顿的，不管打了谁，打了才解恨。所以姐姐常常替我们挨妈妈的打。

7

一觉醒来已经过去了一夜。我收拾好东西，抱着阿宝，坐上从城里叫来的出租车去火车站。妈妈让爸爸送我到火车上，爸爸看看我，我说不要送，到火车站我去找母婴室，是可以先上车的。爸爸低一下头，说："那就不送。"

从没有哪一次离开心情是这样沉重。爸爸跟着出租车走了一段，不停地挥手，好像我在跟他挥手，他与我回应。但其实我没有跟爸爸挥手，我只是抱着阿宝看着后视镜。妈妈在更远的地方站着，就是站着，没什么动静。

8

姐姐还因为我挨过别人的打。

有一次也是秋天，弟弟在院里玩，姐姐在洗萝卜准备煮晚饭，我偷偷跑到了院子外去玩。我在巷子里遇着路对过一家院子里的同学黄彩云，那同学胖胖的，有两个哥哥两个姐姐。她要我手里拿的一样东西，我不给，她便说她姑家在城里，她姑家的孩子都穿高跟鞋，说我"你见过高跟鞋吗你显摆"。我知道她家有城里的亲戚，我也见过她姑家的孩子穿着红红的高跟鞋来她家走亲戚。我生气了，我说："你就是个捡破烂的，净捡你姑姑家孩子的衣服穿。"我可能说到她的痛处了，她过来打我，她胖我瘦，跟我同年生，虽只比我大几个月，但比我高半个头，几下就把我按在地上踹了我一顿。我也不哭，默不作声地回了家。姐姐让我烧锅，我用嘴吹火时脸上的伤被火烤痛了，惊叫了一声，姐姐这才知道我被人打了。姐姐过来看我的脸，看我的手背，她心疼了，不由分说地拉着我找我的同学去评理。

我的同学不知怎么的没进院子，姐姐拉着我去时，她还在大门外缩成一团小声地哭。我姐姐便让她跟我道歉，她也倔强，就是不道歉。姐姐拉她起来，说你打了人你还哭，你是害臊哭的吗？那同学便不愿意听了，猛地站起来打起我姐来。门口有动静后，她家的大门开了，哥哥姐姐都出来了，拉着我姐让她打，直到看着她把我姐的头发揪下来一把。我急得用腿踢拉着我的人，可是任我怎么踢一点也帮不上姐姐。后来，我姐一手捂着往外渗血的头一手牵着我回家的。回到家见弟弟在院子里睡着了，姐姐还把弟弟抱到了屋里的床上去睡。我这时很老实了，把之前掐灭的柴火又点起来，继续烧火。姐姐叫我把灶台下的柴火灰抿一把在她的头上。我说那会很疼的。姐姐说她咬着嘴唇不喊。我说好吧，我帮姐姐用柴火灰盖了渗血的伤口。姐姐如她说的，真没哭，然后她又去切萝卜。

爸爸妈妈回来就很晚了，想着别人家该睡了，没有去找人家说理。第二天，妈妈拿着姐姐的一小撮带着头皮子的头发去说理，回来的时候手里多了半瓶香油，他们那一家人说是用香油给我们涂涂伤口就好了。我爸恨我妈，说我妈就是讨不回理来，也不能要人家的香油啊。我姐的头上，右耳朵上方多少年了还有一块小指甲盖大小的白皮子不长头发。

伤口和香油，香油和讨理，我跟姐姐弄不懂这里面的关系，就记得我爸整天生我妈气。

我跟姐姐没什么共同喜欢的东西，但我们有一件共同不喜欢的事，我们都不喜欢城里人。不喜欢城里人什么活也不干，还能天天吃白面馍，还能天天到农村来走亲戚。我们每年田里收的麦子不管多少都要交公粮，有时遇着春季雨水多，这一年的麦子交了公粮就不剩什么了，不到高粱面玉米面下来就不够吃了。还没到腊月呢，还没到过年呢，没有白面，过年拿什么炸油果？拿什么炸馓子？拿什么炸又香又脆的豆丸子？城里人太坏了，光吃白面馍，光要麦子。特别是同样的年景里，我家没有白面馍吃，同学家还有。当然，我后来又跟那个胖同学玩了，她说她姑家拿粮票换的白面，又把白面提到她家来给她们换玉米面子吃，换高粱面子吃，换红薯面子吃。同学说她姑家的人吃白面吃讨厌了，想尝尝玉米面子和红薯面子的窝窝头。说特别是红薯面子的窝窝头甜甜的，要是再用油煎一煎更好吃。我那次才听说用油煎过的红薯面子馍不但不粘手还特别香特别甜。

同学给我分从家偷偷带出来的白面馍，我不得不听她说这些美好的事，其实我心里恨死了城里人。心想，这世上，还有人吃白面馍吃够的！都吃够了，为什么要我们交公粮还非得交麦子，为什么不让交玉米，为什么不让交高粱、交红薯？

9

再后来姐姐上了四年级，去了乡里的中心小学上学。我还在上三年级，本来还应该在大队上。因为路远，爸爸为姐姐担心，叫我也去乡里的中心小学上三年级。爸爸本来想让我给姐姐在路上壮个胆有个伴，可是我一星期不到就不愿意跟姐姐一起走了，一出了家门我就跑不见了。常常是姐姐到学校了我还没到学校。常常是放学姐姐回到家吃了饭，在帮妈妈喂猪了我还在路上。妈妈恨我恨得牙痒痒，总说逮住我了打不死我。我不知道妈妈为什么那么恨我，照说我不陪我姐该是我姐恨我的。可是我姐姐真不恨我，哪天妈妈特别不高兴，姐姐还会给我放哨，在树林里等着我，叫我趁妈妈不注意溜进灶屋吃盖在锅里的饭菜。

姐姐胆小，但姐姐要面子，她害怕很多东西，蛇、青蛙、毛毛虫，特别怕癞蛤蟆。她见到这些会绕着走，绕不过去了会捏着鼻子捂着眼走，走过了赶快跑。要说见多了就不怕了吧，姐姐不是的，她一直到二十几岁了还是怕。爸爸批评我，说我不陪姐姐一起走就罚我不能吃饭。姐姐要面子呀，说不用我陪，她不害怕。但是我知道她害怕极了，我只不过告诉她她背上有毛毛虫，她便吓坏了，赶快脱下衣服扔地上。扔到地上了找个树枝挑着看，里里外外看三遍还是不敢把衣服拿在手上。我看不下去只好告诉她是骗她的，她才敢把衣服从地上捡起来。

到了夏天，树上会吊下来很多丝虫，一个不小心就撞到脸上了。姐姐怕撞到那些虫子，宁愿被大太阳晒也不从树下走。姐姐不光害怕树上吊下来的，也害怕地上的、土里的。她平时走路可小心了，有一只大蚂蚁被她看到了也要绕着走。她这样子，也不好说她是心善不杀生，她就是害怕。家里来客人了准备杀鸡，她要把房间的门关上把头伸进被窝里。我会笑话她，还没杀呢，还在逮鸡呢！姐姐是连鸡挨刀前的惊吓声都不愿意听。妈妈逮住鸡，把两个鸡膀子往后捋抓在手里，这时鸡还是好好的，一旦亮出刀，鸡就害怕了。要是公鸡，会吓得大白天的打鸣。要是母鸡，会吓得咯嗒嗒咯嗒嗒地乱叫。我知道这时候才算正式杀鸡，会跑出来笑话母鸡，"又不是生蛋，你咯嗒嗒咯嗒嗒叫什么！"后来妈妈知道姐姐怕杀鸡怕得要命，便去河边杀。

姐姐班上有个男同学坐在姐姐后面，在她的大围巾里放小蛇。姐姐吓坏了，大概吓晕过去了，有人赶快去叫我。我去到她们班，姐姐坐在别人位置上直抖，整个人哭变形了。我问姐姐后面的男同学蛇在哪里，那人一脸的傲慢，说在抽屉里，他可能以为我不敢去找证据。

我叫那个男同学走开，伸头进去他的抽屉里找，把他的书和书包都扔到地上，结果还真在角落里找到了一条小黑蛇。一尺来长的小黑蛇，身上都不光滑了，都发黏了，软软的，快要死了。我拿在手上，硬是拽着那个男同学的衣服把蛇塞到了他的脖子里。不知出于什么原因，那男同学只是挣扎，并没有强势起来把我往外推。就这样我站在他坐的长凳子一头，把那条快死的小蛇塞到了他的脖子里，还叫他坐着不准动，叫他把蛇暖和了才能拿出来。

第二节课上课铃响时，老师走到教室里，他知道我是姐姐的妹妹，他看了看我，还没等他发话我抢先告诉老师我姐姐被吓死了又活过来的事。姐姐的班主任拿眼瞪那个男同学，叫他把蛇掏出来丢到学校后面的河里去，然后把姐姐的座位调到了第一排。她学习好，老师要把她放在眼皮子底下看着，再不让调皮的男生欺负她。好长好长的一段时间里，直到姐姐升了五年级，不管怎么调位置，姐姐都是坐第一排。

姐姐的成绩更好了，三名以下是没有过的。这成绩一直保持到她小学毕业。

姐姐从心里是喜欢我的，总用她不敢但知道我敢的眼神看我。

小蛇事件后，姐姐跟我说了心里话，姐姐说她不是在我们村出生的孩子，她是爸爸妈妈从"南边"带回来的孩子，她要很懂事才行，她要给爸爸妈妈挣面子。姐姐这么说，我还以为她是我爸我妈捡来的孩子，觉得没有亲爹亲妈很可怜，心里隐约觉得以后要对她好一点，陪她一起上下学，陪她一辈子。

第四部分　他

1

　　回到深圳没几天阿宝一周岁了，她生日派对的那天，见有小朋友拿她的玩具，突然站起来抢回自己的玩具就跑。我坐得远，她爸爸坐得近，我以为她会往我这边冲，笑着接她，却见她一犹豫冲爸爸过去。她爸爸紧张地笑，被抢的小朋友的家长看着也笑，若不是天天见，外人真难相信一个孩子是在一个瞬间就会跑了。接下来我们一直围绕着阿宝笑谈，一次次让她走过来走过去，看她是不是真的从此会走了。她似乎发现自己走路也很好玩，不停地笑，紧张地笑。可是她还不会自己停下来，一次次撞到大人的怀里。

十一月一日早上，我接到一个陌生人的电话，说你是陈大鹏的姐姐吗？我说是。他说，你弟弟昨天下夜班出事了，他的同事报了案，我是案件的负责人，希望你们家人能来一趟。我问人怎样了，警官说在医院，送去是昏迷，现在的情况医院还未通报。我刚挂完电话，爸爸的电话就来了，说："云云，大鹏叫车撞了，你得去上海一趟。"我说好，我知道了，正准备去。爸爸说他也去，马上就去火车站。

二〇〇七年十一月一日是周四，先生还要上班，正在打领结。我说，你上不了班了，我要去上海。这次不能带阿宝了，她大了不好带，只能麻烦你了，你看这事怎么办？

先生把还没有拉紧的领带一把拽下来看着我，无比严肃地说："我要上班！"

我说："我知道你要上班，但你放心我带着她跑警察局跑医院吗？她不是几个月的时候，什么也不懂抱着就好了，现在她要下地走，要下地跑，我办事不定是个什么环境，让她看在眼里你觉得好吗？"

阿宝早就睡醒了，先是自己在床上玩，玩够了自己溜下床出来客厅，从玩具筐里找鞋子穿。她觉得好看的鞋子也是玩具，我们把她的鞋子放到鞋架，她总要拿出来坚持放在玩具筐内。她才一岁两个多月，哪里会穿鞋子，只是锲而不舍地在重复往脚上套的动作，一边套鞋子还一边"诶诶诶"地发出声音，好像很使劲地干一件什么事。先生去抱地上的阿宝给她穿鞋,问我:"你要去多久?"

我说:"还不知道情况,只能到了再打电话给你。"

阿宝把爸爸刚穿好的鞋子揪了下来,扔一边不管,啃一个磨牙硅胶圈。

我带了两套衣服就往机场赶。我到医院后给弟弟补办入院手续,签了字,医院才给他准备治疗方案。之前送大鹏来的同事陈俊代交了两千块钱押金,医院只接受了大鹏,并没有马上检查。签了字我又去火车站接爸爸和妈妈。等我们再回到医院,已经是下午四点许,正是家属探望的时间。重症监护室只能进一个家长,爸爸说他去看。我早上看过了,明天早上医生肯定还会叫我去听弟弟的治疗方案,所以我让爸爸去了。爸爸进去,很快出来,还刚出写着 ICU 的大门,爸爸就瘫下了。我跟妈妈等在门口,看着爸爸身子歪,还没走到地方接住他,他已经像流水一样顺着墙缩在地上。

离爸爸更近的人比我更早去搀扶爸爸,等我去抱爸爸,那人说扶不起来就拉远点。于是我和妈妈及这位说话的人一起把爸爸拉到角落里。

妈妈可能电视看多了,手里正有一瓶水,扭开就往爸爸的脸上倒,用水拍爸爸的脸,给爸爸喂水。爸爸总算能说话了,说他没昏过去,只是眼前一黑,又说:"我不能再出事,我知道。"

我妈"哇"一声哭了,说:"那这是怎么啦,你知道你不能再出事了,你还晕什么?你晕,我们怎么办,里面有一个，还得伺候你。"

妈妈常这么发牢骚，爸爸平时不理，这时更不会理。等爸爸喘息够了，我跟妈妈一边一个搀着他出去找宽敞的地方坐下来。

我找了个背处，打了电话给苏州的姐夫，叫他无论如何送点钱来。他先是不接，我发信息后他接了电话。我的话说得很重，我说："大鹏的事你必须拿钱出来：一，你用了爸爸妈妈的三万块钱开公司；二，你欠我很多钱，就是给我姐治病的钱你说你还不了，你开公司借我的六万砸锅卖铁也得还；三，我姐是生孩子病死的，不是跟你离婚的，我姐不在了，你仍有对父母奉养的义务，姐姐出事后你一个电话也没打，太不应该了，所以请你以后逢年过节要记得给爸妈打电话，就是你以为是形式也得做。"姐夫电话里并没有跟我争执太多，只说他现在很困难，最多能准备出一万。

我、爸爸妈妈，几乎都是空着手来的，一个人一个小包，唯独妈妈在包里临时塞了一个被单。

等歇下来无事可做，我们发现我们一天没吃饭，爸爸说："云云，看哪有吃的，吃点东西吧！"我说好，我去打饭。我想我吃不多，跟妈妈分一份饭就行了，只打了两个快餐。但爸爸像是太饿了，把我和妈妈剩下的干米饭也都吃完了。我说："上午没吃东西吗？"

妈妈说："吃了，昨天刚蒸的一锅馒头剩一大半都带来了，我们早上一人吃一个，中午又一人吃一个。吃不下。"

我当时并想不到爸爸怎么会这么饿，只是怕他仍不饱，又去买了一碗泡面泡上。爸爸说他不吃了，他饱了。我妈说是她想喝点热汤才泡的，她只喝了汤剩下的面又给爸爸吃了。

　　我们谁也不提晚上睡哪里的问题，吃饱后谁也不说话。天黑下来我们回到重症室门外的大厅里。

　　大厅里有几排涂了银漆的铁椅，手摸上去冰凉扎人。但就是这样，也都被等待的家属们占满了位子。白天还有空的椅子坐，一到晚上，家属们从椅子下掏出行李、被子摊开来睡觉。随着摊开的地方大小，上方的椅子也就是这家人的了。有的裹着被子窝在冰凉的椅子上，有的睡地上，随着一排排椅子看去，地上的床铺倒也是基本整齐的。

　　没有一个空椅子。妈妈不死心，看了又看，问了又问，真的没有一个空椅子。我到处溜达，试着往急诊室去，看到叫号区也有一排排椅子，我叫来爸爸妈妈过来休息。急诊是二十四小时都有人的，所以并不能躺在上面睡觉。但好在是室内，比外面还是暖和多了。

　　睡着后，我梦见阿宝不在我的床上，惊吓醒来，才知道自己是在上海，阿宝在深圳。我看了看爸爸妈妈，难得看见的，妈妈趴在爸爸身上，爸爸抱着妈妈两个人都睡着了。我琢磨，应该是爸爸怕妈妈睡着了滑下去，所以两手扣成个环抱着妈妈防止她往下滑磕到哪里。看爸爸睡着了还是沉思的样子，他肯定反复想过，这个家再出不得一丁点意外了，一丁点都不行。

第二天一早，我到接案的派出所门还未开，比我早到的三个老农模样的男人在玻璃门外抱着自己的膝盖睡觉。之外还有一个比我爸爸强壮，肥头大耳的，却在一边沮丧地抽烟。他那样子很容易让我想起乡霸，他光头，戴金链子，摇晃着走在街上时谁都会为他让路。但眼前的这个壮汉并没有戴金链子，头皮也不是很光，黑黑的长着一层黑茬。他每抽一口烟还要"咔"一声吐一口痰，好像抽烟、"咔"、吐痰是配套的动作。

我还未吃早餐，看了玻璃门上写的开门时间是 8：30，我转出派出所去周边找吃的。走了一段路，看不出周边有早餐店的可能，又转身回去派出所门前等。

总算等到开门，有人进去，但门随即又关上了。之前抱着膝盖睡觉的一个人这时醒了，忙不迭地站起来要进去，开门的人厉声说："出去，还没到时间呢。"我原想排在第一位进去，被他这一声吓得往后退了退。

终于大门敞开，我找到接案的警官，他先是让我确认口供，在口供上签名。有格式的两页纸，姓名、年龄、地址、事件内容都有，我认真地看了备案内容，发生时间是 11：34，录口供时间是 02：15，看来口供是报案之后把人送去医院又回到派出所录的。

报案的人叫陈俊，重庆人，二十二岁。他说他们几个人下班回去路上，他在路边小解后转身，撞到走路的两个人，然后就打起来了。大鹏跟他是上下铺，两个人平时玩在一起吃在一起，关系比较好，其他几个人继续往前走了，大鹏转回来帮他。不想那两个人还有帮手，一会又开车来了好几个，陈俊见他们两个打不过就跑了。他跑了之后才想起大鹏还在后面，于是叫了其他的同事回来，等到地方大鹏就躺在地上了。大鹏把自己紧紧地抱成团，躺在地上"哼哼"，他们以为大鹏这是被打疼了，上去叫他不应又掰不开大鹏的身体才报了案。然后就等着警察来，等警察来到才把人送去医院。送医院时，陈俊的堂哥也来到了，并由他堂哥支付了大鹏入院的两千块钱押金。

我签完字，拿了立案票据，又要了陈俊的电话和工厂地址，然后问警官肇事人是什么人。警察答还在查。我问接下来会怎么查，什么时候能查到？警官没好气地说："这事怎么好说，也可能今天就查到了，也可能永远也查不出来。至于怎么查，这个我暂时也不能回答你。"

我说："我是当事人家属，我有知情权。"

警官说："我跟你讲不着这个。"

我见警官态度强硬，只好弱下来问："那我什么时候再来问结果？"

警官说："查到了肯定会找你，查不到你来也没用。"

我觉得警官这样回答我哪里不对，心里有些不舒服。我人生第一次进警察局，心里不舒服并不敢放肆，只好揣着疑虑走出了派出所。

我回到医院，医生已经查过房，我去找昨天见过的接诊医生，接诊医生是急诊部的，说大鹏已经转到了住院部，换了主治医生。我又找了住院部的主治医生。

主治医生刚好也在护士台留话叫我查房时间结束后到他办公室。我坐在护士站没离开，想要在主治医生一回来就见到他。姐姐的事情让我对怎么更有效地见到医生有些经验，那就是守在医生的办公室门口，并且不能让人排在我的前面。只要风吹草动，有好像找这个医生的人在他门口观望或徘徊，就要第一时间站到门口去，表示我才是第一位，这样才能第一时间得到结果。相对医生，家属有着用不完的时间。可是即便这样，还是有人在医生进门那一刻挤了进去，我一下子嚷起来："我排在第一位，我看着你来的，你应该排我后面。"

医生看我一眼又看那人一眼，无奈地说："排队，一个一个来。"

我刷一下眼泪就掉下来了，"原来这里可以讲道理的。"

然后有助理关了门，主治医生开始问话，问大鹏在哪上班，我是谁，是否能为大鹏做主，两个方案我们希望怎么治疗。其他的都好回答，我一一答了，最后一个问题说白了就是钱的问题。大鹏的头脑因为剧烈撞击，脑膜下有一些挤压和血块。导致大鹏昏迷的不光是三个大血块压到了神经，膜下的大脑有一块被震动了，也不能说碎，碎就没治了，就是松动了，就像一块豆腐，被重物挤压过，没碎，还是一块，但组织还是破坏了，然后这个地方的豆腐就出了水渗入了周边组织里去。至于两个方案，一是动手术取掉三个大血块，但这并不能解决被震的松动的那一块的问题，并可能会因为手术取血对这块造成更进一步的伤害。因为只要是手术操作对周边就会有伤害，不然工具怎么进去呢，是吧？医生很耐心地跟我这么解释。大脑不像人身上的其他地方，受伤了可以再生，可以重组，大脑不行，人的身体里唯独大脑不能再生和重组。也就是说挤压和血块这两个问题不管怎么治疗，它已经受到的损伤是不可能复原的。

　　我敏感地问道："这两个部分已经造成的损伤是什么？"

　　医生说："目前看伤到了神经，但伤到什么神经不太好说。"

　　我说："您是说还不知道我弟弟治好后会是什么样子吧？"

　　医生看我一眼，说："是这个意思。你能这么理解就更好沟通了，很多家长往往理解不到这一块，以为只要治好人就好了。"

　　我说："那第二个治疗方案是什么？"

　　医生说："说两个方案是说一个手术取血块，一个保守治疗让他自己恢复。"

　　我说："这两个方案哪个可以让人先醒过来？"这时我已经知道弟弟虽然从受伤那一刻开始到现在一直扭动个不停，但是是昏迷的。我也这才知道昏迷的人不都是安静得像姐姐那样，也有像大鹏这样疼痛不堪、张牙舞爪、撕心裂肺的，所以也怪不得爸爸昨天看他出来吓成那个样子。后来爸爸说就好像人说的下了十八层地狱，刀挖火烤下油锅那个样子。

医生没答我。

我说如果不能知道哪个方案会先醒过来，就不手术。

医生问我是自费还是医保，还是有赔偿。

我如实说，人跑了，派出所说人没找到。工厂没给他买医保。我们没钱，就几个月前我姐刚死了，得的再生障碍性贫血，把几家人的钱都花完了也没治好。但我们虽没有钱，还是希望弟弟能治好，不然我爸我妈就没法活了。

医生仍是不说话，只递给我一些单子。

我也算识趣，医生递单子相当于富贵人家叫上茶，那是赶人的意思。我刚站起，一个哭泣到哑声的妇人抢着凳子坐了下去。医生还在等打印机里出给我的另外的单子，那妇人已经开始哭诉了。

中午姐夫到了上海，带来了一万块钱。我让他陪我去大鹏的工厂问有没有保险，也想再见到陈俊，不一定是要再了解什么，很奇怪的就是想见一见这个人。

我们先去了工厂，老板不接见，直到下午上班，才从厂里出来一个人，说大鹏是临时工没有买保险。姐夫说他也是小老板，说临时工也应该有保险，何况大鹏都在你们厂上班两个多月了怎么可能还是临时工。来人被呛得说不出话，只一再表态说：一，是不可能给你进厂里见老板和一起出事的同事的；二，厂里最多只能出一万块钱。大鹏才在他们厂上班两个多月，老板肯拿出一万块钱已经很讲道理了。姐夫把我拉到一边，说算了吧，要是没签合同就是去告他们也没用，到时他们宁愿接受罚款，连一万也不会给大鹏。我们缺钱，我一时无主张，就听了姐夫的接受一万块钱的赔偿。

然后我们又去了他们工厂在工业园区两公里外的宿舍，上夜班的陈俊还在睡觉。这是一套三居室，还是毛坯房未装修，一屋子电线拉得乱七八糟，你从我这接一个插板，他又从你那接一个插板。插板余位上又插了好几个电线插头，连着电饭煲、风扇、喇叭、电脑。看样子天凉了风扇也不会拔掉，准备第二年夏天来了按一下开关就能继续用了。

这样三居室的房间里大约住三十人，因为三班倒，宿舍不断人，也没有关大门。陈俊起床，只穿了一条短裤，光着身子坐在床上不动，问他什么也不回答。他说，他当时傻了，不记得那么多事，后来都是他堂哥帮忙做的事。我说那你堂哥呢，他说堂哥在另一个班上班，见不着。他这么说话，我想过去抽他一巴掌，也只好忍了，我这时只想跟他确认一件事，那就是为什么报案说是车祸，明明是因你而起的打架。阿俊支支吾吾，说是堂哥让说的。我问他堂哥的电话，他说堂哥没有电话。

我忍了忍，眼前的陈俊虽说二十二岁了，真的还像个孩子，瘦弱，肋骨贴着后背，由于两手按在大腿上，一对肩胛高高耸起，好像是这对肩胛把他整个人支了起来。

"大鹏是因为你跟别人打架受伤的，后来你跑了，现在他昏迷不醒，这事你总得有个态度，你想过接下来要为大鹏做点什么吗？"我说着又起了恨，加重了语气说，"大鹏有可能醒不过了，有可能变成植物人，也有可能就死了。"

陈俊抬起惺忪的双眼看着我，一脸无辜地说："那你叫我怎么样？他可以跑啊！他帮我我承认，但他可以不帮我，也可以看打不过就跑的，他不跑就跟我没关系了。"

我走前一步火起来："你怎么可以这么说话，你爸妈没教你怎么做人吗？你这么说话还讲点良心吗？"

姐夫忙把我往后拉，一直拉到门外。

姐夫说："算了算了，我录了音。大鹏真有问题，到时再找他讲道理不迟。"姐夫从上衣口袋里掏出一个白色的爱国者录音笔交给我，他先一步下楼，意思是要走了。我看着姐夫的背影，突然想起姐姐来，想着，要是姐姐还在世多好啊，大鹏这个事现在就是姐姐在处理。我哭着下了楼。

这是一座别墅一样的小楼，一梯两户，共四层，陈俊的宿舍在三楼。听说三楼和四楼都是他们工厂的员工宿舍。二楼和一楼锁着门，不知道用来做什么的。

姐夫把我送上去医院的大巴，说他要回苏州了，公司还有事。我叫他一定要再筹钱给我，他说好。这一刻我仍是感动的，觉得不是我一个人在面对大鹏的这个事件。但后来催他给钱，叫他再来处理一些事情，他并没有汇钱过来，人也再没来过上海。

回到医院问爸爸妈妈探望时间去看了大鹏没有，爸爸说没去。我看一眼妈妈，妈妈说她想去，爸爸不让她去。我又看看爸爸，爸爸不看我。我说："不去就不去，有什么事他们会通知我的。"

又是吃晚饭的时间，爸爸说他中午吃的饭，顶饿，晚饭不吃了。我看妈妈，妈妈说是的，他们没吃早餐，妈妈到医院旁边的快餐摊上帮别人刷碗，别人给了饭吃，她吃了一半，又跟人家要了一盒饭给爸爸端回来。我问他们晚饭还卖吗，妈妈说他们只中午卖一顿，中午医院饭堂的饭买不到才有人到他们摊上吃，晚上没人买他们的饭，医院也不给摆，医院只给他们卖中午一顿。

我说还是吃点饭吧，夜里饿了更没地方吃。爸爸妈妈都没吭声。我去买了两个盒饭两包方便面、两个干馒头，说以后拿饭盒去打饭方便。方便面冲出来爸爸吃一份，没有吃馒头，妈妈喝了汤，把面都留给了我，自己吃了一个馒头，还剩一个馒头。妈妈觉得方便面是好东西。

2

第三天一早，我再去派出所，径直去二楼负责大鹏案子的项警官办公室，但门关着，敲敲无人应。我下一楼到对外窗口打听，窗口隔着不锈钢网，里面两个年轻的警官笑着在看同一台电脑。我问两遍，才有一个人从笑场中回我说："可能出去了，等等吧。"

一楼大厅没有椅子可坐，椅子都在那个挂着"对外窗口"牌子的房间里面，黑色的靠背椅好几个空闲着。那个地方门上并没有给出标识是值班室还是什么部门的办公室，里面一直是那两个年轻的警官。

我从他们开大门等到十点，又去那个窗口问，他们还是那样回我："可能出去了，等等吧。"我说："我刚才来问过，你上次也是这么回答我。你们开大门我就来了，我去二楼十次了，门一直是关着的，我也没见着项警官从这个门上去。我就是问项警官今天来上班了吗？我怎么联系到他？"

还是上次那个说话的警官，盯着我把话说完反问我："那你想我怎么回答你？一个警官的行动我能告诉你吗？你是什么人，要干什么，能随随便便地告诉你吗？"

我一听，或者是我不对，第一次没说清，所以我耐心地解释说："项警官负责我弟的案子，已经接案了，我过来问案子的情况，找到肇事人了没有，我弟在医院昏迷着，还不知道什么时候醒，我们没钱交住院费了。"我生怕我说不清楚我的意思，扯着嗓子说。

年轻警官倒也耐心地听我说话，但是听我说完并没有改变他之前的态度，还是冷冷地丢一句话过来："这种情况你可以打项警官电话，问其他人没有用。"

我说："我打了，但那是座机电话，一直没人接。我到他办公室门口打，电话在里面响，也是没有接。"

年轻警官说:"那我就没办法了。"

我愣两秒,想着可能是我的方式不对,还有话也只好忍下了,想着明天再来。

派出所不远的路口有载客的摩托车,见我走过去,先是一辆车过来问我坐车不。我生气着,没有回答。摩托车就跟了一会,一直问。我仍是不想开口回答他,可能我不出声惹恼了那个人,他加速超过我时出腿扫了一腿,我一下子跪在了地上。我默默地起来拍拍手和膝盖继续往前走。经过路口,好几辆摩托车停在那里,我没敢犹豫,也没敢看撞我的那个人在不在他们其中。我迅速过马路,还未走完,又一辆摩托车过来,停在人行道上问我去哪里。我仍是不说话,继续走我的。这人说:"去坐公交很远的,坐车吧,两块钱。"我一听,两块钱,很便宜啊,我上次坐的可是五块钱呢。这么想不由得侧面看了这人一眼,但我仍不想坐车,就想走走。摩托车陪我走了一小段路,见我仍不会坐车,冲我说:"家里死人了吧!"然后打个弯飞驰而去。我很想转身冲他喊一声"没有""不是的",但我不敢转身,只是冲眼前的地上说"没有"。我不想再出任何事情。

本来计划从这里出来去陈俊他们工厂的,因为摩托车的事,今天不想去了。或者明天再去,我先回去。

这个点回去医院又会是饭点,我不想在饭点上见到爸妈,我想我妈肯定又去那个临时快餐点主动帮人家洗碗去了。她不跟人家要钱,就是想要两个盒饭。我想到下午家属看望时间前再回到医院，所以连公交也不想坐了，想走路回去。慢慢走，走到三点半或者四点前，家属看望时间四点十五分回到就行。今天我得进去看看大鹏了，想知道他有什么变化没有。医院说的几个苏醒关键期二十四小时、七十二小时、一周、一个月……昨天从医生那里出来急着去找陈俊，没跟爸爸妈妈转述医生的话。等再回来医院正是傍晚近黄昏的时候，我跟妈妈本来找爸爸吃晚饭，后来在草坪上找到爸爸，他说他不吃，我跟妈妈就在他身边坐下来。我想，有些话早晚要说出来的，于是想着把上午医生的话说给爸爸妈妈听。说完，妈妈还问："要是不醒，人还能这样一直活着吗？"

我回妈妈："如果没有什么意外，一时半会就是现在这种情况。"

妈妈说："就你爸说的'哼哼哼'地乱使劲，叫他不知道答应？"

我说："这个使劲他不知道。我把姐夫带的一万交了后就同意医生用镇静剂了，乱动的情况应该会好点。"

我爸说："镇静剂其实就是安眠药，管神经兴奋的。"我看爸爸一眼，没想到他懂这个。我当时还告诉他们，已经给大鹏喂鼻饲了，光输葡萄糖不行。医院从接诊只是给大鹏输葡萄糖，这话我没特意跟爸妈说。我还告诉爸妈，如果我们有钱还可以给大鹏在鼻饲里添加营养剂，防止肌肉萎缩。我见爸爸妈妈不接话，忙又补充说，萎缩是长期才会出现的情况，一时半会不加没关系。

隔半晌，妈妈问："要是还不醒就是植物人了？"

爸爸说："你又知道什么是植物人！"

妈妈说："电视上啥没有。"

我说："会不会成为植物人跟啥时候醒没有关系。"

妈妈说："哪跟啥有关系？"

我说："跟大脑皮层受损程度有关系，如果严重到深度昏迷，自己无意识，就可以说是植物人。"我不等妈妈再问，又主动说，"大鹏现在就是自己啥也不知道，主治医生每天早晚查房都会测试他的情况，都没反应。"

妈妈哭了，说："那不就是植物人了。你爸还说人会动就是自己不知道，不知道不就是植物人了。"

我看看爸爸，爸爸看着空气。我说："我昨天不是说了吗，他动他自己不知道。你自己不明白，爸爸可能又不想说透怕你难过。但我觉得，现在你们两个都要知道大鹏的情况，我可不希望到时医生一说什么，你们谁又昏过去一个。那时我可真是一点办法也没有的。咱们现在给大鹏治病都缺钱，他这样下去还不知道要花多少。"

爸爸说："你别管俺俩，俺俩保证不出事。你就管好大鹏，操心好他的事。钱的事咱们应该还能筹点，反正尽力，实在不行，那也没办法，算他命不好，谁叫咱没能力治他呢。"

我说："话不能这么简单一说，咱们得把问题细化了来说。分开说是这么几个事，你俩得听听：一个事是，医生知道肇事的没找到，钱都是咱们自己出，并且咱们还都没有钱，所以还没开始用最贵的药。"说完怕他们误会，我想我得一次性把话说透，然后我又解释说："也不是因为没有钱就不给他用最贵的药，是他脑子里有血块和积水，如果这两种东西还压着哪条神经，打催醒针也没有用，所以是先看他这几天血块和积水能否自己消掉一点，要是能消下去再打催醒针会更有效。有没有能力治是长远来看，眼前的事是要准备用很贵的进口药了。这个钱咱们要准备好。姐夫给了一万，明天我去大鹏工厂要钱，他们起初答应给一万，我就照一万去要，有一万比没有一分强。第二个事是，跟你们说实话，以现在看什么时候醒还不是咱们应该关心的最主要的问题。最主要的问题是他早醒晚醒对他来说造成的伤害已经存在了，醒来可能是什么样咱们心里要做好准备。第三个事，咱们心里更得明镜似的，要是就这样不醒了咱们拉不拉他回去，这些都得想好。"

妈妈似乎听得不太明白，看着爸爸。爸爸也不看我，哭着接话说："北院里你有个姑，七岁时上树摘枣掉下来摔瘫了，谁也不认识，那不是她爹娘给养到十七岁心脏不行了才送走吗！傻了也好，不醒也好，只要人有一口气，咱当父母的怎么可能不管？只要不是像你姐那样花大钱，咱们没能耐弄不讲了。要不是大钱，就是伺候个人，平常吃点药，我跟你妈身体还好，能撑一天还得撑。这跟真没钱治，不治人就没有了还不一样。"

我心里很沉重，觉得我想到的爸爸都想到了，只是他不想说出来。我陷在思绪中，还是想知道更远的事，又小心地试探一下爸爸，于是说："秀枝是自己不行了走的，还是不治了走的？"秀枝就是爸爸说的后院的我一个姑姑，比我大七岁，我读小学时她还在。她走时我爸爸妈妈过去帮忙，我去找妈妈看到她的棺材我还说为啥漆红色的，旁边的一个老人说，年轻闺女没出阁死了都漆红色。

妈妈说："不都一样吗，医生说不行了，不行了还咋治。"

我看向爸爸，爸爸不说话。面对分不清细理的妈妈，太残忍的话我还说不出口。这个话题要谈下去，就应该是"自己不行了到最后一口气叫自然死亡。人为中断治疗不行的不是自然死亡"。我从深圳赶来的那天早上其实就接了病危通知，第二天到主治医生那里医生也谈到植物人状态下家属可以放弃治疗，我没同意。我说我们是没钱，但想等等他，看看他有没有自己要醒来的意识。当时我把病危通知揉碎了。此刻这些话我还是说不出口。我们默默地又坐一会，我说还是吃点东西吧。

我们刚坐下来时太阳还刚刚往下落，等太阳落下，又眼看着天一寸一寸地黑下来，从西往东，直看到天黑到我们的脚尖上。

爸爸到底为什么不回答我呢，一时也不想细究。这么凭空想或者他也是纠结的，事情不到要他做决定的时候他也不知道该怎么办。

我走得实在太累了，在路边坐下来休息，把昨天跟爸爸妈妈聊过的事又想一遍，看看接下来还有什么问题是我没有想到的。

　　我到上海当天给大鹏签了字之后，就给阿宝爸爸发了短信，告诉事情不能很快解决，叫他做长期打算。阿宝爸爸秒回问我，长期是多长？我回，两个星期也回不了。先生没有再回复我信息了。这会坐下来想到阿宝，想今天是周日，明天又是周一了他要上班，又编信息问先生家里怎么安排的。

　　先生向来用理智处理事情，他说让钟点工做了住家保姆，阿宝爷爷过来了，过几天看奶奶能不能过来。我回说，我知道了。然后又说发一张阿宝的照片给我吧。不一会先生发过来一段小视频，保姆在给阿宝冲奶粉，可能因为烫，在手里摇着，阿宝等得焦急，一边拉保姆的衣襟，嘴里一边叫"买买、买买……"我笑了，我知道阿宝是在发"妈妈"的音。她也不是叫谁"妈妈"，就是着急了，想要奶喝发出的声音。我想，阿宝很快就会叫"妈妈"的，这么想着打了个盹。醒来又走一段，还是觉得累，只好上了公交车。

　　到了医院我没走大门，从医院一个侧门进去，我不想看见妈妈在临时快餐摊那里忙活。她说她去给人家帮忙，我没有让她不要去，爸爸也没说不让她去，不知道她的心里是怎么想的，她是否需要我跟爸爸的支持或赞赏，她是否心里其实有委屈，我都不想知道。凡是属于谁的个人心理问题的，我都希望他们自己解决。我只想知道接下来大鹏一天要花多少钱，我们能撑多少天，我怎么跟派出所打交道，我怎么从工厂拿到他们许诺的一万块钱，我怎么开口问先生还能不能帮我借到钱。以及，大鹏醒来后最严重的后遗症是什么，真不能醒来一直是植物人状态我们是否应该放弃。若不放弃，我们怎么把他拉回去，从上海到老家租车得多少钱。

进了医院大楼，往重症监护室去的时候，我看见爸爸拿了一个黑色塑料袋背着手到处看。他腰板挺得很直，像走在我们家麦田的地头，但又没有看麦田那样的从容。爸爸此刻是站站看看，样子很犹豫不知道向左还是向右。我停下来，不想面对爸爸，转身又出了大楼，我想去急诊那边看看有没有空椅子去坐着睡会。急诊大厅不停叫着号，我等有人站起就去坐空位置，然后开始打盹。迷迷糊糊中，我刚要睡着，突然意识到爸爸是在学人捡瓶子，怪不得他那样犹豫不决的，他显然还没有找到方法。我把记忆往后翻到看见爸爸的第一幕，他背后的那个袋子，像空的，又是有东西的，可能那里面已经有一个或两个空瓶子了。我很快睡着了。

沉沉地睡了一个钟头，被设置的手机闹钟振醒，我得去看大鹏了。

爸爸妈妈已经在重症室大厅了，准备叫到号排队进去。妈妈见我来忙把抱着的一个东西给我。等递到我眼前，我见是报纸包着的饭盒。妈妈说："你才回来吧，我给你留着饭你现在吃不？"

我说："我不吃，今天我进去看看大鹏。"

爸爸本来准备排队的样子，说："我先排着，你先吃几口饭吧。"

我说："我不吃，我吃过了。"我当然没有吃过，早餐还在包里。

爸爸将信将疑地给我让出位置。让出位置他跟妈妈也不离开，看样子要就这样等到我出来。

护士叫完床号，大家排着队进去，每一个人临到门口，护士又会问一遍："你是多少床的？"回答了，护士就在本子上勾一下。

大鹏在 12 床，两个床中间拉着布帘，对面 11 床的女的不见了。

大鹏果然动得没有以前厉害了，但还是偶尔会动一下，所以他的两只手两只脚还都绑着，免得他自己不小心弄掉针头和鼻食管。我们没有给大鹏请专门的护理，他的病号服还是第一天进来时换的，脸上的血迹还是一块一块的，右边嘴角有个包也未见消。大鹏用了导尿管，现在还是由普通的护理在倒尿袋。护士特意就这个事找我说了，普通护理就只是倒倒尿，不会给病人擦澡。明天起，我们再不请专门的护理就只能早上医生查房之前家属进来给病人洗好澡换好衣服。一次最多只能进来两位家属，还得自己买一次性帽子、口罩和衣服。然后留一位家属听主治医生查房告诉病情进展。我想，大鹏没那么动了，可以给妈妈进来了，说不定她很愿意每天进来给大鹏擦澡的。

这是好事。

3

　第四天，妈妈带着水桶、面盆、毛巾进来给大鹏擦澡，看见大鹏自然也是哭，心疼大鹏被五花大绑的样子。但因为大鹏几乎是安静的，又偶尔动一下，让妈妈觉得大鹏不过是睡着了伸懒腰，她在动手帮大鹏擦澡时情绪就已经好起来了。

　护士把时间卡得很紧，差不多十分钟就开始通知家属准备离开，说医生要来查房了。十二分钟开始清人，最晚十五分钟必须离开。

　妈妈走后，医生很快到来。今天值班的医生不是大鹏的主治医生，问他身边一个人大鹏的情况，可能是助理，从早就翻开的本子上读出一串内容，包括入院情况、进展和现状。值班医生一边听一边对大鹏做反应测试、翻大鹏的眼皮，然后一一跟我说明不同的反应是什么情况。翻眼皮眼皮会转，并能随光转，但这只是物理反应，不是人的意识反应。刺手指，无反应。刮手心，无反应。刮脚底，无反应。按腹部，无反应。我不听还好，知道他是无意识，这么一一听下来，好像要我相信一个什么结果似的，心里很不是滋味。

　送走医生，我又陪了大鹏一会，握他的手，检查他头上的血痂。护士交代了不能抠，有伤口和不确认是否是伤口的都不能擦。我知道妈妈虽然很匆忙给大鹏擦了一遍身子，肯定也是一一检查过那些血痂的。

值班医生往前走着，十几个学生和助理一样的人跟着他。还约有十来床没检查的时候，转回来一个护士叫我离开。

我对大鹏说："你要醒啊，你一定要醒，妈妈头发都白了，爸爸憔悴得都快成干老头了。你不醒，我们连饭都不敢吃饱，怕没钱给你治。你一定要醒，我太累了，你醒了我要把爸妈交给你，我要回去带我的阿宝。"这么说着伏在大鹏身上哭起来。护士催促到 12 床，过来拉我离开。

我出医院，去大鹏他们的工厂，我想，他们不出来见我，我也要等下去。

我到了，工业园路上不见人，几个叉车在动，我想大概人都在车间里。走进大鹏他们工厂正是下班时间，他们出来，我逆行进去，但大门关着，只在门卫室旁边开了一个小门，一个老头在门卫室里。他好像记得我了，不给我进。我说你不给我进我就在这里等着，你们老板肯定要下班吧。老头是我爸的年纪，我叫他大叔，我说大叔，我爸跟你年龄差不多，他现在在医院等我弟醒来呢。你肯定也是当爸爸的人了吧，你就体谅我们一下给我进去找老板要点钱，他不买保险是他不对，我们也不想出事啊，人好好的多好，您说是不是。

老头不理我，端出一个饭盒来吃饭。我没有食欲，看着大叔吃东西很下口的样子，一时又想到爸爸在家也是这样的好胃口，吃干面能吃两大碗，吃馒头能吃半锅。

我几乎是一直打老板办公室的电话。电话好像是被拿下来了，一打就通，通了没人说话，我就在电话里一直说一直说，把对门卫大叔说的话一遍一遍说给电话的那一头去，还说你们也太不讲道义了，你们的员工出事了，你们都不去医院看一下。我实在无可奈何，只能做出这等愚蠢行为，不然我还能干什么呢？

直到又有人上班，门卫大叔接了个电话才说，你走吧，老板说晚上下班后叫人送钱到医院。我说，那好，我信他一次。他要是没叫人去，我明天还来。我对门卫大叔说我实在是没有办法了，只能用这种不讲脸面的死耗战术。大叔也不应我。

从工业园区出来，我又去了他们的员工宿舍，有人告诉我陈俊昨天离职了，说这小子最没良心，平时都是大鹏罩着他，做坏零件都是大鹏帮他修。那晚打架也是他先跟人打起来的，要不是大鹏帮他，躺医院的可能就是他小子了。说完又补充一句说，这小子真是没良心。我问这人，当时你在现场吗？这人说不是，他听说的，一起下班的还有几个人。我说，那几个人我能见一下吗。这人说，他们不在这宿舍。我说我不找他们麻烦，就是想了解一下当时怎么回事，又说是车祸，又说是打架的。这人说，我也是听说哈，说是先打架的，打着架又来了几个人，那几个人开着车，用车撞。陈俊那小子就是那个时候跑的。大鹏可能也跑了，可能被车撞倒了，几个人围着他又打一顿，陈

177

俊那小子溜掉了。我说，不是听说是他报的案吗？这人说，那是快到宿舍了他胆小叫几个人陪他去，又打电话叫了他堂哥，见大鹏不行了才报的警。当时就不行了吗？我问。这人说，也不是不行吧，我也不知道，就是说叫他的名字没用。我谢了这人，收拾了大鹏的被子和衣物回了医院。我们在医院过夜太冷了，有大鹏的被子夜晚也许好过些。

妈妈接到大鹏的衣物，找了几件出来给爸爸穿，叫爸爸去换下脏衣服。有两件我也能穿。大鹏的被子都是新的，看来是秋天才买的，但是也很大味道了。妈妈怕我嫌脏，赶快去洗了一个被单准备给我用。妈妈这样子是要把医院当家了。

晚上，果然有人送了一万块钱来，但那人也是毫不讲道理，说他打车来的，还得打车回去，所以要从一万块钱里拿出两百来打车吃饭。从一万里抽出两百来倒也不是什么事，可这行为实在说不过去。或者是老板安排得不好，或者是这个员工的做法不对，反正这个事他们这么处理很奇怪。这事若搁以前的农村，东家让你给别人送个东西，东西送到别人给你好处是礼貌，是打狗看主人，不给你好处你硬要是泼皮。

妈妈在重症大厅抢到了位置，用纸箱皮当垫子，用大鹏的两张被子做两个被窝，然后很满意地躺下去试试。可能觉得实在不错，叫我说，二妮，来躺一会儿，多少天没躺着睡了，你也歇歇身子。去急诊那边睡她总担心有人叫

12床家属我们听不见,第一夜之后她就跟爸爸轮流过来,一个值上半夜一个值下半夜。妈妈抢到的位置就是她值下半夜时,有一床的病人送去太平间,家属走了,她占了那家人的位置。

妈妈不会讲普通话,但是会听,还是打听了很多事,比如住在大厅里的家属都偷偷地在哪洗澡,什么时间;在哪洗衣服;在哪晒衣服;等等。她这么说,我就想尝试一下洗个澡。就用我们给大鹏擦澡的盆和桶。过了十点,医院里流动的人很少了,卫生间的卫生也做过了,清洁工也下班了,妈妈告诉我地方,先去帮我接好热水,叫我在一楼一个偏僻的女卫生间第一个门里等着她提热水过去。然后她在外面用盆给我递冷水。由妈妈帮着,我在厕所里用冷热水一盆一盆搅拌,洗头洗澡竟也完成了。只是十一月的上海还是太冷了,用很热的水洗完澡整个人也热不起来。

后来,我也这么帮妈妈,让她洗头洗澡。妈妈又这么帮爸爸,让爸爸洗头洗澡。

这晚我们三人都睡在重症室门外的大厅里。听旁边的一家人说,一个家庭在这住三四天、住一个星期的比较多,超过一个星期的就是住好几个月的。妈妈听了不说话,好像还没做好准备,又好像做好了一切准备。

爸爸知道自己打呼噜,晚上人多的地方睡得少,白天找没人的地方才会好好地再睡一觉。所以爸爸这天也说自己还不想睡,到外面去了,我跟妈妈早早躺下睡了。妈妈给我的床铺下垫了三层纸箱，又垫了一个床单，这样我盖着一床被子睡已经很舒服了。第四天了，我们终于能躺下来睡一觉了。

会不会是因为我们离大鹏近了，大鹏感觉到了，才过十点，护士就叫 12 床，说病人发烧，要是烧到三十九度以上就会用药，叫家属签好字做好准备。妈妈紧张，要去找爸爸回来。我由她去找，心里对自己说"发烧是好事"，说明大鹏的状态有变化了。有变化可能是坏，也可能是好，不管好坏，总比不变化强。不变化你都不知道该如何去期盼，心里茫然，没着没落。

爸爸回来，一脸青色，我说没事，就把之前心里想的话跟爸爸说了，爸爸才叹一口气，说："这么说发烧是好消息。"

我们一时都不睡了，等着有新的消息。什么事就是这样，你没准备时它突然来了，你真等待了，它又不来。

两点被一家人哭醒了。什么叫哭天喊地，我想也就是那样了。十几个人围着推出来的一个病床，护士叫让让、让让，根本没用。有人拉开一个比我妈妈年纪还大的妇女，妇女腰被拉开了，双手还紧紧地拽着病床不放。折腾了十几分钟，几个男的终于把病床拉走了。

从哭声响起，陆续有人起身看过去，也有人干脆起来了凑过去。有人说，十二点就叫家长等着了，没抢救过来。我跟爸爸妈妈也坐起来了，也都朝那边看，但谁也没起来走近看。等病床拉走，我先躺下，紧接着妈妈躺下。

4

第五天。

天不亮就有人起床折被子，六点多三十几个人都已经起来收拾好了自己的东西。我起得最晚，等我一起身，妈妈迅速把纸箱皮把被子都收好放到椅子下面。银漆涂层的铁椅背对背算一排的话，共三排，坐椅底下都塞满了东西。

爸爸去买了馒头，光是馒头，一人一个。爸爸也接了热水，他喝水的杯子，一杯倒一饭盒。倒到饭盒里水就凉了，就可以喝了。我跟妈妈吃完弄好，妈妈去排队接热水等着进去给大鹏擦澡。其实离能进去的时间还早得很，可是妈妈就是要先去排队，生怕轮到她接不到了。

大鹏今天一动不动，脖子、两边腋下、大腿内外都放着大块的冰。即使这样，我们摸摸大鹏的手心，还是热的。妈妈又摸摸大鹏的脚心，也还是热的。妈妈长出一口气问我："这还擦吗？"

我说："我去问问护士。"说着走开去找护士。护士说12床今天可以不擦。我又问，烧到多少度？护士说，最高四十度，凌晨四点多降下来了，现在三十九度多。我又问，还会烧上去吗？护士说，这怎么好说。护士有点不耐烦，叫我有问题等着问医生。我也是觉得这么问护士为难人家。

我回到 12 床，妈妈正在跟大鹏说话。我说妈妈你说什么呢？妈妈说他在跟大鹏讲小时候的故事。我说他又听不见。妈妈说，电视里不都说讲一讲跟他有关的事，能让他醒吗？我一时无语，妈妈所有的知识一部分来自地方习俗，还有一部分来自电视剧，新旧掺杂，事情一件一件地来她也能讲好道理，一旦混起来，她根本分不清自己要遵从哪一边。我叫她不要说了，人家会笑话的。对面 11 床又来了一个人，是个中年男人，不知道怎么了，也是一动不动。没有凳子，我怕妈妈走动惹到谁不高兴，叫她坐在地上。妈妈看到尿袋满满的，说要去倒尿袋，我说这个有专门的护工倒，你倒弄不好又给人家添麻烦。还好过来一个护工，拧走满的尿袋换了个新的。妈妈冲人家说："谢谢你啊！"那护工可能没料到有人跟她说话，抬头一看，说："啊，你家的孩子啊！"妈妈硬别着普通话说："我儿子。"又说，"谢谢你照顾我儿子啊！"护工就没有理她了，可能觉得妈妈是神经病。

　　查房的医生先到 11 床，我很快围了过去。原来，这个中年男人的头骨少了一块，有成人的掌心那么大。其他是没什么好治的了，这样耗着不过是等一些赔偿。待大家都转身朝 12 床走来，我毫无预料妈妈扑通一下给医生跪下磕头，还说："行行好啊医生，你一定要救救我儿子啊！我刚死了个大女儿，我儿子又出事了，叫我可怎么活啊！"我迅速拉起她，叫她不要说话，吵到别人了。妈妈不管，还要给人家再磕一个头，磕着说着。我一时觉得害臊死了，冲妈妈发起脾气："你这样以后别想进来了，人家不会再给你进来了，吵死了。"

医生应该是见多了这样的家属，丝毫不乱地绕过妈妈检查起大鹏的情况。依旧有人读报一样读出一张纸上的内容，包括什么时候发烧，高烧到多少，现在是多少。医生点点头，又翻看眼睛。拿光照射，大鹏的眼睛还是会转。今天没有检查大鹏的手指腹部和脚底就走了。等他们走过去，我吓唬妈妈，你再这样医生都不给大鹏看了。妈妈还哭着，很委屈的样子说："我再也不这样了。"一个护士转身极不耐烦地冲我们说："你们赶快出去了。"我点头哈腰，说："好好好。"我说完意识到我跟妈妈又有什么区别呢，不都是希望别人能对大鹏好一点嘛！

下午四点十五不见爸爸回到大厅来，我就进去了，妈妈依旧站在门口看我进去，等我出来。我知道她要问我的，我主动说："还那样。"

妈妈说："还都放着冰块吗？"

我说："冰块还剩一点点，衣服都湿了。"

妈妈说："那要不要我进去换？"

我说："我问了护士，说是还得上冰块，不用换。"

妈妈问："脸还是没有一点血色吗？"

我说："都烧成那样了，还有什么血色。"

妈妈说："还是我第一天进去看到那个样子让人放心。"

我想想，妈妈说的确实对，但光那样子怎么办呢，没个盼头啊！

　　自然又是煎熬的一夜，大鹏能不能熬过高烧就看这一晚了，若还是再起，能不能稳得住？若是不起了，明天又会是什么样子？三个人这一夜谁也没有睡好。这天夜里又拉出去三个病床，家人的哭声依然响彻寂静的夜晚。

5

　　第六天。

　　妈妈依然是提着热水进去，我依然去护士站领衣服。

　　大鹏身边没有很大的冰块了，三十八度五，头上敷着退热贴，衣服依然是潮湿的。我们给大鹏擦澡，换衣服。我看着床铺都是湿的，又要了新的床笠和纸质的保护垫来换。妈妈很利落，力气也比我大，给大鹏转身一点也不费事。妈妈说："才几天，瘦成这样了。"我心一紧，是不是我忘了叫医生给大鹏加营养剂了才这样？照说鼻饲给够量也不会瘦啊。我问了护士，护士叫我等会跟医生说。

　　医生来了，说除了鼻饲标准营养外是要给长期不能下床的人另外加营养的，防止肌肉萎缩。又说，明天就送来一个星期了，要再拍一回片子看血块和积水情况。说要是减小减少到一定范围之内，就不用手术了，然后再加一针催醒针看看。我问，加进口的还是普通的？医生说已经在用进口的就还是加进口的。我想，加就加吧，反正是没钱，只能顾眼前，路能走到哪是哪。

我从重症室出来后去查了账，五天过去，存进去的两万块钱还剩七千，明天拍片，再打催醒针，可能就不剩什么了。我带了三千块钱，只是住院费加鼻食也只能用两天。我跟爸爸妈妈说实话，爸爸说，怎么办呢，要不我回去看看吧。我说你能有什么办法，我姐病能借的你已经借一回了，人家还借不借你是个问题。我爸说他养了两头猪，本来就半桩子大，又养三个多月了，一头能卖一千。再找我大姨借，再找我大姑借，这两家一家最少也得借五千，不借说不过去，这是最亲的人了。我爸又说我舅人缘差，自己没钱，从他那肯定借不出钱，我小姨跟我家闹过矛盾肯定不借。这么算下来能借的亲戚真是没了，只能分任务一样给我大姑大姨一家要五千。我说，那试试吧。我看看我妈，像提到钱这种时候，妈妈都是一声不吭的。看她那无助哀怨的样子，我突然想，叫我妈跟我一起去派出所吧，他们还是不见人，就由着我妈去哭闹，她也需要一个情感出口，只要许可她，她是会依势泼洒出那份倔强的。说来大鹏出事好几天了，派出所那边打电话总没人接，找过去又见不着人，查着没查着也得给个说法不是，说不定我妈一哭一闹他们就烦了，多少出来人解释一下也多少知道点情况。这么想，我着实是没办法，不得不向现实中、戏台上、电视上借一借撒泼这个古老的方法。

　　爸爸说走就要走，我说，等明天拍了片子吧。上海到阜阳的火车票要一百一，我准备了三百给爸爸，叫他借到借不到都要回来，到时就是在这边找工做挨下去，至少一家人在一起。爸爸说好。

我真把妈妈带到派出所，看到进进出出穿着警服的人又不舍得让妈妈去哭闹了，我怕万一哪个人心里也不顺畅给我妈一脚也够我妈受的。这么想着，我又把妈妈拉到门边叮嘱她，叫她不要乱说话，等我找到办案的人了，他们要是不讲理非赶我走，叫她再求人家告诉我们大鹏案子的情况。我姐病逝时我妈头发还只是几根几根地白，弟弟出事这几天妈妈的头发突然花白了，这让才五十五岁的妈妈看上去像六十五了。一个老人总是能让人多一些耐心吧，我想，谁又没有爹娘呢。

我跟妈妈找到二楼，二楼门开着，有人要去吃饭。我问项警官在吗，要去吃饭的那人走到门口朝里扯一嗓子："项队，有人找，先吃饭。"我没明白这人是叫项警官先吃饭，还是说他先吃饭去。不管这一层了，我明白这时项警官就在里面，然后直接进去了。

进去，我并没有看见项警官。门对面两张办公桌并列着，上面各有一台电脑和一些杂物，椅子是黑色的软座靠椅，两个位置上都没有人。进去方向左边是满墙的文件柜，右边是两个小的独立的矮柜子，或者保险柜。另外还有一个办公桌，也是配着软座的靠椅。上次我竟未留意旁边还有一道木门。这会，木门留着一道缝，我朝里看，原来里面还有办公桌和柜子。原来项警官跟另一个人在那道门后。我有些生气，原来是这样，原来还有一道门的。我径直去推那道门，我说："项警官，我来找过您了，几乎每天都打您的电话，从来没有人接。您看您给我留的电话就在外面的桌子上，你们总有人上班的吧，怎么从来没有人接呢？您负责我弟的案子就有责任接我的电话，您怎么能不接电话呢？"我委屈得都要哭起来了。

除项警官外，那个年轻些的人看项警官的脸色，仅是一眼，立马走过来叫我出去，说他们正在谈事呢。我很奇怪，项警官脸上并没有什么表情变化，那个年轻人是怎么知道项警官的意思的。

项警官显然不记得我了，微微犯难。我扯着嗓子说："项警官，我弟陈大鹏，下夜班回宿舍路上被车撞了，您接的案，您还叫我签过字。"

这时我也想起来了，年轻警官就是上次在一楼对外窗口内坐着的那个，那个说一个警官的行动怎么能随便告诉我呢那个人。我认出是他忽又冲他说："就是你，上次就是你说项警官不在。说不定那次也是在的，你连通报都不通报，就告诉我不在。你们拿着纳税人的钱当警察怎么能这样的态度，你们太不负责任了！"

年轻警官说："你就是那个从深圳来的是吧。那个电话是我打的，不是项警官打的。你有事找我说。"

我说："你上次怎么不说找你说。我记得项警官，是他叫我签字的，所以现在我就找他。"

项警官可能想起什么了，说："到外面说吧。"于是年轻警官才没有挡着门了，叫我往外走。

年轻警官指定一个椅子叫我坐下，他坐在上次项警官接待我的那个桌子前翻东西。翻了一页又一页，看了看又去找另一个本子，然后才跟我说："这个案子归我管，项队那天是帮我顶班。你说说看吧，你想问什么？"

我还是想项警官为什么不出来，那天接警的到底是谁。正想着，年轻警官这么问我，我只好忽略自己的问题回答年轻警官："我弟还在昏迷，还不知道什么时候醒，我们为治疗费发愁，我们就是想知道肇事人是谁，你们查到没有。"这一说又来气了，"不管你们查到什么，查得怎么样了，我们是受害人的家属，我们有知情权。所以今天我妈也来了，老人家比我着急，所以你们今天一定要告诉我们你们查到肇事人没有。"

年轻警官嘴里咀嚼着空气听我说完，然后才开口说话，他说："好，知道你是陈大鹏的姐姐了，深圳来的。"他又接着说，"你就是深圳来的，也不能这么跟我讲话，案子进展到哪了，能不能告诉你们我们自会掂量。这里不是深圳，也不是香港，不要动不动用香港电影里那一套话说给我听，什么拿纳税人的钱不负责任，这是上海，你在上海纳过税吗？陈大鹏这个案子，我说实话，报的是车祸，我们调查了，开始就是打架。你不是深圳来的嘛，你们深圳打架什么性质你能说说吗？打架是扰乱社会治安，管你谁打谁，只要打了，都一样办。你知道事情是怎么回事了吗？"

我听着悬，妈妈在外面吓坏了，匆忙进来拉我："我们走吧，走吧。"

我冲妈妈吼："你懂什么，你不要被他吓唬了，打架不好，他们不管，但是现在是出人命了，出人命就是刑事案，他们不能不管的。"我转身对年轻警官再说，"最先打架的又不是我弟弟，是他同事，打架不好，你们怎么不抓他同事？我弟弟是帮同事，才被群殴的。打架不好，拉架总是好的吧，拉架是见义勇为。见义勇为受伤了也是活该，这个社会真是糟糕透了。"

年轻警官看着年龄大不了我弟几岁的，我愤怒地冲他说话时，他盯着我竟是那样的冷静，这种冷静也让我心虚，所以我也不敢再说下去。我不说了，他反倒说起来了，他说："你怎么确定你弟就是见义勇为了，你不要太一厢情愿了。"

年轻警官说完看着我，又看看我妈妈，突然礼貌地跟我妈说："老人家，我们不是不管，是案子还没有进展，没有进展我们能告诉你们什么啊，是不是？你们先回去吧，我们查清楚了会联系你们的。你们要相信政府相信警察。"

妈妈鸡啄米一样点头，说："是是是，我们相信政府，相信你们，相信你们会帮我们的。"

项警官这才出来，也叫我们先回去，说查到会联系我们的。

妈妈一直拉着我说："走吧走吧。"

我被妈妈拉着往外走，然后下了楼，出了派出所大门。出了大门我就后悔了，我觉得不对，应该继续问他们，查录像了没有，事发地点不远处不是有个红绿灯吗，红绿灯路口不是都有录像吗？不是后来来了一辆车吗，能查到车吧，能查到车是谁的吧？我还想折回头去，看看一脸惊恐的妈妈只好作罢，想着先回去，再不带妈妈来了，老农民真是胆小不经吓。

回到医院见到爸爸，爸爸问怎么了，妈妈可能还在惊吓中："啥也没说，二妮差点给警察吵起来。"

爸爸说："那是怎么回事？"

我说："没什么，他们拿公家的钱不办事，惹恼我了。"

妈妈说："你咋知道人家不办事了，人家不是说了嘛，查到了会联系我们的，没联系我们是没查到啥吧。"

我瞪妈妈一眼，质问她："你帮谁说话呢，你还想不想知道是谁把大鹏弄成这样的？你知道什么，你就是见警察了胆小。"

妈妈不说话，垂着眼生气。我没心情搭理她。打架是事实，打架出了人命了也是事实。说起打架，我们也都知道打架不好，爸爸说打架出事农村医保都不报医药费。听爸爸提到农村医保，我忙问爸爸我姐的户口迁走没有？要是没有，是不是可以拿我姐的医疗费去报销啊，五十多万呢！爸爸也觉得这是个希望，问我姐姐的医疗单子都放哪了，我说苏州的一部分在我姐姐出院的那个包里。这时我又问妈妈，问那个包还在吗？妈妈说在。妈妈回完，我也不生气了，好像是妈妈能给我们带来一丝渺茫的希望。

夜里照旧是一惊一乍的，说来奇怪，这几天下来，我发觉病人的死亡时间多是夜间十一点，凌晨两点，四点，天亮后几乎没有推人出来过。不光是家属，也许对病人来说黑夜也是最难熬的时间。

6

第七天一大早拍完片子，下午去主治医生处看结果。积水好像很小了，小气泡一样的血块消下去了，四块明显的血块当中最小的那个也几乎消下去了，还剩三个大的，从影像上看最大的有黄豆大，小的有绿豆大，医生说这得靠他自己了，能消下去多少是多少，动手术的意义也不大了。无论如何这是个好消息，我想，至少，一大笔手术费我们省了。我实在没办法了，我们太穷了，心里时时刻刻想的都是钱，好像钱是一艘大船，大船能带着人们往前走，没有这艘大船一个人连活下去的资格也没有。

从医生办公室出来就到了家属探望时间，我没问爸爸妈妈要不要进去，我自己先进去了，我要把不用动手术的好消息告诉大鹏。

大鹏还是低烧，温度在三十八度至三十八点五度间徘徊。看着大鹏安静着，手手脚脚也不需要捆绑了，我一时很感动。我俯下身，看看大鹏的头发，看看他头皮上和右边耳后的血痂，觉得那血痂快要脱落的样子像一枚枚能吃的干果。我又看看他剃掉头发的部分长出了新发，像再次得到确认了一般，觉得他还是在好好地活着的，就再也忍不住心里的感动亲吻他。我亲吻他，觉得像亲吻我的阿宝。我说："大鹏真乖啊，大鹏很努力地要好起来对吧？大鹏很快就能醒来的对吧？大鹏会帮我带阿宝去玩，会让阿宝坐在大鹏的肩上对吧？大鹏这么高，阿宝坐在舅舅肩上能看得那么高，肯定很高兴。还有啊，大鹏，你以后一定要孝顺爸爸妈妈啊，你出事这一个星期他们真是老得太快了，你醒来要不认识他们了，你醒来一定会说这一对老头老太太是谁啊！"

　　我真的没有比妈妈好到哪去，我对大鹏有说不完的话，我希望他听到我的话答应我。我握着大鹏的手，他的手真是太大了，我想只有这样大的手抓篮球才能抓得住。我又跟大鹏说："你记得吗？你五年级时我寄给你一个篮球，还有一套球衣球鞋，你还穿着到镇上拍了照片寄给我，你说你长大了要打篮球，可是你这样躺着怎么打篮球啊？大鹏你得醒来啊，你不醒来我们怎么把你弄回家啊？"说着我又哭了，不知道是悲多一点还是喜多一点。我仍在喋喋不休，希望大鹏能听到我在跟他说话。

　　我哭着，好像幻觉中的一道光打来，大鹏醒了，看着我握着他的手不说话，然后动一下左手的中指点点我。我惊喜万分，我说大鹏你再动一下，然后死死地盯着他的左手看，却是一动不动。我又试他的右手，他的右手也是一动不动。我去告诉护士，说刚才大鹏的手动了。护士淡定地跟我过来，说你试一下，然后我又说："大鹏你动一下手，你要是能知道有人在跟你说话你动一下手。"护士认真地看着我捧着的大鹏的左手，大鹏的手却是一动不动。护士等了几秒没说话，转身走了。我不死心，认真地看着大鹏，想看出他跟昨天不同的地方，想看出他能有的有意识的动静。然而大鹏一动不动。他只是眼睛在动，眼皮之下的瞳孔在转，虽然仍是这样，我想真的不只是我的幻觉，大鹏已经醒了，只是他还不会表达他已经醒来。

爸爸说他坐晚上十点的火车，第二天一早到阜阳。我说好，我买上两个烧饼，怕爸爸不饱又买了两个馒头送他去火车站。只有站票。爸爸说不怕，他在哪蹲一蹲就好了。

看着爸爸要进安检，我突然把爸爸拉到一边，我说："爸，大鹏会醒的，说不定过两天就醒了，我看大鹏不一样了，我都觉得他的手动了，只是护士没看出来。"

爸爸苦笑一下，说："云云，我跟你妈对不起你，我们老了跟不上形势，出了农村啥都不懂，全靠你。你姐靠你，你弟现在也靠你。但有什么办法呢，不靠你，靠我们老两口不知道事咋办。我走了你还得看着你妈，叫她想开点。你看她没主意，越是没主意越是乱想，有影没影都去想。我们这么靠着你，知道给你添苦。说了可能你会生气，你苦是苦看得见的，你妈没主意的苦是苦得没边。"

我不喜欢爸爸跟我说这些，我本来是老二，家里的事都是他跟姐姐商量，跟我没有过关系。所以关于他的故事关于姐姐的故事我几乎是成人后才略知一二。还有姐姐突然生病这事，我觉得事情是突然掉到我头上来的。但这不代表掉我头上了我就准备接手了，我还没准备好接手她就走了。从姐姐到弟弟，我都是被迫的，我可能随时准备不管了。可是我不管了，事情会怎么样我也从不敢去想。我并不完全领情爸爸对我托付是对我信任，我不需要谁来信任，我只是被迫地在行动。但我多少理解爸爸说苦得有边没边的意思，看着他用一个编织袋提着一双鞋两件衣服一副老农民进城的样子，我承认他跟不上形势，他读过书没错，但那点文化在城市里派不上用场，所以我告诉自己不要跟他争什么。我跟他说："我知道了，我会照顾好我妈的。"我说完，爸爸说："你放心，我会借到钱的。"

我看着爸爸进站，从他离开我身边，到他被人流卷去分不清哪个是他的背影，我一直看着。

回到医院，妈妈已经铺好纸箱等我了。我从火车站买了两个烧饼，给妈妈一个，准备就着开水自己吃一个。妈妈不吃。我说趁还温乎吃两口，明天早上就不是这个味了。妈妈吃两口，说香，然后就不吃了，躺下睡觉。我就着饭盒里的热水慢慢吃着，也想留一半明天早上吃，后来还是没忍住吃完了。

等我躺下要十二点了。妈妈原来没睡着，妈妈说："云云，我前儿梦着你姐了，你姐长头发，多高兴的样子跟我说话，你说她知不知大鹏现在是这个样子？都说人有三条魂，大鹏这样是丢了一条魂了吧，要是丢了一条魂了不是会见着你姐吗？我想跟你姐说说话，叫她看看大鹏的魂在哪，好叫他的魂回来，不回来大鹏这样子咋弄哩。这样子咋弄回去哩？"我跟妈妈一人一个被窝，听着她说话，想着她是睁着眼看着天花板的吧。

我不知道怎么回答妈妈，半晌才问她："你跟我姐说话了没有？"

我妈说："都是她高兴地跟我说话，我能听到她说话，她听不到我说的，我着急就醒了。"

我说："那你就别着急，再梦着她，跟她好好说。"

我妈说："有用吗？"

我说："有用。"

我妈说："不知道啥时候才能再梦着她哩。"

我说："你要是睡不着，不要睁着眼，睁着眼想的事情都没用。你闭着眼求菩萨吧，把你想给我姐说的话跟菩萨说。菩萨谁的话都能听到。"

我妈说："跟菩萨说能有用？"

我说："菩萨是好人，你看村里的老年人平时叙话，说谁家有好事了不都是说菩萨显灵了嘛！你有时候求什么不也是说求菩萨显显灵什么的嘛，你这时怎么不求菩萨了。你要是没办法，你就求观音菩萨吧，别东想西想的了。"

妈妈不说话。

是啊，我们怎么不求菩萨呢？我应该也求求菩萨，请她转告姐姐去找大鹏的灵魂，趁他的灵魂还没有走远叫他快点回来。

我正想着，就听得妈妈在说："求求观世音菩萨，让我儿快醒吧。我儿要是醒了，我过年杀一头大猪供你，还放七天电影。"妈妈自是小声地说，我还是听见了。

我听着妈妈这么求着，知道她的方式不对，别说没跪着求了，就是杀一头猪都是不对的。但我不想去打扰妈妈，她正求得认真呢，什么对与错都不及认真重要。我想着也求起菩萨来，我怕起来跪着太惹人注意，想象着自己是跪在菩萨面前的，我自然也是对菩萨说了很多话许了很多愿。我闭着眼睛，迷迷糊糊间真的看见菩萨在我前方的半空中站着，她一手拿着玉净瓶，一手拿着杨柳枝，沾着仙汁露向尘世洒来。我忙给菩萨磕头。但当我抬起头再次拜谢观音菩萨的时候，她已转身飘去。那飘去的身影又明显是姐姐的样子。是姐姐披着长发，穿着月白色西装白纱裙的样子。

第八天，我跟妈妈如常给大鹏擦澡。妈妈把大鹏耳后的血痂揭掉几个。我叫她不要动，妈妈说她看着呢，她一看血疤子那样就知道下面的皮长好了。我拗不过她，由着她揭。揭掉后的地方鲜红的，干干净净，妈妈说这才是大鹏的皮肤颜色，刚生下来就是这样的。我说，大鹏现在这么黑，想想也能知道生下来也好看不到哪去。妈妈又去大鹏头上其他地方找血痂，突然一高兴，说，云云你看，这一块大的血疤也好了。我一看，还真是，比耳后那一块还大的血痂也好了，那一块有小指甲盖大，这一块有大指甲盖大。我还在握大鹏的左手，看着妈妈高兴的样子，一时觉得大鹏在跟我们恶作剧，他在装睡。我很希望大鹏上次动过的左手中指再动一下来证明我的这个想法。

大鹏现在是低烧，护士说病人要是病情稳定了，烧退干净了，要给病人把头发剃了，护士台那边可以去登记理发，叫家属到护士站自己去填表。我去问了价格，说是八十块剃一次。我离开后跟妈妈说，八十那么贵，咱们买剃头推子自己给大鹏剃，以后推子也能用。然后我就带了妈妈到医院一楼的婴儿用品店一百二十块买了个推子，第二天再进去时给大鹏把头发剃了。剃了头发的大鹏头皮很白，发根乌青，看着人精神很多。妈妈不忘说，你看，我说他生下来时白你还不信，你看这头皮多白。我们这么聊天好像回到了生活的日常，像一起拣菜聊天一样，这时只差大鹏突然一下子醒来说一声"嗨"把我们吓一跳。

第十天，爸爸回到家之后的第三天中午打电话来，说借到钱了，两万多，等他再把猪卖了就来。爸爸问大鹏的情况，我说大鹏好多了，烧退下去了，脸色上来了，我给他剃了头，人看上去可精神了。

不料爸爸一下子火了，说："谁让你们给大鹏剃头的？你们懂什么？怎么一下子交代不到就乱来！"

我吓一跳，我冲妈妈说爸爸发火。妈妈接过电话，对电话说："你个老头子你嚷什么，护士让剃的，你嚷二妮做什么？你说不能剃你走时咋不说。跟你说你以后别嚷二妮，她容易吗，她把那么小的阿宝丢下了来管咱哩事，你还嚷她。"妈妈讲完，用右手一个手指狠狠地按下电话红色的结束键。爸爸发火的时候我就流泪了，听妈妈说完话抱着她哭出声来。这可能是我长这么大第一次抱着妈妈哭。谁说妈妈不懂大道理呢，她这番话不是说得很讲道理嘛！看来还真是妈妈亲，能体谅我的心理。

原来，农村有个说法的，只有给临死的人穿衣装孝时才理发，所以上次我姐把头发剃了他就心里不舒服，现在我又把弟弟的头发剃了他才冲我发火。

7

第十一天，爸爸把两头猪卖了，揣着钱就去阜阳火车站，等天黑了坐来上海的火车。

第十二天一早，爸爸下了火车自己来到了医院。他到医院时我们已经从重症室出来了。妈妈说："没事没事，大鹏比昨天又好很多。你不放心，你下午探望时间去看看。"爸爸瞪着眼睛看我妈妈，憋着气不说话。我看着爸爸还在生气，没理他。

我想回深圳一次，一直找不好理由，现在爸爸回来了，大鹏情况也稳定了，我就想是时候了。我跟妈妈说我回去，妈妈说："按道理你有家有孩，你回去是应该的，我们也不能拦你，可是，你要回去了，大鹏要醒了，医院要叫我们做什么事，我们能弄好吗？"我想想也是，又没提这事了。

妈妈每天上午到下午三点还是去医院大门口临时快餐摊点去帮忙，最初是她自己找去要活干的，所以后来人家也一直没有提出给她工资。妈妈想提一提这事，被爸爸拦下了，爸爸说："是你自己要给人家干活换饭吃，人家不提你怎么好意思提，这不是生生向人家要钱吗？这可不行。"

妈妈说："就给两个盒饭，还有二妮呢，要不然我就跟他们要三个盒饭。"

爸爸说："两个盒饭也是你最先提出来的，做人要讲规矩。再说，盛饭时你打的饭有三个饭那么多，不相当三个盒饭了？"

妈妈不说话。

我忙说，我吃得少，三个人吃两个盒饭能吃饱，不要找人家要了，你要不想干就别去了，想干就继续干着。

妈妈还是不说话。末了，妈妈说："要是大鹏醒了就不够了。"

我说："大鹏醒了又不能吃盒饭，得吃专门的病号饭。"

妈妈听我这么说才"喔"一声释然。

大鹏醒了。

这天下午的探望时间还是我进去的。我握着大鹏的手，跟他讲我们小时候的事，我说：

"大鹏，咱们很小的时候，爸爸妈妈常常不在家，天快黑的时候都是姐姐在煮饭，我在烧火。你呢，本来啃着冷馒头，见我开始烧火了，就要我把馒头穿在铁钩子上给你烧着吃。烧出的馒头很香，我们都喜欢吃，常常是馒头芯还没有热就急不可待要吃了。你吧，自己要吃，还要给姐姐咬一口，然后呢，姐姐就假假地咬一口冲我们说，嗯，是香，然后认真地嚼起来。姐姐把饭都弄好，叫咱们两个好好烧火，她要先去喂猪，要先去把羊找回来。这种情况一般饭好了爸爸妈妈就回来了，有时还不回来，但是星星出满天后爸爸妈妈无论如何就到家里了。

"姐姐那时也还很小，还不会做馒头，只是洗好红薯放锅里煮，上面馏上几个剩的馒头。总之馒头不是姐姐做的，是妈妈之前做好的。姐姐是一直在忙事的，你等不及她带着找妈妈，就拉着我往外走，我就会牵着你去巷子里等。姐姐怕我们看不见路，会给我们准备好马灯，我提着，咱们两个的影子就在地上一晃一晃的。我要是故意晃，你就会笑，你那么小就知道我在逗你开心。你倒是很开心的，我一晃你就配合我笑起来。但是咱们两个人这么玩一会儿你又想起妈妈来，就会哭一场。我也没多大，我能有什么办法啊，只好拉着你继续往路口走。你说你奇怪吧，只要走着你就会觉得离妈妈近了，也就不哭了。

"姐姐有时会不放心我们两个人走得太远，倒不是怕坏人骗走了我们，她是听大人说小孩子走夜路会丢魂。所以姐姐做完事想起我们了就站在栅门口叫我们回去，你一听姐姐叫就缩到地上赖着不走，你怕往回走就找不着妈妈。我这时要是拉你，你就撅起屁股脸朝下哇哇地大哭。你那时也就比阿宝大一点吧，是遇到什么不如意的事都要用哭来表达你的不情愿。这个时候就得看姐姐的办法了，她就拿着火灰里烤香的馒头片把你哄回去。姐姐那时真像个大人啊，人又聪明，知道不能给你多了，给一小片，告诉你回家拿，然后咱们三个走着走着就到家了。

"你能记得吗？那时咱们还没听说过坏人，还不知道坏人长什么样，我们遇到的都是好人。后院的大奶奶啊，前院的二婶子啊，见着了，就说，你们爸爸妈妈还没有回来吗？回家里等吧，外面有老山猫叼小孩子。你听见老山猫就不敢在外面待了。咱们没听说过有坏人，但听说过有老山猫，一个村子里的大人吓唬不听话的小孩都这么说。虽然咱们在平原，周边也没有山，但咱们那会实在是太小了，还不会去想没有山怎么会有山猫。我们连山是什么样子的也不知道对吧，但是有人这样一来吓唬你，你就拉着我和姐姐往回走，还会说，回家，有老山猫。

"你说你多好玩！

"老山猫什么样的谁也不知道，就听说'身子这么大'，'嘴这么大'，'眼睛这么大'，'满嘴里都是大白牙'，'一口就把小孩子吃掉了'。大奶奶还说，'要是被老山猫吃掉了就见不着你妈了'。所以，只要听说有老山猫，全村子里的小孩子都害怕。"

8

爸爸回到家连蒸了三锅馒头，等晾干了都用袋子装来了。爸爸去找大姑借钱，大姑把刚蒸的一锅馒头也让爸爸带来了。大姑还给爸爸拿了一罐咸菜，妈妈去儿科那边排队用微波炉热馒头，然后把咸菜夹进去，一共做了三个，我们一人一个当作晚餐。

爸爸把地里的生姜挖了大半袋带来了，所以爸爸来时是用扁担挑了两袋东西来的，一袋馒头一袋生姜。第十三天一早，爸爸把生姜挑去附近的菜市场卖。晚上回来，见他还真卖掉了一些，爸爸还说："这边的生姜真贵！"爸爸这天卖了十七块钱。

妈妈说："卖给医院的食堂吧！"

爸爸说："还是挑去市场卖能卖贵点。"

我没参与他们的讨论，多卖一块钱少卖一块钱没有那么重要，不说弟弟打一针要四五千，就是每天加一剂营养都要好几百，所以他们去计较一斤生姜多一块钱少一块钱让我觉得非常心酸和悲痛。爸爸也并非不会算这个账，我猜想他不过想为自己找点事做，好挨过这无望的日子。

我已经忘了数日子，一天早上跟妈妈如常去给大鹏擦澡，去到一看，大鹏睁着眼睛看着一个地方。我以为是护士检查他把他眼皮翻上去没合起来，就想帮他合上眼睛。我刚合上转身给他擦手，又见他睁开了。我又给他合上。妈妈在给大鹏擦另一个手。妈妈说："大鹏这是醒了吧！"我一喜，我说："大鹏你是不是醒了？大鹏，你要是醒来了就动一下哪里，眼睛动一下也行。"大鹏还是看着一个地方，并不会自主地转动眼睛。我说："那你不会动，我再给你合上，我知道你能睁开，那你这次就不睁开，我就知道你是听懂我说话了好不好？"

大鹏一时没有睁开眼睛。我妈一下子就失声大哭，说："大鹏你这是醒了啊，那你就把眼睁开吧。"

大鹏睁开了眼睛。

我跟妈妈很高兴，仔仔细细认认真真地给大鹏擦澡，换衣服。

但是医生来，大鹏又懒了，又不合作了，叫睁不睁，叫合不合。护士叫我们出去，我让妈妈先出去，等他们转身去另外的病床我又偷偷回来看大鹏。我说："大鹏你太不听话了，医生在你怎么不合作呢？现在我要检查你，看你哪里还能动。"我尝试让大鹏动左手，动右手。但是很徒劳，大鹏仍没能动。

我出来告诉爸爸大鹏肯定是醒了的，只是他还不能动。也可能他不知道怎么动。爸爸当时没说话。

晚上我躺下了，爸爸妈妈聊天，爸爸才说他又去了河北的瞎子那里，瞎子还记得他，问他怎么又来了。爸爸说还有一个八字请先生算算。爸爸报上八字，瞎子说这个人在的。爸爸又问结果好不好。瞎子说结果不算好。爸爸说他知道了。妈妈说你怎么不问详细点，怎么个不好法？爸爸说，这个问不出来，一行一行的规矩，他们不说你问不出来。妈妈说你多给他点钱也问不出来吗？爸爸生气了说："哪有多的钱。"

爸爸说他这次一共带来了两万三，大姑借了六千七百块，大姨借了三千整，猪卖了一千九，这是一万一千六，另外一万是找牛庄大敏娘借的。还有一千多是那几户每户给二百凑的。我知道那几户是指村里大奶奶四爷爷他们几户。妈妈说："大敏家不是一直难吗？咋有钱借咱？"

重症室大厅已经关大灯了，只有门口和过道还亮着几盏小灯，微微的灯透到大厅来，逆光看过去都是银漆铁椅子的轮廓。半晌，爸爸靠着墙悠悠地说："大敏爸不是在建筑队打工吗？从十三楼掉下来了，摔坏了，人家把骨灰送回来，说赔十五万块。我回去，刚送来三万，说剩下的以后打账上，我听说了就找过去了。大敏刚考上高中了，住校钱还没交，她弟弟祥祥不是生下了就残疾嘛，每年要动回手术。大敏娘本来嫌十五万赔少了，耗着不埋骨灰想多要点，人家说大敏爸是小工，年纪也不小了，赔不多，埋不埋随她，人家人要走。这不是大敏娘想着大孩子要用钱，祥祥今年到现在还没去做手术，她不就只好答应下来了。这一万，这一万就是祥祥手术费用不着的那一万。"

妈妈说："都知道啊，知道大敏娘难，这个时候还能借一万给咱用那真是活菩萨了。"

爸爸说："我给她跪下了。"

我躺在被窝里不敢动，不敢弄出一点声响。

爸爸这是太惭愧或懊恼了吧，一个人要承受不了才把实话说出来吧，说给妈妈听，说给夜晚听。

数来，我们跟大敏家是亲戚。大敏的姥姥是我奶奶的二姐，当时奶奶牵着姑姑和爸爸找去娘家时，她已有四个孩子，也是她，把院门关了扔出半面袋干粮给奶奶。那个穷困的年代，她们不但没饿着，她又生了老五，这个老五就是大敏娘。大敏娘是个罗锅，一嫁没生孩子，后改嫁到离我家一公里多路的牛庄才生大敏和祥祥。我们两家虽然离得近，起初并不走动，是因为我们村有个姑娘也嫁了牛庄，与大敏娘是堂妯娌，她才把我家与大敏家牵上线。两家联上线后，我们赶集经过他们家门口爸爸妈妈会停下来跟大敏娘说几句闲话。

　　起初也仅限于说闲话，早年我爸爸会问问老人家腿脚可还好，牙口可还好，吃东西可还好。爸爸说的老人家是指奶奶的二姐，他的二姨妈，我叫二姨姥姥。姨姥姥去世后，我爸就不怎么问了，大张庄在爸爸的心里也总算画上句号。什么事也就是这样，有句号了就可以再开始了，所以后来我爸妈赶集经过大敏家，要是大敏爸出去做工了，他们会帮着大敏娘赶个猪去卖，或扛些粮食出来晒。渐渐地我们两家逢年过节也走动了，走动，多是爸爸妈妈帮大敏娘干些她做不了的活。两家人本是靠着一根蜘蛛丝维系的血亲关系，本是爸爸主动地关照他们老弱病残的一家，爸爸肯定不曾想到在他的这一生还有向大敏娘下跪的时候，要知道这个大敏娘在爸爸心里是象征着大张庄张家的，是在奶奶求助时关过院门的姥姥家的。因为知道了爸爸的这些往事，我虽一动不动，仿佛还是看见了爸爸看着大张庄的方向，一次次委屈得不得了。

早上再去给大鹏擦澡换衣，爸爸说想进去看看，我让妈妈带爸爸进去，又交代好他们去护士站领衣服和消毒水。

半个月过去了，我、爸爸、妈妈，无不是度日如年。爸爸累了，想知道一个结局。

出来，我问："医生怎么说？"

妈妈说："会看人了，就是好像不认识谁是谁。眼看人跟小胎孩看人那样。"

我说："医生没有检查吗？"

爸爸说："检查了，看来医生心里早就有底，右边不行，手脚都没反应，左手刺手指有反应，这边脚也有点感觉，不明显。"

妈妈说："咋不明显，我看很明显。别说伤这么重，就是平时好好的人摔一跤，你叫他动一下都难。左边能好，我看右边也能好。"

爸爸不说话。

我说："不着急，醒了就好，养养再说，比这坏的结果咱们不都是想过了吗？应该高兴。"

爸爸说："应该高兴！"说着抹眼泪，委屈得像个孩子。

趁着心里都在承受着最痛苦的东西，也不怕一根草再压上来，我说："派出所来电话了，叫去结案，说是录像送去分析了，查到的那辆白车是假牌，顺着这条线找不到人。"我接着说，"这个结果要结案我肯定不去签字，但他们这么说估计也不会查下去了。"

爸爸说："查到也是赔医药费赔钱，说起来又能赔多少，大敏爸人都没了才赔十五万。这个钱咱还能挣，人都这样了，计较钱有什么意思。"

爸爸这么说话怕是灰心到顶了。我和妈妈自是不敢接话。

下午我去看大鹏，也是直直地看着我。我问大鹏知道我是谁吗？他看看我，半天才眨一下眼，那一眨也是茫然，空洞无物，不可指望。人倒是听话的，叫他动一下手，能尝试着动动手指。很慢，能看见指令到他耳朵后努力往头脑里去的样子。若是听觉像血管一样有条线路，那指令应该是一个鼓鼓的气泡往上爬。气泡很努力，钻眼拐弯，终于到一个我看不见的什么地方，又转化成另一种样貌叫手指动一动。大鹏的左手这时就像一窝熟睡的柴狼，懂事的知道有人叫它了，醒来了，不懂事的懒洋洋不想动。大鹏左手的中指就是那个懂事的柴狼，半天，它抬了一下头，又一头倒下了。

总归是好消息。

试了几次，大鹏好像很累了，闭着眼要睡去。我说你不能睡啊，你要勤奋点练习。大鹏不听，很快睡过去了。他睡过去眼睛是不动的，他挣扎时眼睛才不停地转。

11床的家属几天不见，这天又来了，今天没哭，但一脸的表情像我爸爸一样，再也对生活燃不起希望。

我们不敢少了大鹏的营养，又担心这两万多花得太快，每天早上接到结算账单我爸爸都要记上一笔，然后算一算还剩多少钱。

早上还是我跟妈妈进去，下午的探望时间留给爸爸。现在，他是主动要进去看看大鹏的样子了。

大鹏转到住院部的普通病房，只能有一个人陪床，加床一天五块，含被子十块，爸爸妈妈都不愿意，还是拿纸箱皮垫着在地上睡。

进入12月，医院准备年底大排查，重症大厅不能再给家属过夜，我卷着一床被子四处打游击战，上半夜在急诊睡，下半夜可能就去了输液室。

大鹏拿掉鼻饲那天，第一次给他喂食呛到了气管里，本来打个喷嚏的事，可他偏偏连喷嚏也不会打，一时出不了气，憋得脸色发紫。关键时候，妈妈总是反应最快的，忙按急救。护士拿了一个吸鼻器把东西吸出来，大鹏才慢慢地缓过劲来。护士说呛东西会很频繁，叫我们自己去买个吸鼻器。果然，给大鹏喂食成了爸爸妈妈最头疼的事，一小碗咸稀饭要喂半小时，没有哪一口不呛的。妈妈说我小时候没奶吃喂米糊也没这么麻烦，小胎孩都知道往下咽，都知道往外呛，二十三岁的大人什么都不会了，老天爷真是奇怪，咋叫事这么弄呢！

且这会是一场持久战。老天爷真是太不怜人了！

大鹏左手恢复得很快，一周时间能握拳了，右手还是不能动。

虽一直在补给营养，大鹏仍是骨瘦如柴。医院让大鹏转入一家疗养院，一是费用低，二是有高压舱，说是这几年临床实验高压舱对治疗大脑创伤很见效果。爸爸算算钱还剩一万零七百，够大鹏在疗养院住两个星期的，所以我们就想试试高压舱的效果。

大鹏进高压舱得有人陪，我和爸爸妈妈都去测试谁可以陪他进去，这一测，很意外爸爸是高血压，不能进，剩下我跟妈妈轮流陪他进去。

转来疗养院第三天，我决定回深圳一趟看看我的阿宝。之前两天是我跟妈妈分早晚陪大鹏进高压舱，见妈妈没有大的不适，觉得妈妈能胜任就交给了妈妈进去。

我临走前还是不放心大鹏，他平时依赖我，靠动眉眼告诉我他要什么，同时他也能耐心地表达他的意思。但是面对爸妈他总是不耐烦，急得"啊啊啊"直叫。大鹏不会分昼夜，一天里睡的时间很长，这天上午见他大好，人很清醒，我想知道他是不认识爸爸妈妈，还是他觉得爸妈不能理解才很不耐烦。他眨眼睛。我说不行，你的左手能动了，你要写给我。大鹏还不能握笔，只是用手指缓慢地在我手心里写：认识。

我说："你认识，为什么不理爸爸妈妈？"

大鹏写：你说他们是爸爸妈妈。

我觉得他有点耍滑头了，我说："你好好说话。"

大鹏写：不像。

我说："是，妈妈一下子老了，爸爸也一下子老了。"

大鹏写：做梦。

我心里一酸楚，他不知道他睡了多长时间，他还有点分不清是不是在梦中。

我说："你的梦醒了。从现在开始，你要听他们的。"

大鹏着急，啊啊地写字。我看懂了，他写：我是飞的，在沙漠里，有船，推不动，我回不到家。

我说："没事了，你现在醒了，醒了就能回到家。"

大鹏是醒了，可他还在一个含混的状态中，需要他人给他确认很多东西，以帮助他澄明。但是我的心动念要回去看我的阿宝时就已经飞走了，我要回去看我的阿宝。阿宝爸爸一周前出差去了，她跟保姆和快七十岁的爷爷一起生活着，不知道是什么样子的。我跟大鹏说再见，说要回深圳一趟，大鹏拽着我的手不放。我问他还有什么事，他在我手心里写：我想大姐。边写边哭，结果鼻涕又把他给呛住了，我们又是一阵忙给他吸鼻涕。我告诉他以后不准想，不准哭，我不在，不哭就能给爸爸妈妈少一点麻烦。大鹏眨眨眼，忍着不哭。他还不会点头。

我还是不放心，告诉他吃饭时别着急，听爸爸的指令，叫张嘴就张嘴，等爸爸把食物送到嗓子眼了再合上嘴，不然食物送不进去，全在口腔里流出来浪费，我们没有那么多钱给他买吃的。大鹏又流泪，左手乱写。我看懂了，他说难受。我说难受也没办法，要忍下去。

9

12月的深圳还很暖和。我下飞机脱去外套，连走带跑地往地铁方向去。当我推开家门看见阿宝，她笑笑地看着我，怎么也不上前，我说："宝贝，我是妈妈啊！"阿宝说："妈妈。"我说："对，我是妈妈。"但是阿宝还是跑开了，一边跑一边喊："妈妈。妈妈。"她一直跑去保姆的怀里还在叫："妈妈，妈妈。"

我进去卧室，哭得不行。时间真是残忍，才一个月几天的工夫，阿宝就不熟悉我了。

我走后，为了阿宝对环境放心，保姆带着阿宝住了我的卧室，一个床上都是保姆的味道。

我换好干净的床上用品，放上以前给阿宝听的音乐，阿宝偷偷地来卧室门口看我。我就装着大方地跟她打招呼说："阿宝你好，我是妈妈。"

阿宝就咯咯地笑，跟跟跄跄地往客厅保姆那里跑。

我洗漱完，吹干头发再去客厅陪阿宝看动画片。她原本坐在沙发上，一会动一动，一会动一动地往我身边来。我伸手要接她，她又不动了，我只好装着镇定地坐着，等她再对我好奇起来。我们看《天线宝宝》，拉拉穿着柠黄的衣服跳起来的时候，阿宝动起来，她转个身子站起来靠着沙发跟着拉拉扭屁股，我模仿她，跪在沙发上跟她一起扭。等到拉拉跳完，丁丁出场，阿宝就不跳了。阿宝本来站在沙发上，我本来跪在沙发上，我们都面对着电视，阿宝伸手拉我的头发。她的手心黏黏的，头发黏在手上，等她又抓起一把头发，我的头发就缠在她的手上了。我就跟她说："这是妈妈的头发。阿宝喜欢的香香的头发。"

阿宝学："妈妈发，妈妈发。"

保姆送来果汁，先给了我。我很感谢保姆这么做。当我把果汁递给阿宝时，她猛地夺过去喝起来。我把她抱在怀里。

我们很快又熟悉了。天线宝宝们每一次说抱抱，阿宝就过来跟我抱抱。一集放下来，抱了很多回。我们一时像久别重逢的好朋友，抱了又抱，亲了又亲。吃晚饭时阿宝都叫我抱着。我想了想，不行的，还是得让她回到她的小桌子上去。大方的阿宝并没有生气，等吃完饭解开罩衣还是让我抱着去阳台看月亮。

一天一天过去，每天阿宝睡着后，我都要算一算医院账户里还剩多少钱。

爸爸不怎么会发信息，我打电话，他说好多了好多了。能握笔写字了。能靠着坐会。坐着坐着会倒。自己起不来。还不会说话。还是只会"啊啊啊"。但是左手会写字了也能弄懂他想干吗。我说那好，出院前我过去，咱们一起把他带回家。

阿宝不愿意睡小床了，夜里坐起来哭着要到我的床上来。把她抱到我的床上又能接着睡。有时天不亮醒了就不睡了，要起来看《天线宝宝》。她不会说四个字，一边往客厅指一边说"宝宝，宝宝"。

第一次我很纳闷，第二次我就欣然接受了，觉得当孩子真好，谁也没办法跟她计较什么，她是真的什么也不懂得，讲道理也没有用。而且她不懂得什么叫忍，遇到什么不顺心的事，你不能要求她忍一忍。

我回来第四天，先生出差回来，也不问大鹏的事，好像什么也没有发生。

先生走了十二天，奇怪的，阿宝对他一点也不陌生，看着爸爸进门就"爸爸爸爸"叫个不停。

有次阿宝玩得太累睡着的早，我问他："你不问问大鹏的情况？"

先生说："有什么好问的，出事了你不是去了吗？"

我说："大鹏还不如阿宝，连吞咽咳嗽都不会。"

先生不说话，停一会倒问我："保姆还要不要继续住家？"

我说："我还得去，大鹏出院回老家爸爸妈妈搞不定。"

先生说："那就不要回来，你一走阿宝又到处找你，又得多少天哄。你不回来，跟着钟姐好好的，这么小，也想不起来想你。"

我说："你什么意思，你是说我不要回来了是吗？"

先生说："我没这么说，我是说阿宝小，一次离别就够了，你还要她经历两次离别。"

我说："那上班族的妈妈怎么办，天天离别一次。"

先生说："你想清楚，能一样吗？上班族有其他人带，依赖的是那个长久带她的人。"

我说："我也不知道事情会一件接一件地发生。我也不想。你知道我本来对娘家人也没什么感情，但这事就是摊到我头上了，你叫我怎么办？"我想想又生气，"这事你不要指责我，摊到我头上的事，你也有分。"

我说完没料到先生说："那你还想怎样？别想再拿钱出来了，咱们已经拿不出钱了。"

我说："我知道。我不是指钱，我就是说大鹏出院的事我得管。回去得上火车下火车的，爸爸妈妈两个人弄不了大鹏。"我软了下来。

我这才去想，是啊，我为什么要回来啊，为什么不等大鹏出院了再回来啊？一次离别就够了，回来就再也不走了，直到阿宝长大。虽然现在我对先生有点失望，但我再也不走了，我要陪阿宝长大。可是，我们的感情是什么时候开始这样冷冰冰的？姐姐生病时？生病前？生病前不太可能啊，那时我刚生完阿宝，我们每天都是高高兴兴地养育阿宝，看着她一天一天地长大，会翻身了，会笑出声了，会发"bababa"的音时，我们还录了像，一遍一遍地逗她。然后会坐了，会爬了。

或者是姐姐生病时第二次找他筹钱吧，他说我姐夫知道要花那么多钱，一生病就该准备卖公司。我说他不愿意卖我也没办法，我们总不能不救我姐。先生说他做老公的都不救，你着什么急？我说，那怎么一样，我们是姐妹，他是一个外人，他甚至可以拍屁股走人，我们不能。先生说，那你这么说就是以后你出事了我也可以不管对吧？我一愣，忙说对。有些话是话赶话时说出来的，但语言是蛇吐出的毒，只要射出，必定伤人。或者我们就是从那个时候都伤了心。所以弟弟出事到现在，我没说出一句与钱有关的话。其实这真是个难题，说也不是，不说也不是。说了怕他说我又伸手要钱，我太害怕那个场面。不说显然是赌着气。事实证明提到钱我确实觉得难堪得很，我需要马上证明我不是要钱。

先生的爸爸是军人，妈妈是初中数学老师。爸爸年纪大，妈妈年纪小，但在那个特殊年代嫁给军人是很光荣的事情。他们兄弟姐妹五个，三个女孩，两个男孩。大姐早早工作，顶了爸爸转业的工作。老二是男孩，也去当了兵，转业后也是在工厂工作；但转眼就下岗了，在县城开了一间录像厅；录像厅倒闭后卖光碟，这年代光碟很不好卖，惨淡地经营着。老三是女孩，读了中专，在农科所工作，卖种子。老四是他，读了师专，本来是要接他母亲的班的，时代变化太大，没有了接班一说。老五是个妹妹，跟我年岁差不多，高中后便嫁了人，在老家什么也没干养着三个孩子。先生的妈妈本来早早退了休，因为好强，是市里的名师，又被私人学校聘了去做老师。也所以，当我弟弟出事，把阿宝扔给先生时，阿宝的奶奶并没有马上过来，她跟学校签的合同还未到期，她还带着尖子班不能请假。先生的妈妈把希望都放在先生身上了，觉得只有这个儿子让她脸上有光，读了大学，指望他子承母业，做一名优秀教师，桃李天下。但先生终于未如母亲的愿，在一所私立学校教了几年书后，到了深圳做了小家电的市场销售工作。工作总算顺利，谈了几个大型连锁商场，全国上千家零售点，有近三分之一是他的业务，他因此也荣升为副总经理。

先生是湖北襄樊人，我是安徽阜阳人，我们的老家相隔不远。我们是在一次旅途中认识，故事很老套，我们都是出差，住同一个软卧间，都是下铺，我看《瓦尔登湖》，他说，梭罗。我说是。我说你看过。他说大学看过。聊起来他有个同学是我老家的，他还去过。我后来也见了那个老乡，确实是我老家的，确实是他同学。

或者我跟先生的相识也是浪漫的吧，至少我这么以为，当我们发现双方都老大不小了就急急地结了婚。必须说那时我是情愿的，那时我也在做销售，是一个服装公司的片区主管。我们在火车上结识后，互留了电话，一时见面勤快。见面，也不算约会，都是彼此有朋友一起吃饭、唱歌。有一次他说带我去一个地方，到了才知道是一个新的楼盘，他年前买了房，还未装修。他说如果喜欢这个地方可以帮他一起想想怎么装修。我意识到这应该是婉转在求婚，虽说我们还不曾谈情说爱，还是应了邀约。我想过，如果跟他结婚，我能顺理成章地在这个城市有个安身立命之地，那我就是真的比姐姐还要强了。

从相识到结婚生子，我们两个人走了一遭社会上流传的剩男剩女闪婚生子的过程。他三十五了，我二十六，谁也没提谁失恋了多少回，谁也没问对方为什么至今单身，大龄青年应该心知肚明地默许的东西，我们都遵守了。不知道是不是因为这样，我们虽然结婚了，心还是隔得太远，一点也经不起风沙挤进来硌那么几下。

　　保姆钟姐在深圳有家，老公开出租车，女儿、儿子都在上大学。之前她都是做钟点工，是因为我着急离开她才答应住在我家帮我带孩子，要是我回来了，她还是会做回钟点工，这样她晚上就能回去给老公煮饭，让老公吃一回好吃的。我跟她聊天，她讲起开始只有她老公一个人在深圳开出租，她要在家带两个孩子上学，就是这几年两个孩子前后考上大学她才出来跟老公一起。她笑，说分开那些年情感也不太好，一年见不上几次，外人看不见有矛盾，但见了就是你看我不顺眼我看你不顺眼。后来嘛，谁也不管谁，就想着把两个孩子供出来就好了。毕竟还是夫妻嘛，住一块又好了。也吵架，吵归吵，好归好。夫妻不就是这样，两个人不想往一块好，情感很容易就淡了。现在他对我好，叫我不要干活。他虽是这么说，也想儿子毕业了来深圳工作，能有钱买房子，我不干活靠他一个人怎么可能有钱买房子。你们好啊，早就买了房子，那时买房便宜，这几年贵多了，我们都不知道到时候买不买得起。买不起回老家买。但是回老家买，儿子找女朋友都不好找。我老公他们车队的，儿子谈女朋友一听说在深圳没买房都不谈。人分三六九等，那些在深圳买了房的就觉得高人一等了。在家买房的自己都觉得计划错了，要把老家的房子卖了买深圳的，但哪里卖得掉，买了就被坑那里了。深圳的楼房建得这么好，城市多好看，都不想回老家。

我想着先生说我走了阿宝又要哭几天，就故意地多让钟姐带阿宝，我去做家务。我有时在洗菜，见阿宝趴在钟姐的背上摇啊摇的，心里酸楚，觉得钟姐应该是我啊，我的阿宝应该是趴在我的肩上的啊。阿宝这时还不太会挑人，晚餐后也是我洗碗，让钟姐给阿宝洗澡。深圳的12月还不冷，听着阿宝在卫生间里高兴地踩水打水不愿意出水盆，突然就难过起来。阿宝的奶奶终是没有脱开身来深圳，爷爷腿脚不好，一天坐着看电视，听说我不在时，他也是开着电视看着阿宝在客厅玩。他在就是一个监督作用，带孩子不行。

我要走了，去帮大鹏办理出院，送他回老家。我们没钱让他在上海继续住疗养院了。

从疗养院出院还要先回到原来的医院做一遍检查，医生再三交代回到老家也要尽量去做高压舱。我爸说我们那儿没有，医生说那你们看着办，大脑的事治疗上没有什么好办法，这几年的临床经验也就是高压舱效果好点。我爸说："知道，知道，让医生费心了。"

大鹏坐在借来的轮椅上流着口水歪着头朝我们这边看，突然地打起嗝来。爸爸问："总打嗝怎么治？"

医生说："没有好办法，只能看他恢复得怎么样。"

爸爸说:"能会走吗?"

医生说:"都不好说。一切看他能恢复成什么样。"

爸爸不放弃,继续问:"多长时间能知道结果?"

医生说:"半年内恢复得最明显,一年两年是什么样就差不多是什么样了。"

爸爸似乎心里有底了,说:"谢谢医生,这段时间没少跟您添麻烦!"

医生见多了客气的病人家属吧,忙说:"不客气,这都是我们该干的活。"

我拉了拉爸爸,示意他可以走了,他才转身去推大鹏。我带齐所有检测报告和病历档案跟着出了医生的办公室。

我们要回去了。我给姐夫发了信息,他回说走不开。爸爸说算了吧,咱们三个能把他弄回去。

我跟爸爸妈妈吃了一顿饱饭,准备好轮流背大鹏。我们没钱买轮椅,我想了个办法,去大商场买了一个行军椅,打开来跟轮椅差不多,大鹏坐上去能把整个人兜起来,看着也舒服。我们忘记提前买火车票,没有硬座也没有卧铺,买了四张站票上车。大鹏一米七几,我一米五八,背上他整个人要把腰弯得低低的。爸爸高血压头不能低,本来说轮流背,最后上火车一段长长的路都是我背下来的。爸爸背着一个包,扛着行军椅,还要腾出手从后面扶着大鹏。妈妈舍不下大鹏的两床被子,用绳子捆着全都背在身上。她跟爸爸一人一边扶着大鹏,大鹏的口水一路流下来,打湿了我的整个肩膀。

好不容易上了火车，因为没有座位，我们只好挤到走道上，把行军椅打开让大鹏坐在上面。买站票的人也很多，车厢里挤得满满的，大家七嘴八舌问我们大鹏怎么了，爸爸不愿开口，起初妈妈还回人家说出车祸了，后来被问多了，妈妈也烦了，冲人家发脾气说："老问什么，眼不见是病人？你们有同情心就离我们远点给我儿子一点空气，都挤着看什么！"

我，爸爸妈妈，站三个方位堵着人不要往大鹏边上挤。大鹏头偏着流着口水，眼睛转着四处看，好像不知道发生了什么。也有人不耐烦，说广播了有软卧，你们有病人怎么不去补软卧，非要在这里占地方。我一下子火了，我问那人："我们要是有钱坐软卧，还跟你们挤什么！"我发完脾气，好长一段时间没人再找我们聊天，爸爸长出一口气。天黑下来，妈妈把被子一床围着大鹏，一床给他垫着腰。我们三个就找地方在地上坐着。大鹏半夜醒来后打嗝，可能吵到人了，不时有人发出厌恶的长气。我们都忍着不出声，火车飞速地跑，车厢里一动不动。突然的念头，像梦境一样，人类集体陷入了末日，以为乘车能脱离黑暗的世界，可是怎么也走不到头。

10

几乎是相同的场景又重演了一遍，凌晨四点我们下了火车，乘出租车六点多到达村庄。我家的院门紧锁，门前落了厚厚的一层杨树叶子。这回不是雨打下的叶子，这回是深秋了，是枯叶往下落。出租车停下，我们把行李往下拿，我把行军椅打开去背大鹏，妈妈过来帮忙，爸爸说："急什么，把院门打开，直接到院子里。"我意会到爸爸的话，他可能不想让人看见大鹏的样子，虽然这条巷子里没几户人了，虽然这是清晨未必会有人从这里经过。于是我先拉出被子给妈妈让她折起来。那边爸爸打开了院门把行军椅往院子拿，我这边蹲下背起歪在一边的大鹏，把他硬拖出了出租车。还好大鹏不是很知道疼痛，不然就是这样拉扯一个好好的人也会让人不适。司机是个好人，帮忙扶着大鹏，我们快速进了院子。把大鹏放下，我又折身帮妈妈快速地搬挪被子。我们紧张又慌忙，好像我们正在进行的是多不光彩的事情那样，爸爸一见我们全部进院随手就把院门锁上了。院门开关来回，推开厚厚的落叶，黄色的土地裸露出来，像把大地打开两个扇型的窟窿。院门是往里开的，或者外面的人并看不见我家院门开过的痕迹，但我们在院里的人一眼就能看到院门下的那两块扇形的窟窿。

院里到处都是落叶，上次我走后妈妈整理出的菜园里也落了厚厚的一层，难看出一个月前土壤里播下过什么种子。老狗多多在东过道的门口拴着，我们回来搬弄东西它始终没叫，等我过去看它，它站起来冲我摇一下尾巴又卧下了。因为爸爸妈妈回家长住了，四爷牵走了他的黄牛，大鹏出事这一个多月他还是每天来帮忙给多多投食。

我们都太久没有吃过一回好吃的饭菜了，妈妈和了面，泡了豆皮和红薯粉条，又到菜园割了韭菜，炒了几个鸭蛋，准备烙油饼、包素饺。又用一个蛋黄和着面搓疙瘩给大鹏做了流食。等我跟爸爸把大鹏的床挪好收拾好，妈妈那边油饼已经炸出来了，我们远远地闻着香，可是一口咬下去又觉腻了，吃不下去。我们又等妈妈煮素饺子，一人吃一碗连汤带水的素饺子，身体才觉得踏实了。

爸爸给大鹏喂饭我不忍看，骑自行车去镇上买东西。猪肉、羊腿、刚杀的鸡，什么都想买回去。

第二天一早我去县城买火车票，准备返深。我跟爸妈说，只能劳累你们照顾大鹏了。爸爸说："当再养他一回吧，不然怎么办呢！"

妈妈说："你放心走，我跟你爸还能养他二十年，什么时候我跟爸养不动他了再说。"

我说："别想那么远，先养两年看看，家里空气好，能养鸡能种菜营养差不了，说不定就好了。"

妈妈听我这么说忙朝天地作揖，说："老天爷啊，我跟你作揖了，我儿要是能好我还你两台大戏。"说着连连作揖，然后又说，"就是能下地走，能好好吃饭照顾好自个，我也放七天电影。老天爷啊，你可睁睁眼看一看我们这个家啊，可不能啥灾啥难都落我们家啊！可得让我儿好起来啊！"

我跟爸爸都看着妈妈又作揖又许愿的，我们都没动。我们有太多的委屈不知道找谁说去。

傍晚，四爷又来了，空着手，说看看需要什么。我妈说不缺，什么都有。这么说了，天黑时四奶奶大奶奶提着东西又来了。

　　一切又像几个月前我们埋葬姐姐后的故事重演，陆陆续续来人看望。我走前跟爸爸说，实在不想面对那么多人就把两边的门都锁上。爸爸说他知道，该面对的还是要面对，躲不掉。我说今年我带阿宝回来过年。爸爸说都行。

第五部分　他们

　　我回了深圳，钟姐做回了钟点工，阿宝爷爷留下来不走了，说深圳暖和，要在深圳过冬。这年过年，我没能像许诺的回爸爸妈妈家过年。

　　阿宝说话还不会用"我"，凡说"我"的什么，"我"字一概用"阿宝"代替。因为会说话早，跟同龄孩子比可谓伶牙俐齿。爷爷用带着浓郁方言的普通话教她十几首古诗，除了文不能对上题，你读出古诗的第一句，她就能把剩下的三句背完。爷爷给奶奶打电话，叫奶奶听阿宝背古诗，奶奶喜欢的不得了，声音透过电话都能把我家的屋子占满。爷爷说，你不要教别人的孩子了，来教乖孙。奶奶说，好好好，去去去。

深圳的春节温暖而冷清，家里有个孩子却是也没少欢乐和热闹。

　　阿宝奶奶来深圳过春节，春节后，爷爷奶奶就正式留下来了，我计划着清明去给姐姐上坟，回来再出去找工作。

　　我在电话里问了爸爸的意思，要不要接上他们一起去，爸爸说："我们不去，你要去你去吧，别跟你妈妈说，不然她肯定非要去不可。"我说好，不让妈妈知道。

　　哪知我不说，妈妈背着爸爸给我打电话，问我清明去不去给姐姐上坟，说我要去她也想去看看。我说，那不行，你走了爸爸一个人看大鹏没人煮饭，你还是别去了，来年再去。妈妈就哭了，说："我想大妮啊，她天天托梦给我，要吃这个要吃那个，我得给她送点东西去啊！"

　　我劝妈妈："你想她才梦着她，你要是想给她送吃的，找个路口烧点纸把好吃的供一供她就能吃到。今年你就别去了，等大鹏好了，来年咱们一家人一起去。"

　　妈妈也不是不讲道理，妈妈听我这么说就不说话了。我也想起一梦，于是说给妈妈听，说我有次梦着姐姐淋了一身的雨，头发滴着水，我问她怎么不打伞，她看看我也不说话，朝着一片山里去了。奇怪的是我跟她离得很近，我在的地方没下雨，她淋得湿漉漉的。我又朝她去的方向看，一眼看去她走去的一片田野都在下雨。妈妈说，那你清明去上坟可要好好看看她的坟，看看哪里有没有叫老鼠打洞，你姐这是托梦告诉你她的坟漏雨了。我说好，我会认真看看。然后妈妈给我讲了一个她小时候听到的故事，说是我姥姥村上的一个人死了，他的家里总丢伞，后来发现丢的伞都在死了的那个人坟上。他的家人这才想起，他是给家人托过梦的，说他的房子漏雨，衣服被子都是湿的，他的家人不当回事，然后家里才总是丢雨伞。

宣城市朗溪县太阳村七组山上，姐姐的坟好像知道会有人来看她，很乖，哪也没去，安静地坐在一片茶园上面的山坡上等待着。坟上的草很长，枯掉的一层上面新芽苗壮挺出，像一篮小绒鸭伸着脖子往外探，虽然没人照顾它们，日子过得很欢喜满足的样子。

我约了姐夫，他从苏州开车回来，说预订的玉兰树苗下午才到，明天他再上山种树。我是等不及了，这天到就直接上山来了。看看他们家人的态度吧，或者住一晚明天再上一回山。半年过去了，上次给姐姐下葬产生的种种矛盾也应该都放下了。我想好了，姐姐的坟在这里，只要他们待我客气，我也不计较，至于姐夫的父亲讲过的粗口及姐夫的几个叔叔要打我们一顿我也能忘掉。都过去了。

我开始拔草，坟周边的先用脚踩倒，等着明天锄头来除，坟上的尽力拔一拔，像再潦倒的人梳梳头刮刮胡子总能好看些的。在坟的左后方拔草时，草皮带起来土壤，下面显露出一个洞，碗口大小，手一按又塌下一层。我一时不知道如何是好，只好跟姐姐如实说："姐姐啊，我不知道怎么办，只能等明天姐夫他们来了再剖开土看看是怎么回事了。"姐姐自然不应我，我又拔其他地方的草。坟的右后面一片搭着一套多次被雨水淋过被太阳晒得泛白的衣裳，外套是卡其色风衣，里面的是白色高领毛衣，下身是小直筒斜纹的精细棉布裤子。我拔去些深的草，停下来看了又看，觉得是大鹏来过。估算这一套衣裳的价格，再推算一下日期，应该是他从家里到上海打工的一个月后，他拿工资了，买了一套满意的衣服来看姐姐。肯定不是从家里走时身上只有那点钱能买到的衣服，那点钱一件也买不到。着实好看的衣服呢，摆得也很平整，好像随时等待着姐姐起身穿上身出门去。看这样子，是为姐姐秋游准备的呢，若再配个包，配双小高帮的白皮鞋，真是要好看得不得了。

这两样姐姐都有，那一年我们逛街买的。

那时我还在一家商场做营业员，姐姐从关外进城来找我逛街。那天我上早班，下午四点下班，姐姐等我下了班，我连工衣也没回去换下就跟姐姐逛街了。先逛的是我上班的商场，大家几乎都认识，从一楼的鞋区到二楼三楼四楼的品牌专柜，凡是看上的，我都能拉拉熟悉的导购员的衣襟让给我们打个折。买了好看又打折的衣服，我们自然很高兴，又去吃饭，又去看电影。

看完电影要分别，姐姐说："我也来市里找工作吧？"我说好啊，你要是舍得姐夫的话。姐姐低头笑笑，说："我怎么不舍得，是他可能不同意。"我笑她："那你活该在乡下待一辈子了。"姐夫他们的工业园区周边都是菜园和稻田，我常说他们那里是乡下。

傍晚时我下了山，在山口等着姐夫经过这里捎上我回村。姐夫的爸爸妈妈都在苏州带蜻蜓，他的大哥送来了四棵白玉兰树苗，二哥送来了一筐元宝和纸钱。一串一串，一扎一扎，很多。他的奶奶要八十岁了，很热情地给我们煮饭。他的爷爷也在忙活，又端碗，又拿酒和饮料。我坐八仙桌一边，等着两位老人家先搛菜，不想爷爷把第一筷子菜搛到了我的碗里，而不是搛给他的亲孙子。我眼眶一热，觉得姐姐以前应该也是很受老人疼爱的。姐夫兄弟五个，没有姐妹。姐姐从小又异常懂事，应该也是很会讨一家人开心的。想想，或者姐姐是很满意他们一家老小的，怪不得跟姐姐逛街，她总要给大哥家的谁买买东西，又要给爷爷买个烟盒。见爷爷的腰上别着烟枪和烟丝袋，看来爷爷是一直抽烟锅子的，自己装烟丝，哪里需要卷烟盒呢。姐姐那时是在免税店买的一个铜质的烟盒，价钱不菲，精致耐看，一次能放十根卷烟。

　　我跟奶奶睡一个床两个被窝，奶奶见我睡下，用一个东西搭着我的脚头。我一时想，谁心底都有温情的吧，如果是这样，那些恶又是从哪里来的呢？

　　第二天一早，又是奶奶煮好饭，我们吃完饭，爷爷带着我跟姐夫上山。爷爷先是去祭拜离姐姐不远的家族墓地里的列祖列宗，给它们每个坟上换上新的坟头，又起了一个回来给姐姐，然后，姐姐的坟上也焕然一新的样子。坟左后面的洞是个兔子洞，兔子已经走了，我们把洞填上，把大鹏给姐姐买的衣服烧了，把白玉兰树栽上，烧了很多纸。我也去给姐夫的列祖列宗烧了纸,告诉他们我的姐姐还年轻,让她一个人离祖坟那么远难免孤单,请他们多多关照我的姐姐,多邀请她跟大家一起团圆,不要让她一个人在外面游荡。

姐姐下葬时的不快,我们都不想提,但我此刻想起还是历历在目。因为当时我们在北京时姐夫就打了电话叫家里人准备坟坑,我们第二天下火车直接到了墓地,爸爸跟弟弟先上的山。爸爸发现他们没有让姐姐进祖坟觉得奇怪,爸爸说:"正儿八经结的婚,这还给他们留了后,怎么能不给进祖坟呢?"弟弟听了也觉得不应该,下山来找我挡了正在半山腰的姐姐的骨灰,说是得重挖坟,得进祖坟,还得有一口棺材。本来我们也没指望要有棺材,这个年代了,很少有人提前备棺材了。姐夫的父亲不依,说姐姐年轻,中间隔着他和爷爷两代呢,不能先进祖坟。我们要是嫌弃挖好的坟坑不好,可以不埋姐姐。我一听气得不行,要把姐姐的骨灰带回我们老家去。这时爸爸也下来了,觉得他们真这么不讲理骨灰可以不埋这里。姐夫的几个叔叔不知从哪也来了,软硬使着不让姐姐的骨灰往山下去。我们这边只有爸爸、弟弟、我,他们几十人,推推攘攘,我们被裹挟上了山,然后匆匆埋下姐姐。所以,这就是当初我们埋完姐姐想马上离开的原因。我们想要赶快离开,越快越好,越远越好。

想起这段,我还是难过了,但终是已经过去的事了。我匆匆下了山,去县城坐火车回爸爸妈妈家。

2

依然是第二天下的火车，又转坐大巴。平原上也已开
了春，遥看绿色一片一片。河边柳树发了许多芽苞，枝条
柔软摆动。我小时读书路上的小树林里，树木都已长大，
已经砍伐过一批，又种上了小树。小树们也都发了新芽，
看着它们精神的样子，或者不用几年，它们又能长成我小
时候看到的小树林的样子。

自然，我经历过的小树林，姐姐也每天经过，我们读
的是相同小学，相同的初中。我们要好时一起上下学，闹
矛盾时各走各的。春夏秋冬，风吹杨柳，又或是白雪皑
皑，童年的一幕一幕一时都显现在我的眼前。我早早下了
车，从镇上的学校往家里走，一条条小径还是原来的样
子，一时分不清我跟姐姐的脚步是在童年里走着还是接近
中年当下的我们。

我告诉爸爸妈妈我要回来看看，但没说时间。进到院
里，见大鹏正扶着门要往院里来，见妈妈在井边洗菜。大
鹏说："妈，妈，妈，二姐回来了。"妈妈忙起身，不是接
着我，是忙着拿拐杖给大鹏塞到他的腋下。妈妈还不忘对
大鹏说："你可别丢手，摔了起不来，你又得几天疼。"

原来大鹏能站起来了，也能下地了。只是右边身子还
不灵便，一个人全靠左半边身子支撑着。

大鹏并不能很好地使用拐杖，倚着拐杖站立一会儿还

行，走动还不行。

谢天谢地，真是已经很好了！

爸爸出去做工了，还没有回来。

妈妈说大鹏很勤奋，爸爸规定他一天要下地多少回，从床边到院里要走动多少回，他一次也不少，只要醒着就练习，不知道摔了多少回了。

我问什么时候能下地的。妈妈说就开春。妈妈还说，万物复苏，什么东西到春天都好了。我说是，春天就是神奇啊，什么东西到春天都好了。妈妈竟会说"万物复苏"呢！看来妈妈还应该知道另一个词，"一元复始"。

爸爸回家，洗漱好就可以开饭了。我端饭菜上桌，鸡肉汤面疙瘩、菜馍。大鹏还不能吃菜馍，菜馍是蒸给爸爸吃的，他只能喝鸡肉汤面疙瘩。爸爸又像年轻时一样了，能吃半锅蒸馍。看着爸爸吃饭，好像又回到我小时候天黑后他从田间回来吃晚饭的日子。

我抬头看看门外，现在是正午，屋檐和树的影子垂直落下，像倦猫安静地匍匐成一团。这种安静的光景煞是熟稔，把我们童年的样子撒满整个院子。那时弟弟穿着罩衣，刚会自己吃饭，姐姐总是在忙，一家人都坐下来吃饭了，她还在忙。每次都是等我们快吃完了，她才解下妈妈的长围裙坐下来。姐姐那时秀气得很，吃饭也秀气，一顿饭要吃很久。妈妈见姐姐那么吃饭，总要唠叨几句，说这么慢吞吞大了可怎么办，干什么都比别人慢一拍，搁生产队饭都抢不到。爸爸怼回妈妈，说这都什么时代了，哪还有生产队。又说，她这么懂事，知道读书，将来要过城里人的生活的。城里人又没什么事做，吃饭做事慢点有什么关系。那时，我也总是要接话的，我说，我吃饭快，搁生产队我也能抢到饭吃饱。妈妈笑，说那你不想进城里啊？我说，进城有什么好，什么都没得，吃个菜都要买，不如咱们自己有地，要吃什么都有。

真是童言无忌啊，没过过城市生活的孩子，大约都是只能学学大人说话的吧。但这话我是从哪里学来的也不知道。

回忆像河水一样潺流不断，晚上躺在床上了，还是想小时候的事，一件一件，每一件都让我感慨万千，要以不一样的目光对待。想起小时候，又少不了姐姐的身影，她那时候确实已经很懂事了。

3

第二天，爸爸依然出去干活。县级公路在修，爸爸主动找去的，挑沙子，拉水泥车，拿小工的工资，干工程队最重的活。妈妈把我家大小田地收拾起来，种各种可以换钱的蔬菜，回到家又要喂猪喂鸭。总之，爸爸妈妈一下子又回到了从前，两个人携手起来像从前一样靠辛勤劳动又养育弟弟一回。我把家里看了一遍，看缺什么东西，想去县城买些回来。

村庄从九十年代初期就开始有人出外打工，到了九十年代末，村里人出去了一大半，一时村子荒芜起来。二〇〇〇年后，村子里更是只剩下老人和上学的孩子。这年是二〇〇八年，整个乡村没有太多年轻人在家了，像爸爸不到六十岁的年龄已经算年轻了。但就是到这样知天命之年，又重新挑起建设家乡的任务，配合着大型机器修起了公路，建桥，盖房，挖河。所以爸爸从年前回来，整个一冬也没有闲着，一直在工地上干活。

我的四姨奶还活着，她两个儿子和孙子也都进了城，也都出去打了工，家里只有她一个人在。她听说大鹏出事了，年前过来看望，看着我爸出去做事，看着我妈忙，主动留下来给我妈搭手。过年她的儿子儿媳从城里回来了，她回家过的年，年后她又来我家帮忙。清明这几天是她家回来人扫墓，她回去了几天。

我从县城带回电饭煲和电磁炉，大件的洗衣机和一台新的电视机要等下午送货。我回来四姨奶奶已经乘二十公里的公交到了我家。四姨奶奶最小，但几乎同时跟我奶奶一起出嫁，若我奶奶不过十五六岁出嫁，四姨奶奶那时也就十四五岁。现在，四姨奶奶七十多了，除了耳朵不太好，手脚还很灵便。我出外打工早，一晃二十几年没见过着她了。想起还是十几岁时见，那时姐姐刚去省城读书，她来给姐姐送手缝的棉衣，棉手拢子，说在外读书艰苦，冬天不要冻到手。我们姐弟三人从小没见过奶奶，奶奶是什么样的人，我们除了参照姥姥之外，想着我们的奶奶可能就是四姨奶奶这样的吧。

我到家，大鹏倒在院子里的菠菜地里，仰着脸对着天空发笑。四姨奶奶弄不动大鹏，给他的身子下面垫了棉袄，给他的身上盖着一床薄被子。见大鹏傻傻地发笑，四姨奶奶急得哭，说正想着去田地里找我妈回来，但她又不知道我家的田地都在哪里，只好坐在大鹏旁边陪着他。

　　我说没事没事，给她搬了板凳扶她起来坐着。我看了看大鹏，呆呆的，叫他，他也应，我想没什么大事。四姨奶奶听我说没事，才放心不哭。她说快中午了，妈妈也该回来了，她先去把菜洗好。我说好，由她去了。

　　我观察大鹏，看看他有没有摔到哪里。见大鹏并无大碍，胳膊腿伸缩都好，动他也不叫疼，就想菠菜地软，应该没摔着。但大鹏只知道有人叫他会应人，也不说话是怎么了呢？直到大鹏哭了，痛哭流涕。他说他好久没看到天空了，见天大晴，仰头看，就倒地上了。是的，从去年十一月回来，整个冬天没下雪，爸爸一直在外面干活，妈妈怕大鹏冷，只下午两三点把窗子打开，让他在屋子里晒太阳。妈妈除了想着他吃饱，吃营养了，再想不到他需求什么，就没有把他弄到院子里。这才开春，他刚会自己下地练习走路，也只是扶着墙扶着门挪到屋檐下看看，还从未到过院子。这天，妈妈去地里了，姨奶奶还没到家，他自己练习走路，就想走到院子里，想看看树发芽，想抬头看看天空。他像个刚会站立的小孩，还不能很好地掌握平衡，才一仰脸就倒下了。然后他就一直躺着看天，看稀薄的云自己把自己撕得片片缕缕。

大鹏出事后忘记了很多东西，甚至连自己以前是什么样的都忘记了。他这一倒下，头着了地，虽然土地不硬，还是"轰隆"一声。就是这一声把他带回了学生时期，他跟同学打球，他跳跃，他在一条很宽的河里游泳。大鹏沉浸在少年时代，很久不能回来。他不知道现在这是怎么了，怎么躺在院子里，怎么翻不了身，怎么动弹不得。他不明白四姨奶奶怎么在他身边，他也不知道怎么看不到爸爸妈妈，看不到姐姐，看不到我，看不到多多。

　　我说："多多在的，你起来就能看到它。只是它太老了，有时一天都懒得起来一次。"我又说，"现在你得听我的话，配合我，你这几个月吃胖了，你不配合我，我弄不动你。四姨奶奶七十多了，也出不上力。"

　　大鹏倔强，还是要自己起来，我生气地看着他动，直到他自己放弃，我才把他扶起，在他的身子下垫了块垫子把他拖出菠菜地。垫子拖过的地方，菠菜苗都毁了。我后来又把他扶到行军椅上坐着，把老狗多多牵来给他看。我说："你看，这是多多吧，它脑门上有一块白。你四年级时从大姨家抱回来的，给它取名多多。你今年二十四岁，它十四岁，以狗跟人一比七的年龄比例折算，它今年九十八岁了。你们的感情真好，它老得不能动了，你也不能动了，看来你是想体验一下它不能动的感觉。但你这想法肯定不对，狗比人的寿命短，它是你抱回来的，它老成这样，你得照顾它，将来也要挖个深坑把它埋好，所以你得早点给我好起来。"

大鹏不哭也不笑，不知道懂我的幽默不懂。若他醒来后把以前忘了，那么现在他就是把醒来后几个月的时光又给忘了，置换回了更长远的童年、少年。他说他的脑袋旋转个不停，轰轰隆隆，一会踢球，一会爬树，一会堆雪，他求我帮他停下来。我无能为力，只能看着他自己在那里煎熬，熬到痛苦处身体像溺水般挣扎，又像鞭打般抱头躲难。妈妈回来了，吓得不行，叫我快想办法，我说能有什么办法。妈妈说送县城医院，我说县城医院管什么用，要送只有送去省城或者上海，他这病痛连阜阳的医院也看不了。妈妈想叫爸爸回来，但叫爸爸回来何用，大鹏只是因为回忆痛苦起来的，他摆脱不掉童年少年里那个健壮的自己而已。妈妈说给他吃安定啊！喔，我才想起安定，给他灌下去一片。这个药爸爸知道其实就是安眠药，找人开了几片放在家里备着。

大鹏慢慢安静了，直到睡着，直到半夜醒来。

大鹏跟妈妈睡一个屋，妈妈早起给爸爸煮饭，他也起来了，要练习走路。这天，他什么也不让人帮他，倒地也要自己起来。

第二天我回了深圳，开始找工作。

4

五月，大鹏自己会走了，除了像拖着一条腿走路，还口齿不清，说整句的话气短，声音到最后就送不出嗓子眼

239

了。家乡的省道公路修好，爸爸一时无事，养起了猪。但他跟大鹏不能打照面，总要吵起来。说起来都是小事，大鹏吃东西呛，爸爸说他着急了。大鹏用左手做事，爸爸说为什么不用右手。大鹏说左手稳。爸爸说右手不稳才需要锻炼。妈妈偷偷给我打电话，说："云云，我没有求过你，这次求一回你，你把大鹏弄你那去一段时间吧，你爸高血压气晕两回了。大鹏现在自己能顾着自己了，也不麻烦你侍候，你就多给他一口饭吃就行。"

姐姐在世时，我只跟姐姐亲密，从未想到过听父母的话，也从未想到父母需要我孝敬。但此时我再无孝敬爸妈的心，再不听妈妈的话，想起姐姐不在了，也难以拒绝妈妈这样的电话。我说好，你叫他来吧。

大鹏出了火车站我看见他的时候，差点没认出来，脸微胖，身上的衣服紧，背着个小包，提了一个板凳，像个刚刚崴了脚站起来的人拖着一条腿向我走来。我忙去接他手里的东西，他朝我笑，一笑口水还是往外溢。我心里五味杂陈地把大鹏领回了家，把他安排在以前保姆住的房间。本来现在这间房大多是先生在住，我带阿宝住主卧，阿宝的爷爷奶奶住客房。

不管怎样，硬着头皮让大鹏住下。但显然他没法在我家长住，不管我几点下班回家，他都会在路口等着我跟我一起往家走。跟我回到家，才跟我一起吃晚饭。

先生有时下班比我还晚，我带阿宝睡着了，他才窸窸窣窣进门。我为他留的夜灯，他总要一巴掌拍灭，说他不用灯，当瞎子也能过。

看来是几方煎熬，总得再想个办法。我把积攒几个月的工资取出，给大鹏在一路之隔的城中村租了个房子，大鹏在那里住下，大家的生活才轻松下来。这时阿宝一岁十个月了，很会说话了，不时会找舅舅，说："喔，舅舅不见了。"或说："喔，舅舅躲猫猫。找舅舅，找舅舅。"

夏末大鹏出去找了工作，他给我发手机短信，说找到工作了，有宿舍，叫我把房子退了。我回他，不退，给你留着，工作不如意你再回来住。

大鹏陆陆续续回来住上一阵，又离开一阵，日子一晃半年。到了年底，他找我借钱买了二手摩托车做载客的生意，但过了年不久摩托车就被警察收走了。大鹏一时又不知道做什么才好。他做什么都只能做两个月就会被老板炒鱿鱼。老板嫌他慢，反应迟钝。

爸爸打来一个电话，叫大鹏回去相亲。我说这刚过完年不是相亲的时候啊，爸爸说叫他回来就是了。于是大鹏回去了。一个月后带回深圳来一个越南姑娘，两个人还是住在我给大鹏租的房子里。

越南姑娘声称她有个女儿在老家，要回家把女儿接来，大鹏便找我借三千块钱给越南姑娘叫她回家接女儿。可是一等俩月，越南姑娘并不见回来，大鹏才知道被骗了，姑娘跑了。这时我才知道，这个姑娘是有人找到我家介绍上门的。介绍费一万，另交三万给姑娘的父母。介绍人是我的一个表姑，都以为不会有什么问题，但一起拐卖人口案子把她抓起来判刑，才知道她是专门做这一行的。

我想起一个问题，爸爸哪里有四万块钱的？但一直没问。

十一放假，我带阿宝回去，我问妈妈怎么凑的四万块钱。妈妈说爸爸做工一万多，猪卖了一万块，还有她去县城给人打工了，拿了五千块。另外的是姐姐在苏州住院时期的三十几万的账单农村医保给报了一万三。我说怎么才一万三，妈妈气愤地说："都是进口药，就一点钱能报，其他的都报不了。"

喔，能报一万三已经不错了。

越南姑娘跑后，爸爸又张罗着给弟弟找媳妇，说二十五六的人了，再不找找不着了。爸爸异想天开了，以为年轻就好找媳妇。不管我们给大鹏穿得多好看，照片照得多好看，也不管他们 QQ 上聊得多好，等他回去人家一看他的样子，就没有下文了。

大鹏有掩饰不了的重伤后遗症，不管他多努力做事，人家还是嫌他慢。什么工作，只要人家要他，他就努力做，直到有一天人家对他说实习期到了，不能继续录用，他才流着眼泪提包走人。他想不明白，他干得慢，但他的工资也拿得少啊，为什么人家还是不愿意用他。他说他这一年多，看尽了冷眼，他越是清晰地记起童年少年，越是不能接受他现在成了这个样子，他想知道他到底是怎了。他的病历放在老家，我口述给他立案内容及我后来了解到的情况，他仍是不能相信，他要自己去弄清楚，两年前他发生了什么。于是他去了上海。

我在工作、家庭、孩子三者之间轮转得辛苦，开始还过问他的情况，后来他不主动找我也懒得问了。工作时偶尔想起他，按一按念头又过去了。人的无情也许就是这样训练出来的，直至把那一块情感消磨得越来越薄，像一片薄云丝丝缕缕拼不起来，就会把它忘记。

又一年，就在我差不多要忘记大鹏的时候，有一天他从重庆打来电话，说他找到了陈俊。陈俊小他两岁，已结婚生子。陈俊说我们还欠他两千块钱，大鹏问我是真是假。我说是真，但我不想还给他。大鹏说陈俊也没说要，又给了他两千块算是对大鹏帮他的感谢。我问大鹏，你要了吗？大鹏说："为什么不要？虽然到现在我还回忆不起来具体是怎么回事，但我从派出所从老同事那里知道，是他先跟人打架的，我回头帮他，他趁机跑掉的。他若不跑我不至于被人打到不省人事。别说两千，给我两万我也要。"大鹏有点不满。我想告诉他或者他也是有机会跑掉的，他的重伤可能是因为他没跑才被车撞上抛起又落倒在地，之后又被人脚踢，蜷缩成一团。

我沉默，考虑他能不能接受我的这种想法，大鹏说："我知道你跟爸爸妈妈都恨我帮人打架。打架是不好，但帮人也不好吗？大姐生病，那么多人帮我们，后来大姐死了，我也想力所能及地帮助别人。帮人我有错吗？帮人就活该受罪吗？陈俊他妈的这小子太没良心了，他在厂里做坏的零件都是我帮他修，我把他当小兄弟一样。他就用两千块钱打发我。"我知道陈俊这种态度惹恼了大鹏，谁帮人谁倒霉的后果搁大鹏心里了，一时难劝醒大鹏，叫他来深圳干些杂工，多休养两年，等人好彻底了再做打算。大鹏叫我不要管他了，他说他知道我作为一个姐姐对他尽力了，就是大姐还在也只能做到这样了。

很长的时间我们没有联系，爸爸妈妈成了我跟大鹏之间的信息交换站。我打电话回去问大鹏现在做什么，妈妈说，去昆山了；又或说，去天津了。妈妈可能怕我问起什么，主动说，她跟我爸都叫他不要去苏州。我明白妈妈的意思，姐夫在苏州，他怕大鹏去找姐夫算姐姐下葬时的旧账。

有一天，我接到广西柳州的电话，问我："你是大鹏的姐姐吗？"

我似乎早就做好了准备接这样的电话，我说："是。"

电话说："大鹏是我以前的同事，现在我们一起做生意，我们有一批货，差点钱，想找姐姐借点钱。"

我说："叫他自己给我电话。"

大鹏说："姐，是真的，我跟大将一起做生意，想找你借点钱。"

我说："我是二姐，不要单叫一个姐字。你这样叫，好像你没有大姐似的。很对不起，我没有钱能借给你。"

大将说："二姐，我真是大鹏的同事，在苏州咱们见过，你去我们宿舍拿大鹏的被子，当时我告诉你陈俊辞职了。"

我说："喔，想起来了，谢谢你啊。也谢谢你不嫌弃大鹏，带他一起做生意。"

大将说："大鹏够哥们，讲义气，我最喜欢跟这样的人做兄弟。"

我说："那敢情好，请你多多关照大鹏。"

大将说："我们真的在做生意，投了二万多了，想找姐姐借五千。"

我说："对不起呢，我没有钱。"

大将说："那好吧，我们再想想其他办法。但也请姐姐想想办法，给大鹏准备点钱。"

我听着有点糊涂，不明白什么叫"给大鹏准备点钱"。

果然第二天，大将发来信息，说我不转五千块钱，大鹏就回不了家。我一惊，想到大鹏可能是被卷入传销了，人被扣下了。

我赶快给爸爸电话，爸爸说大鹏打过电话，我妈接的，没说什么。我想，或者大鹏还没有到危险的时候。

第二天我又给爸爸电话，爸爸说大鹏要两千钱，他在天津时借人家的，现在人家要他还。我问爸爸打款了没有，爸爸说打了，一早就到银行打了。

后来大鹏还向我先生要过一次钱，先生给了两千。很久后我才知道。

5

一晃二〇一一年腊月，爸爸养猪，妈妈在县城给人打工，两人加起来存了七八万块钱。爸爸打来电话说他想盖房子。问能不能再找我借点。我问需要多少，爸爸说要是两层都盖起来要二十万，但可以先盖一层，所以三五万也行，七八万也行。我想到爸爸妈妈这几年住的老房子还是我出生时盖的砖瓦房，已经三十余年，又因为有几年空置，屋顶早已漏雨，西屋的两间后山都裂了缝，觉得是应该盖新房了，让爸爸妈妈老年过得安稳些。于是我给爸爸打了五万，叫他先用着，若第二年春天发奖金再给他一两万。爸爸高兴，说刚好腊月人闲先挖地基，做好地基春天盖起来就快了。

次年五一前，爸爸来电问我有没有空回去。我问什么事要我回去。他说大鹏要结婚了，上月有人给大鹏说媒，一说就成了，两个人都不小了，成了就趁五一结婚把事办了算了。我心里踌躇要不要把事情问清楚，想想又觉是件好事，或者大鹏结了婚爸爸妈妈的心就安妥了。不然他们这几年又是养猪又是打工的为的是什么呢！姐姐去世这几年，我顶姐姐的身份，自是少不了懂得姐姐懂得的家乡的规矩，弟弟结婚，姐姐哪有不出份子的，且这个份子要足够分量。搁古时，若一家人穷，男丁取不着亲都是要拿他的姐妹去换亲的。电话结束时，爸爸还叫我给姐夫一个电话，看看他的意思。依爸妈的旧思想，或者还是把姐夫当成女婿的，即使姐姐不在了，因为与姐夫结了婚，女婿跑不了要做他们一世的女婿。

有件事我一时瞒着爸爸妈妈没说，姐姐二〇〇七年去世，姐夫二〇〇九年春天已又得一女。从这个孩子的出生时间来看，姐夫应该是在二〇〇八年就结了婚的。他未再成家前都不想与我们交往，这已又成家，怎么可能会管我们家的事呢！但我还是给姐夫发了信息，转告了爸爸的意思。姐夫没有回复我，我就只好打了他办公室电话。姐夫二〇〇八年换了手机号码，我二〇〇九年因为到苏州出差想看望蜻蜓联系不上，托人查了他的信息，得了他新的手机号。事后一直关注着他的动静。他搬了新居，房子是女方一个人的名字，但车是他名下的。他的公司有新股东入股，工厂已换了地方。后来查到的这些，我没有用任何见不得人的手段，都是在网上透过公开信息获得的。这或者就是网络时代的便捷，我不但能弄到有关姐夫的一切信息，连他现在的妻女一切都了如指掌。打通姐夫办公室的电话，他惊吓了一下，但很快就冷静了。我告诉他不出钱可以，但得把借我的钱和爸爸妈妈的钱还了，不然我会把电话打到他妻子那里。姐夫自是不合作，我就真的打了他妻子的电话，告诉她我有证明姐夫借了我的钱，虽是跟她没有关系，但他们现在是夫妻，我会把他们夫妻一起告上法庭。姐夫的新妻姓秦，我要称她秦姐，她不许，那我就只好加了一字，称她秦小姐。

秦小姐很是恼怒，说她不小了，只能找个二婚的，本来以为找了个干净的，不想找个死了老婆的还是有这么多的麻烦，真是瞎了眼了。听她这么说话看来也不是多善良的人，那这事挺好，我也刚好不想善良，决心要回姐夫当初借我的六万块钱。但至于他们怎么商议的我不想知道，他们从未考虑过我们的感受，我又何苦再为他们着想。很快我收到一万块钱，且以我的要求寄来还款承诺。不知他们是手上紧还是狡猾，把还款分六年来还，一年一万。当年用爸妈的钱借据上只字未提。这里不得不说我还是心软，我看到蜻蜓慢慢长大，一双眼睛越来越像姐姐，我还是不想跟他们闹得太僵。

我把这一万块钱打给了爸爸，说是姐夫出的。爸爸是真信了，直到五一我回去，他还老泪纵横，说人哪有恶的，或者姐姐死了，姐夫真是伤心的，所以才不跟我们来往。爸爸这么想，我更是觉得不必言明。

弟弟结婚了，新房子刚刚建成，只装修了一楼，二楼还未装修，装修了的就做了他们的新房。弟媳与弟弟同岁，姓马，离异，带一个七岁女儿。小姑娘随母姓，叫马小花，人伶俐，在一家私人学校学戏剧。

弟弟头婚，家里隆重操办，村邻、亲戚也都来了，热闹了好几天。

我离开的头天晚上跟妈妈聊天，问妈妈弟媳虽然二婚，但人很聪明，怎么同意跟大鹏结婚的。妈妈说小马要了六万做彩礼，我问妈妈他们哪来这么多钱，房子还没建好，还欠着材料钱。妈妈对我毫无防备，说我过了年给两万，姐夫出一万，另外三万里一万是挪用了材料钱，一万是姐姐的医疗费又报下来的。说国家又放下来新政策，有些药品也给报了。我问酒席钱呢，妈妈说也是挪用房子的材料钱，份子能收上来一些，剩下的慢慢凑。妈妈还说这个钱她打工也能挣回来。说起她在县城跟人洗菜洗碗端盘子，有一年多的时间常见我的一个同学去那里吃饭，问我还记得那个人不。我说记不得了。又问妈妈跟那人说话了没有。妈妈说怎能不说话，他客客气气的只是没问起你。我说那就对了，你一个端盘子扫地的，人家公务员怎么可能认你。

第二天吃了早饭，爸爸去老宅喂猪，我想好久没去老宅了，想过去看看再走。

老宅的外观还是原来的样子，因为春天，墙头上爬满了野草藤，也有丝瓜苗在往上长，生机勃勃。只是院内原来的菠菜地盖成了猪圈，厨房也成了猪圈，就连我和姐姐小时候住的房间也成了猪圈。往东过道外的菜地和小树林一直到河岸边都成了猪圈。

老狗多多在二〇〇九年死了，弟弟把它埋在了我们小时候种的一棵柿子树下，我过去踩了踩柿子树下的那片土地，仿佛还感受到多多尸骨未寒。

爸爸在一个房间里掺和猪饲料，一些粮食的粉末扬起，弄得他身上脸上都是白的。我笑爸爸："成白胡子老头了。"

爸爸说："本来就是老头了。"

我说："老头更像老头了。"我开了个小玩笑，乡语里"老头"本来就是子女对父亲的戏称，或者是对喜欢的父辈的统称。如若父亲有很多个兄弟，可以依次叫大老头、二老头、三老头。

爸爸笑，呛了一口粉末子，咳起来。

我说："房子欠着材料钱吧？"

爸爸说："你数数有多少头猪，年底都卖了又能有三万。"

我说："那全部弄好得多少钱？"我自是指房子。

爸爸说："今年钢筋水泥人工都一下子涨了，本来说十七八万能打住，现在看要二十万出头。"

我说："那你还得再养几年猪才能还完房子钱。"

爸爸说："还别说，我本来是这么指望的，可是现在国家不给在村里养猪，上面让我搬几回了，照情势看能耗到春上就不错了。"

我说："这周边都没有人住了，怎么还不给养？"

爸爸说："谁知道国家怎么想的呢！"

我又说："那你接下来怎么打算？"

爸爸说："能怎么打算，走一步看一步。实在不给养猪我出去找活做，大头给过了，小钱慢慢还。"

我说："也不少，好几万呢。你跟我妈都六十多了，你以为出去干活人家会要你们。"

爸爸说："六十多了是不好找活，女哩不行，男哩六十五前还好找。到时让你妈看家，我出去找活。"

我说："你离六十五也没几年了。"

爸爸说："那没办法，有一年算一年。"

我突然想把相同的问题问问爸爸，我说："份子钱能还上酒席钱吗？"

爸爸说："那哪还得上。以前份子少，咱给人家多少人家现在还多少。但现在的钱哪值钱，份子钱少，现在的物价贵，两头扯不平。"

我说："说是我姐的医药费有些又给报了。你问过没有，大鹏的能不能报点？你眼不好，要是能报，我把单子带走整理一下再给你寄回来。"

爸爸说："哪有，还是那一万多。"爸爸这时又掺了玉米棒子碎末，白粉又上扬起来一阵。爸爸隔着白粉末子又说："不还是那一万多。"又说："大鹏的报不了，定案是打架怎么报，不想去张那个嘴。警察找你结案，你又不签字。当时你让他们定成车祸，签字结了就好了。话又说过来，当时你也想不了这么细。都过去了。你别过问了。"

我说："你不问怎么知道就一定不能报。"

爸爸说："要问你问，我不去问。"

我一时看不清爸爸的脸。跟爸爸说："你以后要戴口罩。"

爸爸说："有。戴了不出气。"

我想爸爸是说戴了不方便出气，不是"不出气"，但我一时不想纠正爸爸的话，农村人讲话没那么细。

我又去小时候跟姐姐住过的房间看，我只站在门口往里望。墙上还贴着我小时贴上去的明信片和明星画报。姐姐不喜欢我到处贴，她床头和她的书桌范围后面的墙是不准我贴的，她用来贴英语单词、课程表和她觉得有重大意义的奖状。她得的奖状太多，很不稀罕一般的成绩奖。那些期中期末的成绩奖都贴在堂屋里的东山墙上，满满一墙。现在还在。因为奖状的字都是油印和手写，大多已模糊了。在现在这个房间里，原来我们睡的床和姐姐的书桌都不知道哪里去了，如今腾空的屋子里躺着的是一头两百斤重的花母猪和一窝猪仔。猪仔有成年猫大小了，十几只卧在一起睡觉，好像睡着了，身子又一动一动的。我也看到了这间房子的后山上有条裂缝，虽然明显，并不透室外的光，看来这房子一时也塌不了。或者房子就是这样，好好的房子，没人住了很快东倒西歪的，什么时候又有人气了，它又撑着，风刮雨淋也塌不下来。村里见多识广的老人说房子是护主的，也许就是这个意思。

我曾梦着姐姐从这间屋子里出嫁，穿着古时的红色嫁衣，盖着红盖头，她不往前门走，而是穿过后墙坐上一顶和她的嫁衣一样鲜红和好看的轿子。她的脸、她的身上都是肿的，她明明穿着嫁衣却说要去治病。我说，你不是已经死了吗，怎么还要治病。姐姐说她还没有死，治治就好了。

6

　　若人真有三魂，姐姐的其中一魂必是在她剖下孩子时就离开了身体出走。也是这一魂执着于她没死的意念，觉得自己只是病了，治治就好了。至于后来她在北京几次抢救终是不能续命，也是她冷静了，并绝望地放弃。所以这时她的灵魂是轻盈的，意念强时能守住一团身影，意念弱时袅袅如烟，能随风吹走。民间又有三魂一魄之说，魂指魂灵，是虚，魄指固型，是实，只有三魂拧在一起魄才成型。所以民间把疯子、傻子、病了不能主事的人称为丢了魂，说"一魂没了，二魂不定，二魂没了，三魂停尸"。民间亦有相应的叫魂之术。爸爸在姐姐生下蜻蜓后找了河北的算命瞎子，算命的说"怕是人不在了"，但那时姐姐还在的，爸爸哪里肯信他，却没去想魂魄之说。爸爸后来后悔，觉得瞎子说的也不全错，姐姐那样子肯定是丢了魂的，应该早早给姐姐叫魂。关于乡间的这些迷信，爸爸在信与不信间反反复复，直到弟弟又出事他仍是犹豫，但弟弟那次他给算命的多留了钱，请算命瞎子给大鹏"叫叫魂"。可是他那时并不想把这个事透露给我和妈妈。

　　我无数次梦着姐姐，她的样子不一，十七八岁时的，与姐夫恋爱时的，以及生病后身体浮肿时的。

　　十七八岁时姐姐最好看，额头发亮，柳眉杏眼，笑起来有虎牙，怎么看都好看。她的一张脸上最不好看的是生气时的嘴，绷着时，看起来薄薄一片。姑姑和四姨奶奶说姐姐生气时最像我奶奶。但这个时期的姐姐在我梦里时从来都没有生气过，都是笑吟吟的。就是冬天趁天晴好的中午，在院子里按着弟弟的头给他洗头也是笑吟吟的。

梦里，与姐夫恋爱时期的姐姐多不言语，总是挽着姐夫的胳膊一起散步。他们总是往一片山里去。

身体浮肿的姐姐总是从我们给她守灵的棺材中起来，当我们以农村人的习俗，让十几个壮汉抬着她的棺材去田地里下葬后，她又顽皮地坐在一边看着我们给她下葬。有时她也躺在柴草房里，挂着点滴。那柴草房里都是一堆一堆的柴火和给牛羊准备过冬的干草，天气干燥时，一屋子都是木和草的芬芳。姐姐就随便地躺在哪一堆柴草上，也无席垫也无被褥。她白白胖胖的，一会是挂点滴，一会是输血浆，一会又在医院隔离室的单间病房里听歌。起初我很害怕她这个样子，梦着多了，也就不怕了，一次次斗胆劝她，告诉她她已经死了。我一这么劝她就哭，但姐姐一向懂事，哭归哭，还是讲道理，然后就乖乖地躺下身子慢慢死去。

妈妈梦着的姐姐多是到北京后的样子，那时姐姐已病入膏肓，样子吓人。妈妈害怕，要把姐姐的东西都烧了，我叫她不要烧，趁一次过节回去把姐姐的包裹晾晒后包在一个樟木箱子里，又给妈妈请了块玉安抚她，妈妈才总算有些安心。

妈妈说："你姐活着时多心善，连只蚂蚁都不敢踩，死了咋就学坏了呢，专门变成鬼来吓我。变成鬼也不变成好看的鬼，变那么吓人的鬼。"

我说："那只是你做的梦，不是鬼。鬼是人能看见的，但光听别人说见过，事实谁也没见过，世间有没有鬼还两说。就是有，你也不用怕，鬼只有一魂，人有三魂，鬼弱人强，哪里会吓人，鬼看到人鬼要吓死的。是你害怕才觉得她吓你，你不怕她她就吓不着你。再说鬼是人的阴魂，也有好坏，人生时好鬼也好，人生时坏鬼才坏。"

妈妈说："照你爸说，她年轻，投胎快，怎么我见她还是没投胎？"

我问："你又怎么知道她还没投胎？你那一套老封建迷信，光拣不好的信。你也信点好的，就不会这么害怕了。"

妈妈说："什么是好的？"

我说："比方你信有鬼，就要信有神能收鬼你才不会怕。你要信有坏鬼，就要信有神会管坏鬼。你天天看《西游记》，你看那电视里面不是天天都演什么神在抓小鬼嘛，就是说有小鬼的地方也有专门管小鬼的，不干坏事神也不管，干坏事了就得抓起来，神就跟警察干的活一样。你要是觉得我姐变成了鬼，就信她是好鬼。好鬼不干坏事，有什么好怕的。"

妈妈说："小时候打过她，那几年住一块也没少叮叮当当，谁知道她会不会小心眼变成鬼了吓我一下。"

我说："那你就逢年过节给她烧点她喜欢的东西，自己的小孩，哪有真记仇的，她高兴了就不吓你了。"

妈妈说："好了，那我不害怕她了。清明，她生日忌日，两个大节，端午中秋，家里做好吃的，我都给她端吃的，烧穿的，她不得不如意的。就是她的魂老不走，不投胎不是个事。不走，什么事不高兴了，不是还要闹人？"

我说："你都是做梦，又没有真的见过她，你又知道她不走？"

妈妈说："有次天黑了我去树林那边抱干木柴，我刚拾完一捆要抱走，她站在那里不吭声挡着我。我又不敢看她，绕着她走。她那样子实实地站在那里就是没投胎，投了胎的身子是空的。"

我去看了树林里的那个柴堆，旁边有棵大树，一抱粗，难说妈妈不是把那棵大树看成"实实地站在那里"的鬼。我想着开导她，让她要像爸爸学习。人死了若真有鬼魂倒不是什么坏事，万物都有规则，有规则就分利弊，就好分明好坏。爸爸开始是无神论者，唯物主义，成长期是背毛主席语录长大的，上学也背，干活也背，领工分也背，到公社买个东西也背。他年轻时不信人死了有灵魂，他总说人死如灯灭，死了就死了。老人都说有鬼火，后来科学发达了，证明鬼火是磷光，那就还是说明没有鬼。爸爸说他亲历那么多死亡，也没见过谁托成鬼让他见着。至于做梦梦见死过的人，他说那是心想。但后来姐姐弟弟出事，他的信念就有点动摇了，从小听到的关于鬼魂的话一下子在他身体里复活了。爸爸信了鬼魂之说，也信那一条系统，这就是他比妈妈能安心的地方。他把爷爷奶奶的牌位请回来开始供养，他觉得爷爷奶奶毕竟在阴间的年份长，资格老，是能照应着姐姐的，让姐姐能有人疼爱。这种信是一种寄托，是对悲伤的转化，这是人自救的一种方式。不然，爸爸也天天愁苦得不能活，一个家的天就塌了。爸爸作为一家之主，作为丈夫，作为父亲，潜意识里不但要救己，也要救妈妈救弟弟，他如何敢先倒下。爸爸我倒是不太担心，只是妈妈，她不能自救，还想要救人，只能是飞蛾投火，或油灯燃尽，一起灭亡。所以我想来想去，也只是劝她多祭姐姐，以求她的安心。

我没像妈妈说的见过"实实地站在那里"的鬼，我只梦着姐姐。因为无实例，对鬼魂之说只能算是出于对万物的尊重，尚不为信。我早早离开父母，在成长期遇到的人对我的影响远远超越父母对我影响。若说家庭还对我有影响的，因为童年父母在生活中的缺席，就只剩下了姐姐。我梦着姐姐，是念她太多。所以还是要把那些念放下才好。关于灵魂是否存在，我曾见人打过一个比喻，说灵魂如火，木柴和人都是实物，但火无形，也让人摸不着，这不等于说火不存在。这个比喻很妙，心里很是赞赏世间有这样智慧的人。

我想撕几张明信片走，二十几年过去，我仍能分辨出哪些能撕下来，哪些不能撕下来。我粘明信片都是偷偷用的稀饭粘，稀饭喝不完的时候就多糊些，不够喝时就只糊一点点，能撕下的应该是后者。我试着开半门进去，刚一动插杆，花母猪哄地一下起来，冲着我吼叫。我想我还是不进去了，世间所有的母亲在哺乳期都不好惹，它怕你动它的孩儿，它感到威胁能以命相拼的。

我转过去跟我爸说："我走了。"

爸爸向来不喜送人，说车到了你就走。我说快到了，我到路口车应该就到了。

妈妈送我，非要帮我扛行李，我说不用扛，箱子有轮子，我拉着就行。家里还有远路的客人没走，我大多不认识，也未去上前告别。早上起床后我跟四姨奶奶说过我要走了，也不用再去说。妈妈把我送到车上，看着车开，仍期期艾艾地站着朝车望来，似乎有什么不放心的。如今弟弟都结婚了，妈妈还有什么不放心的事呢？

阜阳到深圳的火车上，车向南走，进了江西地界就接近夏天的气候了。车再继续向南，窗外的田野色彩变化不大，都是绿油油的。

从平原到山丘，再到山区，到九江路就走过半了。在九江地段，铁路边有几座山上的坟墓成片，一堆一堆，一排一排，十几二十个墓碑挤在一起看着很扎眼，一眼看去，让人的眼光不由得首先落在这些上面。看过了成堆成排的，才会发现那些三三两两散落的，本是有伴的，看着也寂寞了。

第六部分　我

1

重新工作后，我还是做回了老本行，想着轻车熟路的上手快。但因为对当下的市场不甚熟悉，本来应聘的是市场管理，招聘还是把我分给市场销售。我全当是公司考验我，接受了安排。

市场部又细分了拓展部和销售部，两个子部门之间有业务关联。我先是由销售部应聘进来，由普通销售员工做了两年方升为我最初来应聘的目标，片区主管。但不想刚做主管，公司又安排我去拓展部，虽是平级，却是我不甚熟悉的工作，一切又都重来。

眼下我正在与郑州一家商场谈进驻设立专柜的事。我想等等看项目进展情况，若是能签下来，我便不用辞职。

但若签不下来，后面我这个片区市场拓展主管就可能要换人。换人即是把我拿下，重新做回办事员或去销售部，这结果会让我不适。办事员工资太低，我不想做。去销售部的话，我这个年龄了再跟一堆小姑娘竞争业绩我是争不过的，也很尴尬。到时业绩再做不好，就不是我辞职，而是可能被公司辞退。

商场初期结构规划已经完成，正在细分功能区，我们公司有 A、B 两个品牌，想一起进驻，但两个品牌两个风格，亦针对两个年龄段，所以两个品牌将划在两个不同的楼层区域。照公司对品牌原有的定位，A 品牌是我们的一线主打，B 品牌作为二线培养，它们进驻商场之后应该把 A 品牌设在所在楼层的周边大型专柜区，B 品牌设在所在楼层的中岛区。这家商场因为引进的商家资源不尽如意，想把我们公司的两个品牌对调一下，让 A 品牌在所在的楼层做中岛，让 B 品牌在所在的楼层做边柜。我把信息反馈到公司，公司不愿妥协，叫我设法洽谈。合同一时签不下来，我只好在郑州准备长住，天天盯着商场调度，一旦有其他商家谈不成签不妥，我好见缝插针地再择两个品牌的专柜位置。事情一磨半月余，我们公司最后以商场降保底和降扣点妥协。因为这事是公司见利妥协，不是我的过失，于是先签下 B 品牌在所在楼层设立边柜、A 品牌待定收场。以我的估计公司是不打算再进驻 A 品牌的，我也不会给他们承诺 A 品牌什么时候能签，只说公司还有急事，我得先回。我走后换公司专柜设计组过来，我也算是基本完成了这一阶段的本职工作。

出差前我就怀孕了，因为在一个特殊阶段，既没告诉公司也没告诉家人。回深圳后我自是要申请休整几天，也借机去医院检查。计算下来，胎儿已两个月有余，再过两周是要与不要的关键期，要，就是怀上十月生下来，不要，只能堕胎。

回深的第二天，我整整一天都在医院做各种检查，很不幸的结果是，胎儿停止发育，已胎死腹中。我告诉先生，希望他来接我。先生接了电话大致明了情况，说他要送完客户才能到医院接我。一会，他又发信息来问我身体什么状况，能自己打车回家吗？我说，还未手术，倒是能的，就是心里难过，明天还要办理住院，准备做刮宫手术。先生回那你自己先回家吧，哪天入院我再陪你。又说："发现怀孕怎么不告诉我？"

下午五点，家里还没开始煮饭，这座城市还未到下班高峰期，或者我可以坐公交，走走停停慢慢地回家。回到家，饭差不多煮好，只待起猛火把几样菜炒好就可以上桌了。但这一道猛火也是讲究什么时候点的，先生和我都要到家了，就能早点，若我们迟迟不到，它也可能晚些。但这时，汤和饭是无论如何煲好了的，因为这两样不易成品，要早早弄好候在那里。我若是想早点吃饭歇息，吃汤泡饭就好。这也是阿宝喜欢吃的，我们可以一起提前用餐。

春末初夏的傍晚阳光迷幻，把城市涂了一层透明的软化剂，又像裹了薄薄的一层糖浆，让人想伸舌头舔一舔。

第二天先生上班时顺路把我送到医院，让我先办手续，差不多手术了给他电话。为了不在进入医院的道上堵着动弹不得，我在医院附近下了车步行过去。在医院前的一条巷子里，我走进一家港式茶餐厅，要了一碗白果甜粥、一笼虾饺、一个奶黄包、一碟咸菜，想了想，又要一块马蹄糕、一杯巧克力奶。食品陆陆续续上来，配的餐具也都是两份，看来服务员是把我叫的食量当成双人份了。我不想说明，也不想拒绝，只是默默地全都接下。从早餐店出来我果断拐去了公司。我不想一个人去医院。我在大产房里生过孩子，关于生孩子不懂得的问题，是一边生一边学的。虽然产妇彼此都不认识，也都是一个人在努力，但我们那时有一个统一的身份"妈妈"，所以任是其中的谁也并没有感到孤独。我们疼痛不堪，可我们却喜悦而勇敢，因为我们马上就是妈妈了。我没有堕过胎，可也知道堕胎和生产是两码事，一个是瓜熟蒂落，一个是强扭生瓜。而现在又因为我腹中的胎是死胎，听说要把一个东西伸进子宫里刮宫，想到这里心里很是畏惧，我很希望有人陪我走进医院，并在我身边一直陪伴着我。

晚上先生倒是早早地下了班，见我好好地跟阿宝在客厅玩，问我是不是手术没排上。我抬头看他，又低头接过阿宝给的积木给城堡搭上一块墙，我没有回话。先生还没有换衣，把裤角往上提了提像我们一样席地而坐。他也选了一块积木给城堡搭上，阿宝却不愿意他这么做，愤怒地把爸爸新搭上的一块拿下来。她拿下来也不知要做什么，犹豫一下又捡了一块自己搭上。阿宝搭完，冲我说："妈妈搭。"我说好，"阿宝搭一块，妈妈搭一块。"先生无趣，说："嗨，这孩子！"于是悻悻地用一只手撑地站起来，一边起一边又说，"不让爸爸玩，爸爸去换衣服了。"我想抬头看看先生，又没看，继续跟阿宝搭城堡。我想，先生怕是要错怪阿宝的，以为阿宝只跟妈妈亲，不跟他亲，不想跟他玩。其实是他不了解孩童的逻辑，在孩童的世界，如果两个人正在玩，再有第三个人加入，如果未先取得孩童的同意，任第三个人是谁都会被认为是侵入者。

天色暗下来，先生换完衣服到客厅开电视，我跟阿宝的城堡也搭好了，阿宝十分骄傲，起身拉爸爸来看，先生窝在沙发里却不想起来。我说："你就配合一下不行吗？跟小孩子记什么仇！"

先生手握着遥控器，依然盯着电视说："你想多了。"

我说："那你就应该配合孩子，看看她的作品。大人常觉得小孩子做什么事都是玩，可他们小孩子们不这么认为，他们觉得这是很重要的工作。像阿姨煮饭、爸爸妈妈上班一样，都是正经工作。"

先生继续看着电视说："阿宝，拿城堡给爸爸看看。"

阿宝听爸爸这么叫她，一点不觉得有什么不妥，忙不迭地双手捧起城堡，起步后又轻着脚小心翼翼地朝爸爸走，还不忘殷勤地说："爸爸看！"

先生说："真好看，嗯，真好看。好了，去给奶奶看看。"先生说完，阿宝又捧着城堡去找奶奶去了。

阿宝是真的高兴而骄傲地跟大家分享她的工作成果的。

我起身要走，先生说："什么时候手术？"

我说："还没想好。"

先生说："这种事能拖吗？"

我说："不知道，我没有去医院。"我又说："有一个七十多岁的女人，肚子里长肿瘤去照B超时才发现子宫里还有一个孩子。但孩子已经干在她身体里了，子宫也缩小了，拿不出来了。但就那么放着也没有关系，好像也不影响什么。"

先生说："要是不急，周六我陪你去。"

我说："周六人很多，去了头晕。反正也不急，等我不忙了再去吧。"我想我是任性了，才这么说话。

先生不说话。

我们像误入了一场僵局，谁都没错，谁都脱不开身。

都熄灯睡下了，先生说："还是去弄掉吧，想着怪瘆人。"

我说："我不觉得怕，可能还不成型就停止发育了，一块模糊的肉团而已。很多人体内也长肉瘤，大概也是不当回事的。"

先生说："你照B超了？看到了像肉瘤？"

我不想答他，转过身朝外。窗帘没拉紧，窗外的夜晚从一条缝进来了，比房间里明亮。

2

我不想去刮宫，一拖再拖，以致后来我好像忘记了这个事情。

得知弟弟再次卷入传销，是弟媳小马告诉我的，我说我不管，弟媳说你不管你弟会死里面。我说那就让他死里面吧。弟媳大哭，她说："没见过你这么狠心的姐姐，亲弟弟命都没了也不管。"她显然在假哭，我不想理，但她继续说："你以为我想管他啊，你也知道你弟是那样的，我嫁给他还不是为了让马小花有个家，有个爹。我想，你得知道，要是马小花没爹了，我们在你家也待不住。"

我不等她哭诉下去，打断她说："你当然不是为了让马小花有个爹，你只是想让马小花有个爹帮她出学费。这个事我爸可以不明白，我妈可以不明白，不等于我不明白。我念你一个女人带孩子不容易，不想拆你的台，以前的事算过去了，以后我拆不拆你的台，也得看你怎么对我爹娘，也得看你在我这里知不知趣才行。"

弟媳不哭了，声音干脆地说："是，我就是为了让马小花有个爹帮她出学费，你又不是才知道，那你去拆台啊！我看你拆我的台能落什么好，不是我要养大一个孩子，你还以为谁会嫁给一个瘸子啊！"弟媳这样说完，似乎不解恨的，又补充说："你还以为你弟是刘德华呢，天下的女人都争着嫁给他！"

我说："我没这么以为。"

弟媳的话越来越狠，她说："你当然不好意思这么以为，你们都知道你弟不能生，才指望我带来的这个女儿养老吧！所以不管你怎么说，我不信你不救你这个弟弟，没了他，你家连个养女也落不上。"

"世上怎么会有这么不知进退的人！"我心里想着，恶毒的话不想说，懒得再听电话就把电话挂断了。我并不知道我弟不能生这回事。

这次是要八千块钱。爸爸手上的钱刚还完盖房的材料钱，一时拿不出来，才让弟媳给我打电话。我没有给，他们合起伙来一轮一轮地来，然后爸爸又打了先生的电话。先生应该是给爸爸转了钱后给我发了一条短信过来说："你们家这样是个无底洞，你也该想想以后要怎么处理。"

我正在处理一个传真件，需要找老板签完字传回去，看了信息后放下手机继续做事。直到把这件事做完返回自己的工作台，心里才隐隐作痛，觉得羞耻。这个羞耻让我不安，心里响起一个声音，要我赶紧把八千块给先生转过去。矛盾有了，不挑破，日子还能阴着过，一旦挑破就是战争。现在我若忍受，事情就会过去，不至于伤面上的大雅。若我反击，战争就真的开始了，就会激起浪花，水就要拍打到岸上，让无关的人也会牵扯进来。这些我都知道。但我还是没忍住，打开网银把八千块钱给先生转了过去。同银行内转账，这边转出，他那边就能收到到账通知。我想，他收到通知会再发什么信息过来呢？

我有气无力地打理着工作，一直没有再收到先生的信息。

　　晚上回家，直到我跟阿宝睡着仍未见先生回来。

　　第二天早上，床仍是空的。上班后我给他发一条信息，我说我们离婚吧，离婚了就没有无底洞了。然后我又补一条信息，弟弟残疾，弟媳贪婪，现在是孩子读书，将来还不知道他们要什么。他们确实是个无底洞，这才刚开始。

　　先生未回信息，下班后也未提此事，我们依旧过着各自上班下班、吃饭睡觉带孩子的生活。夫妻说是一家人，除去出差、加班，正常工作日内一天二十四小时在一起的时间也不到十二小时。就是这剩下十二小时中间又有七八个小时是在黑暗中度过。再除去早、晚两餐用餐时间，他还要看新闻、看报，我还要陪孩子玩，给孩子准备衣物，整理玩具。看似在一个屋檐下，却无时无刻不是过着各自的生活。婚姻成了一桩交易，一场合作，彼此像遣派在对方人生里的特务一样，过着事不关己又息息相关的日子。

　　我身体见红，以为是又来了例假，但一周后仍血流不止只好去了医院。医院检查说是流产，但不知流干净了没有，为了保险起见，还是建议我照B超。B超照完，宫内有郁积，医生仍是建议我刮宫。我说我不敢。医生说孩子都生过还会不敢。我说不一样。医生说那你想好要不要做。我说有没有不刮宫的办法。医生说那就别图一时痛快，该吃药吃药，该戴套戴套。我感到被羞辱了，可谁说医生冰冷无情的言语之中不是道出了世间最浅薄的真相呢。问题显而易见，不需要任何智商也应该想到的。我缓了缓气，说，那听医生的吧。我弱下来，医生也耐心下来。仔细给我解释说那就再等流几天看看，若是流不干净仍是要做刮宫的。但在这之前郁积的恶露可能会引起病变，若是留下病灶，到时割掉子宫又或患上子宫疾病都是有可能的。医生这话让我想起遗忘了许久的姐姐，想到姐姐切掉子宫后心戚戚的样子。我说，那好吧，我现在做刮宫手术，给我止痛。自费，医生说。那也打，我回。

　　我怕了疼痛。有形的，无形的。我不想再经历一次生孩子那样的疼痛，那种疼痛就如姐姐把身子弓成大虾做脊椎穿刺的日子写下的日记，她说那种疼痛，"我整个人抽离出肉体，在肉体的上空徘徊，那漆黑的上方，仿佛到达死亡前的无人之境"。我不想要那样的疼痛，以及心理的疼痛。

　　我在医院一夜未归。等手术的麻醉散尽，余疼把我弄醒，这时已是天亮。

　　夜间先生发来信息，问我还回去吗。只是一条信息，并没有多的信息追问，手机里也无未接来电。等我看到这条信息时已过去五小时。我说："我刮宫了，等会出院了回家。"

　　我给公司说明了情况，请了半个月假，想等全好了再去上班。记得人说，小产也是产，也要坐好月子。

　　这时国家已放开"单独"二胎政策，但我跟先生都不是独生子女，还不能生二胎，所以我小产并不能算产假，只能以病假计。又因为这半个月假要跨两个月，一边在月底，一边在月初，公司的人事主管告诉我要扣两个月的全勤奖。我知道这些都是事实，但心底仍不舒适，可是又不能去怪谁，只能一个人生闷气。这时我很指望先生打电话来问问我要不要来接我，又或劝我多住一天院，等身体轻松些再回去。所以我把生气变成了期待，不停地翻看手机看有没有他的信息。我想到姐姐，若是我还有姐姐，若是姐姐还在这个城市，我的身边至少是有姐姐陪伴的吧。这中间我又睡着了，等我醒来已近中午。我下午忍疼小解，然后去打了一瓶热水才爬上床。走是能走的，只是身体疼，无力，这感觉很快从脚上、腿上升到心里，直到那里泛起一阵阵酸楚，一个人蒙起被单抹泪。我想，我这是为什么啊，为什么一个人躺在医院里啊！我是可以低头的啊，我是可以撒娇的啊！但我就是提不起劲来发短信过去。直到手机在我的手里焐热了，湿漉漉的，我才打开手机玩一种叫连连看的游戏。这游戏没意思，但能让人一时上瘾，要撇开烦恼精神集中地盯着它，把成对的图案一个个消灭。

人到底还是独立的动物，并不能因为捆绑在一起就能心心相印、血脉相连。如果结婚证曾是强大的黏连器，那么此刻，在我的心灰意冷下它已经失去黏性，不能黏连。我意识到这点，强撑着下床，换衣，准备自己办理出院手续。我来时未带行李，出院也一身轻，只需提一个挎包就可以出院了。

只是住了一夜的医院，季节好像都变换了。我在等出租的时候，秋风吹过我裸露在外的皮肤，感觉像站在北方冬天的北风天。我连忙把丝巾打开裹住头，薄如蝉翼的丝巾并不能帮我拦挡秋风，我的头上还是觉出了打开冰箱那一瞬间的冰凉。

　　回到家里，见阿宝在家，问她怎么没有去幼儿园，她说她生病了。我蹲下身问她哪里不舒服，她说她喉咙疼。我说喔，那就多喝水。我刚说完她就跑走了，身影像一只敏捷的小鹿。

　　我躺到床上，很快睡着了。

　　不知几时阿宝过来找我，她摸摸我的头，又摸摸她自己的头，自言自语地说："喔，妈妈发烧了。喔，妈妈要打针。喔，妈妈要喝药。"我朦胧地听她说话，又朦胧地感觉到她走开了。不一会，阿宝又拿来体温表要塞在我的腋下。我醒来看着她忙活，配合着她。体温表刚放到我腋下不久，她又着急地把体温表拿出来，还像模像样地甩甩体温表。我看着她认真的样子不想告诉她体温表放反了。我怕她把体温表打碎了，叫她把体温表放在盒子里。阿宝是一个很乖很听话的好医生，收好体温表后，又去给我倒了半杯水，帮我拿了药片来。嗯，是她平时爱吃的奶片。她喂我一片，我咬一片。她见我吃得认真，自己也吃了起来。阿宝爬到了我的床上，我们两个人头靠着头，很快把半瓶奶片都要吃完了。四岁八个月的阿宝发现奶片快没有了，一下子不高兴了，嘟囔着说："不给妈妈吃了，阿宝要没得吃了!"我说:"好吧,妈妈好了,妈妈不吃了。"

晚饭的时候,阿宝早把我生病的事给忘了,非要我喂她吃饭,我说:"阿宝自己喂。"

阿宝说:"妈妈喂。"

我说:"奶奶喂。"

阿宝说:"妈妈喂。"

我说:"爷爷喂。"

阿宝说:"妈妈喂。"

我说:"阿姨喂。"

阿宝说:"妈妈喂。"

我说:"爸爸喂。"

阿宝说:"妈妈喂。"

我说:"好吧,妈妈喂。"

阿宝还不想坐 BB 椅,她把爸爸赶走,跟我坐在一排。

先生说:"今天有大客户来看厂,走不开。以为就是个小手术,知道你这么不舒服,要你等着我去接你了。"

我说:"过去了。已经回来了。这个事以后不提了。"说完我把快要拱到我脚头的阿宝挪上来与我并肩,然后我们各自睡去。

第二天,我送完阿宝出门,找冰箱里的东西煲汤。冰箱里几乎没什么东西,只在冷冻层找到几块海鱼。我想海鱼不好煲汤的,就又作罢,躺回到床上去歇息。爷爷奶奶每天送完阿宝上学都要到公园里去健身,要中午接阿宝了才回来。我又回去卧室睡了一觉，梦着姐姐，她哭哭啼啼地向我走来。我问她怎么了，她也不回话。我们背道而行，我继续往前走，又见姐夫在路边站着吃饭。他也没端碗，用筷子从手里挑起很长的什么东西在吃，看不清他在吃什么。我回头找姐姐，她正朝着自己的坟墓走去。

觉得这样在家待着实在无趣，想想，明天还是要去上班才行。我打电话给钟阿姨，叫她来我家前从超市买些东西煲汤。钟阿姨问我要什么材料，我告诉她小产第三天，叫她看着办。钟阿姨也没说什么，这是她们的专长，想她自是心底有数。

晚上快要吃饭时，奶奶来我卧室叫阿宝。阿宝不想出去，奶奶便站在我房间一时不出去。我以为她就是想看着阿宝，忽地她开口说："有孩子了就要，一家人一起生活，要商量着来，不能什么事都是自己说了算。"

我愣一会，琢磨不出她的真正意思，但显然觉得她管多了，于是也不客气地说："二胎要罚款的。你来这么长时间了，深圳罚多少你又不是不知道。"

奶奶说："能罚多少，四五万吧，这个钱我们还是出得起的嘛！"

我说："我出不起。"

奶奶说："那是你胡说，你哪是出不起，你是不想出，你要把钱拿给你娘家花。"

我一时火烧胸口，但见阿宝玩得专注，不想吵到她，只好忍气吞声地说："事情不是你想的那样。我还在康复，不想动气，麻烦你不要再跟我谈这个事情。你有什么话可以先找你儿子说。"

奶奶不出声，但我能感觉到她转身走了。待她出我的卧室门又似乎听到她说"真是没个教养"。

我一愣，顿时心里酸楚起来，想我在婆婆面前或者真是"教养不好"的。但从什么时候开始给她这个印象的呢，是一开始就印象不好，还是后来的哪一天？总之眼下我们的关系是坏的，以后怕也难好起来。在这个家族里我们像不得不互相作出让步又互相防范的两个邻邦，看似各不相干，实在利益攸关，谁也不能越国界半步，更甚有牵一发而动全局之势。

我看着阿宝坐在落地窗前玩一个穿珠子的游戏，她玩得认真，映在玻璃里的身影也是一丝不苟的，她那样子并不知道这个屋子里发生过什么。

我叫阿宝："阿宝，妈妈要是出差很长很长时间，阿宝会不会想妈妈啊？"

阿宝不理我。

我又说："妈妈要出去工作一段时间，阿宝肯定会听奶奶的话好好吃饭好好去幼儿园对不对？"

阿宝理我了，说："妈妈去做很重要的工作吗？"

我说："是啊，妈妈去做很重要的工作。"

阿宝说："妈妈要去做很重要的工作，阿宝会听奶奶的话好好吃饭好好去幼儿园。"她说着，手里还是在穿珠子。

工作群里在谈武汉外派的事情，这是个烂尾事件。去年公司Ａ品牌进驻一家商场后，整个商场营业情况不好，商场未经各厂家同意，私下把商场整体转手了。现在新主要把商场重新装修，这就意味着原有厂家需要重新投入一笔资金装修柜台。但这个钱明显花得冤枉，谁也不愿意承担，公司说需要人去耗着跟紧相关事宜，花费能少一分是一分。武汉本来有区域主管，但她借口要结婚不想外派。我掂量了半天，这个事谁也不想主动接手，我若申请去跟进肯定能成。但这不是一两天的事情，关系到公司长期的利益，是要跟商场耗一段时间的，你退我进，你进我守，谁耗得起谁赢。

我要不要去呢？照理说现在交通便利，即便外派，中途见缝插针也是能回来几天的。但这些都不应该是我现在要考虑的问题，我的问题应该是我为什么这个时候想要外派，我要做什么？

俗话说当局者迷，我潜意识里或者是想抽身出去再回看一下我当下的生活，这段婚姻，以及我的一生在追求什么。若是以前不曾意识到的，那么现在这朦胧的意识是否有必要澄明，有必要看清？

我与先生闪婚后被务实的婚姻观念驱赶得疲惫不堪，以至要怀疑起最初的眼光和决定。但婚姻是什么我们又何曾追究过呢？没有，我们都不曾想，我们只知道需要跟另一个人一起完成这件人生大事。我们起初还庆幸找到了，如今看来何尝不是自己蛊惑了自己——"我们再不结婚就老了"，"都说爱情是爱情，婚姻是婚姻，它们是两样东西，爱情不是婚姻的天堂，所以婚姻里并不一定要爱情"。在这些道听途说而来的婚姻观念上，我们似乎知道得太多了。

3

我有柜台导购和店长的工作经验，又有销售部管理经验，现在是拓展主管，从个人经验上看，武汉这个事似乎没有人比我更合适。外派申请很快批下来，第二天我就要走。已是夏季，北方也起暖了。快则十天半月，慢则月余，事情应该就能有些定夺。此行我心里有底，不光是与商场周旋洽谈专柜重新布局，我的工作还应包括停业前清货、商议专柜新装修费用分摊比例。如果原片区负责人放弃武汉片区工作的话，我还得继续负责装修方案以及新张事宜。这样下去对我倒是有益，公司将极可能合并武汉的片区到我的管辖范围。看商场新主的规划，将来这家店的业绩一时半会也不会差，这意味着我将来有可能拿保底之外的业绩提成。远的不说，新张后的商场借着开业，刚好在夏末做一些促销，折头势必是当地所有商场中最低的，争取借此把开业这一炮打响，狠狠地出个风头。紧接着铺上秋装，将会掀起另一场狂欢。再接着是十一国庆，这样接二连三的下来，甜头给足，发出去一定数额的金卡银卡VIP，客源就会被牢牢拴住。

这样看一切都是好的结果。不好的结果在于商场易主后仍不见好，那么我们公司在武汉这家店将会亏损，将成为我们公司一个很不好的案例。不管是原拓展主管还是中途找上门的我，都将连同这个不成功案例记录在案，以后大会小会必提，颜面肯定不好受。但我想，我怕什么呢，就是没有这次机会，我的人生不是早已一败涂地，迷途难返了嘛。

我是来处理劣势的，不是来拓展的，很知趣没有去申请差旅费。所以我想我应该先住到当地的员工宿舍，等情势见好再去住旅馆甚至酒店不迟。

事情比我们公司收到的讯息还要糟糕，易主后的条件并不乐观，除了专柜的营业额保底和扣点都可能上涨，新装修的费用商场并不马上分担，而是要从未来十个月的营业额里分期抵扣，这就意味着装修款需要我们公司先自行垫付。再有就是专柜员工问题，一个店长、五个员工听说商场要停业装修各有想法。店长已有高就，准备辞职，剩下的五个员工也要带走两个，这样一来收尾工作就只剩下三个人，这时再招人显然不合适，也对货物不熟难以出力。想想，怕是我要亲自站柜台的。但人来都来了，如果还想把后面的事情做好，一场卖力战是少不了的。还好我有柜台导购和店长的实战经验，想来也是不怕的。但我同时也想到，我刚小产过，身子还虚得很，多少还是怕担当不下来。

我跟公司的市场经理与人事经理商议，想尽量挽留店长两周。

　　如果按合同，她现在要走而公司也未批准，那么她当月未到月的工资是可以不付的。但我要挽留她们，不但要支付她们实际到岗的工资，还得赔付促销期后停工期的工资，公司很不同意。人事经理更是无情，他说："谁都知道武汉这个事是个烫手山芋，连原片区主管都不接手，你偏要申请。这是工作，这个外派还是你自己主动申请的，你理当承担这个困难。"末了，他还不忘告诉我原武汉片区小杨主管被他辞退了。他说，工作就是这样，职场如战场，任谁都只能前进不准后退。

　　这事让我多少有些愧疚，担心是自己主动申请让小杨主管陷入工作尴尬局面。我私下问了跟小杨主管关系好的黄钰，她俩曾合租过房子。我问她小杨主管是被人事部辞退的还是自己请辞的，黄钰说，刘锋那个死胖子就会吓唬人，杨敏的老公是区里的官员，他敢辞退杨主管？人家是想做专职的官太太，相夫育子，刚好找借口辞职而已。刘锋是公司人事经理，老板娘的表亲。人很胖，瞳孔黑少白多，不管跟谁说话，只要一使劲，都像要把人瞪趴下。私底下，人人都喊他死胖子。

　　原来如此。

　　小杨主管是八〇后，比我进公司的时间还长，从出生年份上看，小我四岁，这年应是二十九岁或是三十。她中专毕业在我们市区外的工厂做仓管，又因做仓管接触到公司业务部，做了业务员。在做业务员后的三年里她自考了本科，是个很上进的女孩子。公司不少这样上进的八〇后，多与七〇后同等条件，但七〇后比他们早入世，已在社会上站稳脚步，在相同的条件里已经没有了他们的位置，而更优秀的九〇后也已汹涌而来，他们这批在夹缝中的人只有拼搏、提升自己才能找到自己的立足之地。有说她已婚，有说她未婚生过一子，这方面信息凌乱，谁也没兴趣梳理。大家对她的兴趣点在她是怎么跟区某官员认识，并将成为官员太太的。

大家都还不知道小杨主管的丈夫是什么部门的官员，黄钰也不知道，但黄钰是打算在小杨主管结婚时去吃喜酒的。她说，或者她也可以找个官员嫁了，以后就不用工作了，有车有房有深圳户口，做梦都能笑醒。

公司办公室剩男剩女不少，他们之间多是嬉闹打趣，成为情侣的少。有句时代名言说，"太熟了不好下手"，指的就是这个意思，实在是太熟了，卸了妆都能认识。在这个残酷竞争的社会，爱情像个笑话，大家都不愿谈起爱情，都务实，都直奔婚姻而去。男的追求不到同等条件的女的，会去找工厂里的女孩。但女的只想往高处去，不愿低就，这就使她们想往外走，期望在外面的世界觅得如意郎君。在没找到之前，也是谁也不敢辞职的，都知道现在的工作越来越难找。

黄钰漂亮，大专毕业，比小杨主管小八岁，比我小整整一轮，曾借调在我们市场一部工作过，与我算是老交情了。她说她要找的老公最起码得有房吧，她可不想结了婚又要回到老家小县城里去，所以只有在深圳有房子她才能永远地留在这个城市。至于婚姻是什么她觉得不用去想，嫁得好由老公养着，嫁得不好，各上各的班，除了晚上睡一个床上两个人在一起，其他时间都见不着，婚姻是什么不是什么又有什么关系！这是很务实的八〇后九〇后的思想，又何尝不是当初我的思想。我想过劝黄钰，把过来人的想法告诉她，就像劝年轻时的自己一样劝她，但个人隐秘的婚姻生活又如何方便道与他人！说起来婚姻是从两个人开始的，像一辆班车，不开动前只有司机和售票员，只要车一启动，这趟旅程就不是两个人的事了，随时会有人上来，要一同前往。而上来的是谁，谁是什么角色，没到那个时间谁又能知道呢？一旦遇见生活上的困难，支持两个人的将会是什么？

庆幸歇业促销定在下周三至周日，我还有四天时间用来养息虚弱的身子。

算着时间，阿宝周六要打一针预防针。怕老人忘了，周六一早我发了信息给先生，叫他记得提醒奶奶。

先生回信：知晓。

我看看手机提示，没有点进去打开，我知道这条信息就只有这两个字。我就盯着手机看了一会，直到它变成黑屏。

这天我准备去商场专柜帮忙，起床后一直磨蹭着等待商场营业时间到了我再出门。早餐后换衣着化简妆，看看时间还早，我又躺到床上去。员工宿舍是一套两房民居，共六个员工，含客厅刚好两人一间。一个员工已婚，没住宿舍，我来便住她的床位。她的床位对着小区院子里的一片树木，都是很老的法国梧桐树，郁郁葱葱，挡得阳光一点也进不到屋子。要见到阳光，需要耐心地等待一次一次风吹，阳光才会从茂密的叶子缝间跌落下来，还不待看清落到了哪里，又瞬间湮灭。我就这么出神地看着窗外，明明全神贯注地等待着忙碌时刻的到来，这样的清闲时光又让我入迷，想再没有比灼热的夏季里有一处清凉地躺着让人感动的了。

这么享受着，手机又振动了一下，还是先生的信息，这次字多，他说，你不是不想一起过了吧，两个人选择一起走的路，谁提前放弃都是不负责任的行为。

我想想，理是这个理，但那些细微生活中的磕磕绊绊怎么办呢，要视而不见吗？人是情感的动物，顺则喜，逆则悲，要不喜不悲，那不是麻木不仁吗？但灵敏知情地活着又为了什么呢？我回复先生：我们一直都在功利地活着，用肉体交换信任，用时光交换此生，从不问悲喜。

先生回：悲喜有用？能供房子，能养孩子？还是能让你感觉生命丰满，无有孤独？这样吧，我们再尝试一回，都再努力看看能不能把最初想要的路走下去。像我们最初结婚前那样立个白纸黑字，你希望要什么，我希望要什么，我们看看能不能给到对方。

我看到这串字愣住了，原来谁也不傻，他不过一直在装糊涂而已。这么说他是智者，他比我提前对自己揭示了生活的本来面目，不让自己盲目。我们结婚前是好像立过一些条款，想不起来都立了什么，也不知道那张纸放到哪里去了。或者他那一份还在的。

我收拾东西出门，宿舍离商场三站路，我坐上车后，看半车的白发老人，想这是武汉，不是深圳。深圳太年轻了，平均年龄二十七岁，平日里根本看不见老人。或者，我再想想，我要什么。

我说，那重新开始吧，之前不问过去，只看将来，现在不一样了，现在我们也一起了解下过去。我有过一个男友，要结婚了，他妈让他娶老家的女孩。我后来就单着，直到遇着你。我知道你有女友，是教师，但你后来来深圳了。我想知道她后来在你心里是什么位置，为什么后来你一直没有固定的女友。

他说，我告诉你吧，她不爱我，是我纠缠着不放手，直到我离开。

我沉默许久，直到下了公交车。

中午吃饭时，店员小姑娘要给我打饭，问我吃什么。我说还没想好，叫她们先吃，我等会出去看看。

我按小姑娘告诉我的地方找到小食一条街，选了热干面加冰粉。等食物端好坐下来，我给先生发了一条信息，我说：武汉的热干面比深圳的好吃。

先生迅速回我：我加班，中午吃黄焖鸡，公司前台订的饭。吃了两年了，才听说这道菜是山东菜，记得你说过你祖上是从山东迁过去的。

下午五点我下班，留下一个小姑娘看场，回去的路上我又发信息给先生，说我下班了，回去宿舍。

先生并未关心我小产后的身体情况，说他已经下班了，正去公园接阿宝和爷爷奶奶去吃晚饭。

我们一时像情感懵懂想要走进对方心里的恋爱男女，揣摩着对方，倾力地交付，生怕这次再实验不成功，面对婚姻失败的下场。

可能阿宝玩先生的手机，拨通了我的电话，我喂喂半天，也不见阿宝回我话。只听他们在外面晚餐时聊天，奶奶说："她小产你不知道？是，你们的事我不要管，我就是好心提醒你们，小产也不能马虎，闹不好以后都怀不上了。"

先生说："我看她挺好，样子跟生理期差不多吧。"又说："还怀什么，都要工作，一个都难，再生怎么弄？"

奶奶说："这个叫你们带了吗？又没叫你们带，你们不是该上班上班该出差出差？你们生就好了，不让你们带。"

先生不接话，叫阿宝把电话给他，阿宝可能不给，说："妈妈，妈妈。"我听了忙把电话挂了。想到先生是不了解我的状况的，当然，也许他不了解的事情很多，他至今都没有学会关心他人。这么想着我又觉得与他的婚姻再走下去还是重复，还是只能各过各。

天昏沉沉的，像要下雨，和早上好像不是一个天。下公交走到一个十字路口，一时迷住了，不知道要往哪里拐。绿灯起，等人群过去，我迷过来后心里有底了，知道自己这是要回宿舍。宿舍在马路对面的方向，可我又不想过马路了，退回到人行道上。我也没想好我不回宿舍要往哪里去，正努力想着，脚下一转去了跟宿舍相反的方向，就一直漫无目的地走。走着，心里百般委屈，好像是一个人孤独地活在这个世上。

想过跟妈妈打个电话，可是能解决什么呢？保不准说着说着话哭了，惹妈妈担心。要是姐姐还在，我就叫她请我吃饭，不拘吃什么，就是叫她请我吃饭。可是姐姐早就不在了，这么想着，心里抽丝地疼。我继续向前，在又一个红灯路口突然看见姐姐，她背着水蓝色背包，穿着白色棉纱裙和外套，她也是一个人在人群中孤独地走着，看上去跟谁也没有关系，更看不出她要去哪里。我跟着人群走，跟着她。她猛然转身向右，招手上了一辆的士。她比我年轻，一点也没有老，这发现真诱人，原来一个人是可以不用变老的。

第二天，我干脆走路回家。

第三天也是。

促销期后，商场给大家留了一天清理柜台。我跟三个员工点清货品，把公司要寄回的款式寄回，剩下的封存起来，等待柜台装修。

4

装修组过来之后，我本可以回深圳三天，想想又没回，混沌地睡了三天。

商场装修不是家装，不用那么精致，柜台装修都是搭架子扣木板，然后批腻子刷漆，三天足够了。再等两天油漆晾干，我们的专柜就基本好了，可以打扫卫生，上货了。

我又招了两个员工，加上未离职的三个，和以前一样，一共五个，两班倒时店长顶位。因为两个是新手，得培训，我是想好了要多留些日子。从老员工中提了一个叫静静的女孩做我的副手，给她的职位是副店长。她也高兴，干活很卖力，做清洁时就不肯歇息，到开业更是天天直落。因为没有许她高工资，其他两个女孩也就没有太多埋怨，也是高高兴兴地配合着工作。一个副店长两个班长，另外两个是新人，这搭配极好了，都很欢喜。但我给静静许了总业绩提成，完成商场保底任务做多少提多少。所以她的心思是全店的业绩，心胸打开，对四个员工都好。

在武汉，我一来月余，天高皇帝远，公司不知道具体情况，我若说还脱不了手，他们也拿我没有一点办法，我可以继续不回去。

先生并没有催我回去，发过几次短信，我像跟公司说辞一样，他也没有埋怨。但我想，没有埋怨才不正常，他也是做市场的，做市场是忙，但忙到一点也脱不开身也是骗人的。他不揭穿我倒让我为难起来如何跟他沟通。说世上最亲密的人是夫妻，可夫妻间的玄妙关系是很难处理的，一个人想这样，另一个人想那样，谁让谁，谁先迈出第一步呢？让了的一方窝在心里的不适又如何消解？我的父母及他的父母一代看着天天吵，却是走到了现在，我跟先生不吵，看着互相支持互相体贴，实则婚姻岌岌可危。真不知道是我们哪一个人出了问题，还是两个人都有问题。回头想想，我们因为大龄，急于结婚，更像是为了完成谁交给我们的作业。如今我们完成了结婚这项作业，那个收作业的人并未出现，以至于我们无法知道我们做对了没有，若是不对，又如何更正。

专柜正常运作起来，静静在我面前很卖力表现，我本想劝她松懈一些，不要太强迫自己多么卖力，毕竟走长路靠的是耐力，不是爆发力，想想还是不说吧，年轻人努力一下也是好的成长。前两周的报表是我自己做的，第三周的让她来做，待一周结束，工作报表周一上午就做好拿给了我。我告诉她不用熬夜做，周二给也行，静静讨好地笑，说没有熬夜，她每天都做流水，然后把周日的一合就好了。

静静高中毕业，工作两年多了，这年刚二十一岁。长得不是传统美女的样子，但蛮好看，她最打眼的是一张嘴，微微厚，涂了唇彩亮晶晶的，说话时有点小嘟嘴，对谁说话都像撒娇。若我是顾客，因为闹心出来逛街的，看她青春好看的样子加上那么说话，苍老的心也会喜悦起来的。她从嘴再往上看，能见她鼻子坚挺，细眉凤眼，要是再笑起来，那双眼就成一条缝了。要是说她的小嘟嘴会撒娇，那么她的一双眼就是藏心思的地方，她一笑，你就在她的脸上什么也读不到了，只剩下了笑。

静静问我："姐姐，你还回深圳吗?"她不叫我主管，叫我姐姐。当然，这些小姑娘的嘴都甜，叫所有的顾客都叫姐姐，好像叫自己姐姐那样自然。

我说："回的呀! 我还要回去开展其他的工作。"

静静又问："那姐姐什么时候走啊?"问了，她又忙地补上一句："姐姐什么时候走，我们一起请姐姐吃个饭，姐姐教会我们好多东西啊，我们要谢谢姐姐。"

我笑，心里知道这么大的小姑娘小心思能到哪里，就顺着她的意思说："下周吧。"但我又说："可能月底又会过来，商场第一次返点后我要来结算装修的分摊。"

静静天真地笑，眼睛再一次眯上了。她说："那姐姐走前咱们要一起吃个饭喔!"

我说："好。"想着是时候给她空间，让她独当一面。我心里早已计划好，下周二看了她的报表就去郑州的专柜看看。

5

我还在去郑州火车的路上，妈妈打来电话，说爸爸被人打了。我问严重吗? 妈妈吞吞吐吐，似紧张说不清，又似有什么不好说。我忙打电话叫县城工作的同学王维去看看情况，告诉他我爸真被打了，要带他去医院看看，老人骨头脆，明伤暗伤都经不起。王维在县城做生意，我也不清楚他的生意大小，只知道老家人能耐大，别管人是做什么的，一旦有事，什么关系都能联上。

等我坐上火车，同学已经赶到我家了解了情况，说没什么大事，就是老头被人照胸口推了两拳头，说胸口疼。我叫他把电话给我爸，问我爸感觉怎么样，要不要去医院。我爸说："严重不严重我也不知道，就是觉得疼。"

我说："那就去医院检查下，别落下什么病。"

我爸不说话，把电话给了王维。我叫王维走出来，到院子外跟我说话。

王维说："依我看不去医院也没事，但你们非要去，我就带老头去。陈云云，你知道我的意思吗？"

我沉静一下，听懂了王维的意思。听说村长和书记也在，怕是我爸多少把事情说严重了。

我又打我爸的电话："都僵着也不是个事，要不你就去医院看看，往前走一步，都喘口气。"

这么说我以为我爸能懂我的意思。不想我爸火了，说："喘什么气！他大锋朝我胸口打。她蒋惠英叫着我群山（爸爸的乳名）的名字骂，说我是回来争份子的，叫我滚回南庄去。我可是得我应该得的地，我爹在这里生，我在这里生，国家统一分的地，凭什么我不能回来领。他们老老哩（指二奶奶）欺负我娘，他们老哩（指大伯大娘）欺负我，现在可好，两个小哩（堂哥大锋及他的老婆蒋惠英）也要来欺负我。以前我为了你们三个一忍再忍，现在你们都长大了，我也一把老骨头了，我叫他大锋来打我，我不信他打死我他不坐牢。让他来打我。"

我一听，这事简单不了，堂哥大锋这次真惹着我爸了，捅了他窝了半辈子的气囊，怕是这次我爸真不罢休的。如他所说，年轻时他忍是为了把我们养大，现在我们都大了，他也老了，一把老骨头，拼了值了，多少年的一口气要放出来了。

我赶紧订从郑州到阜阳的票，不去看专柜了，得赶紧回去。王维也先回去了，给我留信息说：可大可小。我盯着信息揣摩半天。

回到家天就黑了，我爸喝了酒睡了，剩我妈守着门等我。

我问我妈："真不用去医院？"

我妈说："两根肋骨疼，贴了止疼膏药。捅了两拳，他大锋不承认是捅，说是推。你爸脱了衣服都看见了，推能红一块？"

我拿了手电筒出院子看，妈妈跟着。大锋的宅基地在我家南边，他盖的房子占了我家一溜地。打地基时我爸在外，等我爸回来，大锋说是工头不知道，挖地线外面了。工头呢，肯定知道里面的微妙，想息事宁人，使劲给我爸让烟，我爸看在大锋是晚辈的分上睁只眼闭只眼。不想房子盖起，大锋又要伸屋檐出来，我爸就不愿意了，说一次错是失误可以说得通，再伸屋檐就是故意的了，就是明着欺负人了。于是我爸不让机器吊材料盖屋檐，大锋心疼工钱，十几个人随便一歇就是大几千块，就来推我爸。我爸没料到大锋真动手，说："大锋你个孩子你真敢打我吗？你还讲不讲天理了？"大锋说："我就推你我怎么了！"又出了更重的一拳。

一会围了工人和邻居过来，我爸倒地上就坐在地上了。因为有人围观，大锋不敢再动手，就叫他老婆出来拉我爸，也就是蒋惠英。蒋惠英就去拉我爸起来，我爸不起，不知怎的，蒋惠英说我爸趁机碰她了，也倒在地上不起来。我爸不起来是仗着是老人，大锋把他捅疼了不起来。可蒋惠英不起来就是明着使计了。她坐着不起来就哭了，说我爸手碰她了，这真是要命的事，一个男长辈对侄媳妇手不干净是要吓死人了。我妈看得一清二楚，要上去扯蒋惠英的嘴，叫她改口，邻居也说没有的事，都看着呢。蒋惠英就改了口，她哭着喊着，叫着我爸的名字说他是回来争份子，叫我爸滚回南庄去。她这一叫我爸更来气了，说这话是该你说的吗？你一个侄媳妇，叫我滚回去你辈分还不够。于是我爸恼，叫着大伯的名字，叫他出来，说这话要是你教的我就跟你评理，你叫一个媳妇这么骂我你算什么英雄。还好我们族里还有个爷爷辈的人在世，我妈把他请过来评理。这个人就是四爷爷。往三十三年前数，一九七八年的那年，可就是他出面接下了我爸我妈和我姐姐的。四爷爷很老了，耳背听不清话，说不管谁，打人了得报官，于是叫了村长和书记过来。这时我的同学王维也到了。

听我妈讲到这里，已过十二点，我说我都知道了，先睡吧，明天再说。

妈妈把早饭做好，我还不想起床，但七点过，大锋他们施工的机器声响起来，我也睡不着了。我简单洗漱，问我爸一句话："你还想不想他盖成这房子？"

我爸说："这事我想过，我要举报他，他铁定盖不了，他没有拿政府批文就盖了。但是搁咱农村，掀大梁、掘坟，这都是天大的事，这事我可做不出来。"

我说："那你想怎么结束这个事？"

我爸说："他占了咱们一溜地是真，本来没多少，我也没想计较，但现在我得要他一个态度出来。还有蒋惠英，她一个侄媳妇怎么能骂我，这个得他们老哩给个说法。我就要这两样。"

我思考一会，想这应该是姐姐去处理的问题，如今落到我头上了我该怎么做。我说行，我给你把这两样东西要回来。但你以后别再跟他们硬碰硬了，我们不在，没人给你出气。我又是一个出嫁的女儿，也不能老管这些事。我爸突然哽咽，说，他可不就是看在你弟弟是个残废才这么欺负我嘛！

我跟爸妈说我去找大锋，叫他们不要出院子。我找大锋前先去找了村长和书记，叫了他们一起来。本来他们不想来，我说，你们不去，我跟大锋要是没谈妥，我可是要举报他违建的，你们可要想好了，大锋违建顶多罚款，可到你们这里就是你们失职。现在的村长和书记都不似以前的官大爷了，是为人民服务的。我这一说，书记忙说叫大锋申请了，这大锋急性子，不等批下来，转眼就盖上了。我说那我不管，没批文先建就是违建，我爸顾忌咱们农村习俗不想掀大锋的大梁，不代表我不想掀，他可是打了我爸的，我爸还是他的长辈，他的亲三叔，我要给我爸出这口恶气可是一个举报电话的事。

书记跟村长忙说跟我一起去找大锋。我们还没进大锋家的院子，书记叫我等等，他先进去说说。

像小时候一样我见着大锋叫他大哥，我说："大哥，昨天的事我都知道了，我找了村长和书记来，咱们还是把事处理了你再开工，不然你这虽是宅基地可以盖房，但据我所知你没拿批文，所以你这算是违建。你三叔对你很仁厚了，你打了他，他还是要看在你是小辈的分上也没想要举报你违建。但我可不一样，我跟你平辈，你揍我爸，我不需要对你有这个仁厚，你没有好态度，我可是要举报你的。所以现在我是来跟你商量，你要不要跟我爸道歉？"

不知道大锋是有点知错了，还是知道一旦被举报的后果，又或者是书记怕举报连累他失职提前对他说了要害，大锋听我叫他大哥面色就挺和缓的。但这时他媳妇来了，突然往我面前一站，说："你想怎么样？"

我对蒋惠英说："大锋是我大哥，我跟我大哥说话你冒不生地上来插话，你这得是多不给我大哥面子啊！让外人看到了，以为我大哥的家都是你当着。"我这些泼皮的话当然是故意说给大锋听的。

大锋脸一沉，冲蒋惠英说："忙你哩去，喳喳什么！"

蒋惠英可能在担水泥，一腿子一屁股的水泥浆。

大锋说他昨天上午跟工人吃饭喝了酒，都不记得是怎么回事了。

我说你不记得没关系，有记得的人，我爸胸口红一块，现在还贴着止疼膏药呢，我同学还给我爸拍了照片，人证物证我都有。这样，你三叔不跟你计较，我也不跟你使奓，有一算一。你能应咱们就私了，不能应我就举报你违建，另外还得报警你打了我爸。

大锋脸一沉又一提，随后，又一沉一提地忽闪几下。因为胖，脸上的肉一块一块的，像经不起剧烈运动而喘息。

大锋摸着烟，说："你说你说。"

我说："一，你打你三叔了，这是事实，你得道歉。我们没去医院，没有医药费，但你把他打疼了，你买只鲤鱼给他补补，咱们农村就这规矩，赔理赔鲤。二，你确实占了我家的宅地，按国家征收宅基标准，你占多少赔多少钱，钱肯定不多，但你一分也不能少。三，你请上我大伯大娘，再叫上你媳妇去给我爸道歉，她是晚辈不该叫我爸的小名，更不该叫我们滚蛋，就是我大伯大娘你们谁也没有这个资格。这条上再补一项，叫我大伯大娘保证，你们以后世世代代不准再说我们是回来争份子的话，这话很伤人。就这几条，我等你一天，给你时间买鲤鱼，明天上午十二点前不见你们的态度，我就举报。"

大锋又是一阵皮笑肉抖，说是是是，我跟我妈我爸说说。

我转身了又停住，看了看大锋和他新建的房子，四四方方的红砖楼，二层还未封顶，窗子位留好了，大大的窗户，想必将来那里是一个个大大的落地窗，里面布置着城市人有的一切，在这片土地上，多少代的农民终于翻身，将成为向往的城市人。这么想着，觉得这房子要是真扒了也怪可惜。

我回家吃早餐，我爸说："要是我跟你妈都不在了，大鹏可咋办？"

我不想接话，能怎么办，他们又不是不知道弱有弱的办法存活，只是看你要不要放下那个脸面。我心里其实是生爸爸的气了，他就是太要脸面了，才把自己弄得这么苦。

大伯大娘出面，该提的鲤鱼也提了，就是说话抬着脸。我让他们一行四人加四爷爷坐下，给他们沏茶倒茶，蒋惠英张不开口，都是我大娘说话。她说："我没教育好小孩，不知道从哪听来的话都往外说，你们是亲三叔亲三婶子，说起来都是亲老哩，别跟小孩子一般见识。你不举报俺，我这代表一家子谢谢你，好了吧。这样说行了吧？"

我看爸爸的脸色，又看四爷爷的脸色。四爷爷耳聋听不见没有反应，我爸低着头不吱声。

我看大锋，大锋低着头。我说："大哥大嫂的态度呢?"

大锋用胳膊肘捅大嫂,大嫂破口大骂:"你个孬种捅我干吗,不是你让说哩?"

大娘一看场面很乱,忙开口说,好了好了,大锋代表说一句。

大锋说:"我喝了酒真不记得了,要是惠英真那么说了,那得给三叔赔不是。"说着站起胖身子低一下下巴。

本来我们是占着理,人家才勉强有这么一场道歉,走形式,不是真想道歉。这点上我跟爸爸无不是心知肚明,一辈子的冤和怨了,彼此都在肚子里积成结石,此生难化开,我爸也未必稀罕他们真有歉意。

我觉得差不多可以收场了,眼不见心不烦,赶快送他们一家人走是上策。我说:"好了好了,都还没吃午饭,早点回家吃饭吧。"爸爸妈妈都坐着没起来,我把他们一家人送了出去。

我爸说:"装都装不好!"

我说:"那你还想怎样,要不是书记怕失职、大锋他们违建怕咱们举报扒他们的房子这两层关系,他就再捅你两拳也不会上门来道歉的。他们什么态度你心里很清楚,有个形式就好了,你还真希望他们诚心道歉,那是妄想。"

四爷爷好像打瞌睡醒过来了似的,说:"都走啦,好,我也回家吃饭去。"

我妈让四爷爷把鱼拎走,四爷爷不肯。四爷爷前脚走,我妈后脚就把鱼尾剁下来挂院门上了。可是,有什么意思呢！在这层关系里，爸爸妈妈真的从此就不虚弱了吗？

我想借机歇息两天，妈妈见我不急着走，忙去后院杀鸡。我没阻拦我妈，我实在太想好好在这片大地上睡一觉了，像小时候放牛放羊，任它们在河边大口大口吃草，我在河半坡上躺着看树叶动，看风卷河面，看云吹散，然后在不知不觉中闻着身边的青草睡着了。如果可能我想再那么睡一回，一觉睡到三十一年后的今天，中间什么也不必发生。

新房子原意是给爸爸妈妈有个好房子住盖的，后来做了弟弟的新房。但弟弟在外不回来，弟媳在县城不回来，他们的卧室和楼上为马小花准备的房间都空着，三楼更是连装修都没做，空荡荡的，人走上去，抬脚走路都是回声。我选了二楼一个房间叫爸妈置了床和柜子，偶尔回来时住在那间房里。房里除了新置，有一件从老宅搬来的书桌，是当年我和姐姐房间里的那个，看着感慨万端。去年我回来，我要从一堆杂物中搬这个书桌过来，妈妈不让，妈妈说看着她的旧东西容易想那个人。我说想就想吧，要想不看见旧东西也是想。妈妈说，那还是不一样，不见那个东西忙着过日子想不起来，什么时候找东西碰着了，本来手里忙得不得了，身子就是挪不动，干不动活，还是不见好。我说，我没事，我就要见着多想想她，想她那么小在院子里忙这忙那的，我才能把她这份当老大的活接了，不然我真是不想管你们这些破事，一会这了，一会那了，我那么小出去，这那的跟我有什么关系？

你这又生气了，又嫌我们拖累你了。

不光嫌你们拖累我，是我也想不明白我为什么要做这些事情。大鹏他受伤了，也没个教训，又去搞传销，你们还把电话打到阿宝爸爸那里，你们就不想想我为不为难。妈妈哭了，我也蛮后悔把这些话说出口。

又经一年人世间的磨砺，像去年那些话我是再不会说出口了。我很快睡着了，直到妈妈在一楼开抽油烟机炒菜，响动和香味飘上来，我还在迷迷糊糊的梦中。

第七部分　我和你

1

　　姐姐觉得她考得很好，但为什么没能上县里的初中呢？姐姐只当自己糊涂了考砸了，还觉得对不起一直关照她的班主任。她五年级的班主任是教地理和历史的老师，副科老师当毕业班的班主任是有说法的，因为这个老师教出来的学生地理和历史在整个县里的考分总是第一。姐姐的语文也好，作文可以拿到县里去比赛。数学也好，她的数学老师别提多喜欢她了，一有验算题就叫我姐，"陈平平你上来给同学们验算一下。"姐姐坐第一排，路少，平平常常地低着头上去，一点儿也不扭捏。要是写得意了下来时就笑一下，笑还是低着头笑，平平常常走路一样下来。老师说姐姐稳得住气，将来能成大事。等到教我时就说我跟我姐不像一家人。

姐姐四门课都好，没理由考不上县里的初中。她去找语文老师道歉时，语文老师都想为她哭一场了。

姐姐到了乡里的中学读初中。这几乎毁了她。

我虽然学习差，也考上了乡里的初中。那时候考不上初中的就只能自动下学了。初中分班是按考试的成绩好坏的比例分的。记得当时乡中学有三个班，我在甲班。

小学在大队上，生源只是一个大队里几个村子的学生。初中在乡里，生源是几个大队上来的学生。人就越来越杂了。我上初一后第一学期就遇着老师罢课。姐姐比我好运，她上初一时刚好遇着这个学校的第一批大学生往乡级的中学分配。那些大学生很洋气，女的烫发穿到膝盖的短裙，男的戴眼镜穿西服。这些大学生老师，不但教姐姐她们说普通话，还教她们办联欢会，教男同学如何礼貌大方地环着女同学的腰跳舞。初中一年级姐姐他们学得还是很好的，因为大学生老师刚分下来，还觉得乡村新鲜，还没有养起脾气。但到了第二年大学生就有想法了，一个个要设法调走。女老师要嫁回城里人，男老师要跟城里人结婚，简直是八仙过海各显神通。出生在大城市的大学生老师后来都回大城市了，调不走的大学生老师不满乡级中学的待遇，开始罢课，开学很久老师也不到位。他们的理由本来是来实习的，怎么就要他们留在这里不走了，他们不同意把个人关系调到乡校来。

我们那时候读书，初一才开始学英语。大学生一来，原来的英语老师都免掉了。为了提倡普通话，语文老师也都换了。我们这一届开学后，大学生老师罢课不到位，老老师又免掉了，我们班上是既没有语文老师也没有英语老师，学生的心一开学就散了。数学老师是个老老头，有人没人他只管上他的课，从不操心有多少学生上课，有时他一抬头发现少一半，他问人呢，还在的学生就哄堂大笑。

姐姐的班上也没好到哪里去，教了他们快两年的老师也罢课的罢课、回城结婚的回城结婚。

我们班四十七个人，只剩二十一个，这时还有我。有个班还剩十七个，学校把原来的三个班拼成两个班，我被分到乙班。乙班基本全是差学生。春末一次逃课被我爸发现了，我爸生气地对我说："你要不好好学，你回来种地，别浪费钱，一学期七十二块钱，还有学杂费，你以为少啊。"社会变得很快，学费也升得很快，姐姐前一年上初一才五十四块钱，到我就七十二了。

我是在外逃课被我爸抓个现行，一点也抵赖不了，低着头不敢笑也不敢还嘴。我爸把我领了回家，也不跟我说话，他自己又出去干活去了。

爸爸给瓜园里干活，他是大人，一天五块钱。晚上回来，他说像我这么大的小孩一天干满也能拿四块钱，我要是不想好好学了，把钱省下来供我姐读，他觉得我姐是能安心读好书的，将来肯定还得往上供。

我说不上就不上，瓜园不是一天能赚四块钱吗，我给你把学费赚回来还不行吗？第二天一早，我就跟我爸一起去瓜园了。

我爸以为我干几天就干不下去了，会想要回头上学。但是我没有，我跟我爸商量，早上我不去，我要睡懒觉，我只干上午和下午行不行。

爸爸听了怪寒心的，把饭碗一撂："你想怎么样怎么样吧！你要是不上学了，我跟你妈以后也轻松些。你赚的钱往不往家里拿不要求你，你不花钱了就是为我们省的了。"

姐姐害怕，吃完饭去洗碗时把我拉到灶屋里问我："你真不想上学啦？"

"真不想上。学习不好上学能干吗？你有本事学好，你好好上吧。将来你上大学少不了好多学费。你别劝我上，我真回去上了，将来你考上大学可能都没钱上。"

这一年是一九九二年的春天，我虚岁十三，已经懂得说狠话了。

姐姐爱哭，一边刷碗一边哭。

隔几天一个小雨的下午，瓜园里不上工，我去学校把板凳搬回来算是正式辍学了。

跟我下学前后脚的时间，大我一个月的堂姐也辍学了。她上学晚，还没上初一，她才五年级。我们一起在瓜园里上工。慢慢的我们都能上满工了，早上也去，上午也去，下午也去。很快，一学期的学费我就赚回来了。

我跟堂姐在瓜园一直做到秋天。瓜收完了，种大白菜时不用那么多人，我们商量着去城里找活干。后来她去了饭店端盘子，我去了一家裁剪铺做学徒。堂姐端盘子直接拿工资，我当学徒期还得交饭钱。学了三个月我走了，我可不想还回去找我爸我妈要钱。过了生日，说起是十三周岁，虚岁已经十四了，我觉得我是大人了。

年底年后的时间，我进了一家服装厂做事。一家私人的服装厂，做衣服反着季地来，夏天做秋衣秋裤，冬天做背心裤头。偶尔也有停工的时候，一停十天半月的，这段时间，老板就只管我们吃饭，不发工钱。我们在城里玩得也算开心。

一个小小的县城，几条街就走完了，百货公司只有两层，新华书店只有两间。一个城里，只是城北的几个厂子里的烟囱高高的，看着雄伟，让人望而却步。剩下的地方能去的我们都去过了。

我们很快对这个县城厌倦了，对夜晚街上的露天歌厅也厌倦了，我们想到了电视里说的南方。

秋季，我跟我爸说我要出去远的地方打工。这时姐姐已经在合肥读完中专一年级了，刚升二年级。虽然这时我很想出去，并无门路，爸爸说先让我跟菜园的大白菜车去合肥看看姐姐，过完这年再想办法。爸爸多少还是不放心姐姐一个人在合肥，怎么人才去合肥一年多，就变得病快快的了。姐姐是一直身体不好，爱生病，也因为这个爸爸让她读了医校。但姐姐以前再生病，人看着还是健康有力气的，自从去了合肥读书后，她变得一点气力也没有了，就连说话的气随时都要断了。爸爸本来以为读了医校不说工作，自己的身体总能调养好吧。但事实上，姐姐是越来越虚弱了。

大白菜车很大，白菜也堆得很高。驾驶室两人，后排三个大人加我一个共坐四人。在走之前他们就计划好了行程，到达合肥的时候最好刚刚好是黎明，这样就不用在城外等待，可以把车直接开去农贸批发市场。爸爸妈妈想给姐姐准备一些东西带上的，后来想想还是什么也不带了，他们想省城呢，什么东西有钱买不到，就连妈妈给姐姐做的馓子也只是带了一书包那么多。我早就给姐姐准备好了礼物，是我们厂生产的运动服。这是早早就准备好了的，并让服装厂的老板从我的工资扣去相应的费用。我给自己选的是鹅黄色的，胸前绣的是一只活泼的小狗，给姐姐的是一套乳白色的，除了袋口有一点绣针装饰，其他地方什么图案也没有，看上去干干净净的。

白菜车按计划的时间出发。车顶上盖着一张很大的帆布。在最中间的位置装车的时候就预留出一个浅窝，人要是在乘车室里坐累了可以到后面这个浅窝里躺着。

我和一个十七八岁的女孩没坐多长时间就去到浅窝里躺着，等睡一觉醒来天色已黑，一个圆圆的黄月亮随我们快速地去省城。

她是选去卖大白菜的。她会唱很多孟庭苇的歌，其中有一首叫《你看你看月亮的脸》。刚好我也会唱这首歌，她一起头我就跟着唱了起来。她起初有些烦我跟着唱，我一唱她就停。几次之后我想她是不喜欢我跟着她一起唱吧，就不唱了，静静地听着她唱。不知道乘车室的人能不能听到她唱歌，要是能听到应该会鼓掌的吧，她唱得实在是太好听了，好像电视里的孟庭苇躺在了我身边一样。她唱《冬季到台北来看雨》，好像都要哭了。

她后来唱累了，问我："你知道台北是哪里吗？"

我说："就是台湾吧。"

她说："台北不是台湾，台北是台湾的一个地方。"

我不知道，我没有回她。后来两个人不说话了，听着风声从我们身边吹过。她读完了初中，家里人不让读了，然后她就一直在瓜园里干活。春天夏天忙着种西瓜，秋天收白菜，她这已经是第二年帮人卖白菜了。

我有点不太懂事，我跟她说我的姐姐在合肥读书，我是去看姐姐的。她忙问我姐姐多大，我说十六岁，她喔了一声，说她十七了。

我们聊起来，她竟跟我的姐姐一届，只不过不在姐姐的那个班。她在的班上班主任还是老教师，姐姐在的班班主任是大学生。她说姐姐那个班的学生都跟着大学生老师学坏了，每年开学和放假都要开联欢晚会。她知道我姐姐，就是做主持人的那个。那个男主持她也认识，他的妹妹跟她一个班。她还说，那个男主持追求我姐呢。我说，啊，我可不知道。

初一第一学期结束的时候我还参加了她们班上的联欢晚会了呢，竟想不起那个男主持长什么样子。

我问她还去上学吗？她说："还上什么。我家里都给我说婆家了。"

她还会唱郭富城的歌，叫《独自去偷欢》，我听不懂歌词，多少会一点调，偶尔也会跟着她唱。她不烦我了，由着我小声地跟着她唱。

2

我们如计划在黎明时分到达合肥一处农贸市场。我帮着卖了半天白菜，一到中午就拿着爸爸给我写的地址去坐车找到了姐姐所在的学校。如今想来，学校是个什么样子我是一点儿也记不起来了。但我记得她们的宿舍，一共住了六个人，姐姐住一个高低床的下铺，床上干干净净的。她床上拉的布帘，白底上印染了蓝色的小碎花，说不清那是什么花，淡淡的，在我看来十分好看，我觉得用来做连衣裙也会很好看。姐姐的被子是淡蓝的，床单则是姥姥还在世时织的粗棉布。这种布好像怎么也用不烂，我很小的时候就在用，十几年过去了也不见破，而是布料更柔软，染线织得条纹颜色更柔和了。

姐姐高兴见着我，用她的饭盒给我打饭吃。那天晚上，我吃了一个馒头和一碗稀饭，还有很多菜。姐姐说她用了三张饭票。反正我吃得很愉快。第二天我没回农贸市场去帮忙卖白菜，上午在姐姐的宿舍里等她下课，下午她跟两个同学一起带我去了包河公园。姐姐还在公园大门口租了一部相机，买了一个胶卷，我们四个人整整照完了一个胶卷。姐姐穿着我送给她的白色运动服，正如我想的一样，非常非常好看。我也穿着胸前有一只小狗图案的运动服，姐姐也说我穿着很好看。

第三天一早我回了农贸市场帮他们卖白菜，已经接近尾声了，只能零卖，我也帮着卖出了不少。

第四天的下午姐姐跟她的一位同学来看我，还好这天她来了，不然我们夜间就要出城走了。

姐姐给我带来了一双黑色的皮鞋。这太让我意外了，这双鞋没有多漂亮，但是我的第一双皮鞋。

姐姐的同学说："你姐姐要两个月不吃饭了！"我问姐姐很贵吗？姐姐不吭声，说没事，她的钱够花。还是她的那个同学多嘴，说你姐姐很省的。我当时身上带了一百块钱，要拿给姐姐，姐姐怎么也不要，我只好把一百块钱分成两份，一半给她一半自己留着，她才接下。然后姐姐的那个同学说："这下好了，你姐姐这两个月又有饭吃了。"我姐打她的同学。她的那个同学咯咯地笑，看她那样子跟我的性格应该很像的。她笑起来嘴咧得很开，鼻孔张得很大，眼睛眯成了一条缝。我没有觉得她长得不好看，反而是后来很多年后还一直记得她，记得她那天下午咯咯笑的样子。

我介绍我姐跟来卖白菜的那个女孩认识，那个女孩突然不承认她跟姐姐是一届的学生。她说她没有读过初中，她不认识我姐。那个女孩走开了，姐姐还笑我说瞎话。

大白菜车空了，连夜装了一车化肥往我们的那个地方拉。我跟那个十七岁的女孩还是躺在车厢里。化肥没装满，才只是半车，我们一点也不担心车颠簸时会掉下去了。

夜里我们看着星空说话，我问她为什么要说瞎话，害得我姐和她的同学笑话我。女孩说，你个小屁孩你懂什么。我看她有些生气害怕她，她眼睛不眨地盯着星空大声地唱歌。

回来后，我还是回到服装厂上班。厂里搬了新址，老板自己买了一块地盖了一排楼做厂房。老板是下海的高中英语老师，老板娘也是老师。老板娘的三妹妹二十六七岁，烫着大波浪的头发，穿着很紧身的皮裤子，什么时候见她都穿着高跟鞋。她还会开车，每次都把车喇叭按得很响，连在二楼车间的我们都听得见。她把车停稳后，会扭着身子下车，有时先出大波浪头，有时会先出屁股。先出头的时候只是挎个包，先出屁股的时候总是从另一个位置上拖出很多的东西。大包小包的。然后她吃力地抱着那些东西嘚嘚嘚、嘚嘚嘚地踩着高跟鞋去她姐姐的卧室里。

我们的老板娘没有她这个妹妹漂亮，身体有些矮胖，脸色苍白，一天到晚喜欢吃瓜子。

没来这个服装厂做工之前，我以为我们整个县的人都很穷，都不可能有电视上那样有钱的人、那样漂亮的人。后来我知道我错了，什么地方都有有钱的人，都有很好看很漂亮的人。

3

进入腊月，我们部分人开始放假，留下几个人在厂子做包装。

第二年开年做了两个月后，我们又有一部分人放假了。这时我们村一个我按辈分叫叔叔的人从广东回来办事，走的时候，爸爸请他把我带出去。

我们村出去打工的人基本都在广东省一个叫普宁的地方，最先出去的是一个人，后来有十几个人。男的多，他们大多在建筑工地上干活。女的听说只有一个，比我大好几岁，是比姐姐还高一届的初中毕业生。听说她在玩具厂上班，一个月能拿三百多块钱的工资。

妈妈帮我打了一个包，包上一床粗布被单和我的几身衣服。然后把家里的鸡蛋都煮熟了，用一个塑料袋子包上塞进了我的包里。妈妈还想给我带床被子，叔叔之前交代了爸爸，不用带被子，那边热，等到冬天也赚了钱了，在那边买。我还记得，妈妈一边给我包鸡蛋一边哭，说再过几天就到端午节了，就不能过了节再走吗？我被妈妈的举动惊着了，原来妈妈还会为我哭的！这惊讶让我一时想不起以前追着我打的妈妈了，眼前的这个妈妈看起来非常软心肠，好像那种看到路边没人要的孩子都要流眼泪的人。我看看爸爸，爸爸绷着脸不说话，我也不敢说话。

爸爸把我送到客车上，然后跟我的这位叔叔紧紧地握手。我爸用两只手握叔叔一只手，握了又握，好像不想把叔叔的手还给他。一车人不可能让我爸爸就这么握着叔叔的手不放，都说"放手吧，放手吧"，爸爸才放了手。爸爸放手了，还是一脸对叔叔讨好地笑，眼眉都变形了，爸爸这么笑也让我觉得不像是以前的爸爸了，好像一个假的爸爸。

我跟着叔叔从县城转车去河南驻马店坐火车。到了火车站要排队买票，我们排在队伍的最后面。不一会，我们的后面也排了很多人，这时不管往前还是往后看，队伍都看不到头。

我们都没有座位，一直站着。火车越往南开人越多，后来从门口都上不来人，都是从窗户往里爬。爬进来的人脚落了地，不知道该站哪儿，点头哈腰地冲人笑笑，好像说："我就站这儿吧。"这样的笑让我想起送我们上车的爸爸，但没有我爸爸笑得那么用力。爬进来的人要是女孩不太有人计较，要是像叔叔一样年纪的男人，会被人挤到后面去，不管他怎么点头哈腰都没有用。我因为个子矮，每次上来人后都会被叔叔推到两排座席间的桌子旁站着。叔叔也像从窗户爬进来的人那样向人讨好地说："孩子小，让她往前站。麻烦照顾照顾。"没有谁愿意往后退，都指望着通过窗户向外看看，不然视线无处安放脚底下站不稳。

两个座席，有时能坐三个人四个人。谁实在站不住了就只好讨好座席上的人，"劳驾你让我坐会吧，腿要断了。"求爷爷告奶奶一样。找人让位得找对人,得找面善的人,不然你怎么说他也当没听见。两个黑夜一个白天的路程,谁不想多坐一会儿。

到了天黑,站不住的人开始找睡觉的地方。男的爬行李架,抱着行李睡。不怕脏的会坐下去缩到座席底下,也没什么好垫的,就那么缩进去就睡着了。车上总归是男的多,女的少,能挤着找个位置坐下的大多是女的。

我抱着一个牛仔包打瞌睡,把脸放在包上,有时就真睡着了。睡着了也不会倒下,后面人挨着人,脚挨着脚,我的前面就是桌子,实在是没有地方能倒得下去。

我已经站了大半天了,两条腿立不起来,全靠上身往上提着才不会往下弯。一个比叔叔大好多的男人,看我实在撑不下去了,叫我坐在他的旁边。这时两个人的座席上已经坐了三个人,我被那个男的拉着坐在了他与过道位置上的人的中间。靠过道的人不敢吭声,因为三个人中只有这个男的有票。他曾掏出票给坐在他位置上的人看,"我有票,我有票,你坐的是我的位置。我让给你们坐,你们不给我坐了,天底下哪有这个理!"我坐下时,腿像有很多的刺扎进去一样,不疼,只感觉有东西往里扎,从扎出来的孔里往外冒一股一股的冷气。这感觉让我想到用妈妈纳鞋底的针扎装了水的塑料袋,水直线型地往外冒。我管不了认不认识他了,把行李包放在腿上很快趴着睡着了。

下半夜了,天将亮的时候,我感觉我的手被人拉着,开始我不愿醒来,我的手从手指慢慢被人握在了手里。我终于醒来，见正是给我让位子的男人拉着我的手偷偷摸着。我抬起头找叔叔，没见着叔叔我不敢吭声。我还想多坐一会儿的，我想最好能给我坐到下车，所以我不敢发出声来。

我只暗暗地反抗着，把手使劲往回缩，男人也感觉到了，不再抚摸我，但是还是握着我的手不放。

我又醒来，是因为他埋着脸偷偷用嘴唇蹭我的手。我突然一阵恶心，想吐，比毛虫子在手背上爬还恶心。我猛地起身时把坐在过道位置上的人冲倒了。他醒来了，一脸的埋怨，用眼睛狠狠地瞪着我。我说我不坐了，我要站着。他站起身让我走了出来。车窗外透进来微微的光，我看到叔叔就站在后面一排，他看着我站出来的，伸出手把我拉到他的旁边。我心里很委屈，但是不敢说也不敢哭，只能一口水一口水地往肚子里吞。其实嘴里根本没有水，并且那时非常口渴。

快到中午时，叔叔上了一趟厕所后就回不到我身边了，他只好远远地叫我的名字，叫我在原地不要动，他等人挤得动了就会过来。他还从厕所的窗户买了一袋橘子进来，让人传递给我。皮子青青的橘子，我以前没见过也没吃过，不知道能不能吃。后来见身边有人剥了皮，里面是红红的，赶快学了别人的模样剥开来吃。又酸又甜的橘子，吃了两瓣心里顿时清明了起来。这一站已是九江。

这辆火车是要到广州的，我们不去广州，我们去普宁，叔叔说要在韶关下车坐大巴去普宁。我下了车，不敢离开叔叔半步，紧紧地拉着叔叔的衣服。从小到大，我没见过这个叔叔几次，见时也没跟他说过话，他不是我的亲叔叔，但这时他是我唯一信赖的人。我嘴里叫他叔叔，觉得像叫爸爸妈妈姐姐一样的感情。

等我们下午坐上大巴，我就开始睡觉，我已经整整三天两夜没有躺着睡了，我睡得很香。等我醒来，见外面灯光照亮的地方写着汕尾。叔叔还在睡，或者他中间醒过我不知道。我没有叫醒叔叔，我趴在车窗往外看，一直到清晨。过了汕尾不久，太阳还没有升起来，车就到了占陇，叔叔叫我下车。我抱着我的牛仔背包下了车，心里想，终于到地方了。

叔叔直接把我带到一个工厂大门口。厂里还没上班，门卫是个老头，叔叔上前问能不能叫一下陈芳。我没敢跟过去，自从上了火车我就傻了，我眼目看到的世界跟我想的完全不一样。等到了占陇从客车上下车脚落了地，更是觉得这个世界奇怪，做梦一样。下了车从一条小路到玩具厂门口，一路都是红色的地面，说土不像土，说沙不像沙，可能是这几天下过雨，路面的水洼也全是红的。澄清的水洼能看到水还是透明的，被车轮新碾过的地方水则是红的，什么浆一样。

叔叔问过门卫回到我身边，告诉我要等上班了才能打分机去陈芳所在的部门。

我有些失语，像累得没缓过劲，也像迷路。叔叔说什么就是什么，我也不问。

待到上班时间，叔叔说了陈芳所在的部门，门卫也打了电话，但等部门的电话回复过来，门卫说陈芳已经离厂，部门没有这个人了。

叔叔的眼睛瞪得大大的回来，告诉我这话时还是那样瞪着眼睛。我不知道发生了什么，只能看着叔叔。我有什么话要说，发现开不了口。我已经第四天没洗脸了，叔叔也没洗，我不知道我的脸上是不是也像他的脸上一样看上去有黏黏糊糊的东西。

只听三叔说："先跟我去工地吧。"我捡起地上的背包，跟着叔叔又沿着那条有水洼的小路离开了。

叔叔在路边买了早餐，我像叔叔一样端着碗蹲在地上，努力把嘴张开喝了一碗温烫的青菜粥。叔叔问我吃不吃油条，我说不吃。说完我发现我又能开口说话了。

坐了小巴，然后又转了摩托车，到了叔叔在的工地。叔叔让一个女人带我去洗澡，很简陋的一个地方，用木板和塑料布围起来的棚子，门也关不严，我试了几次才把门缝对齐。我不敢站在棚子的中间洗澡，一间房子那么大的洗澡间，让我觉得太空旷了，只好躲在一个角落蹲下慢慢地洗。

这边天气已经炎热，洗了澡我换了一件粉红短袖衬衫，然后又洗了衣服。工地上就开饭了，我跟叔叔他们一样端一个大海碗蹲在地上吃饭。

叔叔跟大部分的人讲普通话，只跟几个人讲家乡话。跟叔叔一样讲家乡话的人我一个也不认识，听叔叔说是蒙城和太和的。蒙城和太和是离我们县很近的两个地方。他们的家乡话跟我和叔叔讲的不太一样。有个女的问我，会讲普通话吗？我想了想说，会啊，我在合肥时跟姐姐的同学讲过普通话的。她说，那你要开始讲普通话了，普通话讲好了，出去找工作跟人家说话人家才能听得懂。我说好，我试着开始跟她讲起了普通话，但讲一会普通话又不会讲家乡话了。这个女的是工地上煮饭的，河南人。家乡话跟我们差不多。我帮着她干活，洗菜切菜都做。不煮饭的时候，她也做小工，挑水泥，或者往手推车里码砖。我跟着她试了试挑水泥的活，发现水泥太重了，我根本挑不动。她不让我做这些事情，说这些活不是一个小孩子干的，然后笑吟吟地跟我说："你现在做这些重活，将来就长不高了。"

工地上有人定时送菜过来，在工地上待过几天之后，有一次我坐送菜的人的摩托车又去镇上找工作。我比起下大巴车时精神好多了，虽然还是有点稀里糊涂像在梦里一样分不清方向，但我学会了记路，记左右，从哪里来就从哪里沿路回，慢慢地就能自己在镇子上走动了。

那时的招工广告都是贴在路边的墙上或电线杆上，我看到有招工张贴也去找到工厂见工（应聘），可我没有身份证人家不要我填表，一连几天我没有一次见工成功。

有一天在回去的路上，我见一个路口的电线杆上写着招菜园女工，我找了一家士多店打了电话过去，告诉接电话的人我在什么地方。不多时一个骑摩托样子黑黑的男人过来接我，他说他就是接电话的人，是菜园老板。

他是本地人，会一些简单的普通话，我们交流起来没有太大问题。他让我坐上他的摩托车，抓住后座上的铁架，然后很快地朝一条水泥小路上开去。

到了地方，见过菜园的老板娘，听老板娘跟老板商量后，老板娘可能觉得我做不了什么活，跟我说包吃住一个月两百块，问我做不做。我没有意见，我说包吃住我多少都做的，然后听了老板娘的安排。老板娘叫我负责带她的两个儿子和洗衣服，事情做完后还要帮她割菜捆菜，反正地里的活我能做什么就得做什么，做不动再说。她的普通话不如老板讲得好，但好在还有一个大约五十岁的江西女的给她打工，她帮忙给我讲解了一些老板娘的意思。我后来叫她黄阿姨。黄阿姨负责煮饭、种菜、割菜、浇水等一切菜园里的活。

我当晚留了下来，用老板家的电话给叔叔的工地上打了一个电话，告诉他我找到工作了，明天去工地上拿我的行李。叔叔电话里确定我不是被骗了之后说："那就先干着吧，等你家里把你的身份证寄来，再去找工厂做。"我说："好。叔叔你放心，我没有被骗。菜园里还有一位黄阿姨是打工的呢。"

"你能把那一位黄阿姨叫过来跟叔叔讲一句话吗？"叔叔说。

我说能，慌忙放下电话跑出去叫黄阿姨。黄阿姨听到我叫，拍拍手上的泥来了。黄阿姨嗓门很大，冲电话说：

"你放心，都是出来打工的，我会教她的。"

黄阿姨说完话叫我听电话，叔叔说："好。你就在那儿做吧。"叔叔似乎真的放心了。

我打完电话，坐过去跟大家一起吃晚饭，不知道谁给我装的饭，满满的一碗。晚饭除了白米饭和炒菜，另外有一碟软软的红色绿色的东西，我不知道是什么，没敢吃。饭桌上要么是老板娘跟老板说话，要么是老板娘跟黄阿姨说话。不管老板娘说本地话还是普通话我都听不太懂，只听黄阿姨答"我知道，我知道"。等大家吃完饭，我帮黄阿姨收拾碗，问她那一碟红的绿的是什么。黄阿姨说："草果，昨天端午节老板娘做的。供神的。供完神就给人吃。"我才知道昨天是端午节，但是昨天叔叔他们工地上怎么没有过节呢？我以为黄阿姨煮饭也应该是黄阿姨洗碗，老板娘叫我洗，让黄阿姨给两个孩子洗澡。老板娘这么安排我没有说什么，想想洗碗我还是会的，那就洗吧。洗碗和给两个孩子洗澡，我宁愿洗碗的，两个孩子是男孩，我可不想看着两个男孩子光溜溜地站我面前，然后我还得给他们搓澡。

第二天天刚亮，我就被叫起来干活。天彻底明亮之后，老板就已经驮着四大筐菜出去送菜了。他是批发给人家，也会往工厂或工地上送。但要是批不完他还得零卖完才回来。说好的我今天去叔叔的工地上拿行李，吃过早饭，把老板一家人的衣服洗完，到路边坐了一辆摩托车到大路上去坐小巴。

傍晚的时候我回到菜园，老板娘说，这一天不能算上工，从明天起才能算。我接受老板娘的安排，然后我自己把行李拿到黄阿姨住的屋里。我看到屋里比昨天多了两块木板，知道是老板娘为我准备的，就自己把木板搭在一个看着像床又不像床的砖台上，把行李放了上去。我不会支蚊帐，去找黄阿姨帮助，黄阿姨正在地里割油麦菜，她不愿意帮我，说我都是出来打工的人了，又不是在自己家里，别那么娇气这也不会那也不会的。老板娘也在割菜，黄阿姨那么说她也没吭声。我听了黄阿姨的话没敢回话，转回去屋里。我想，原来黄阿姨并不像她跟叔叔说的那样会教我做事的。

我看着黄阿姨的床，学着在四个角竖着支起四根竹竿，然后再把穿到蚊帐里的四根横的竹竿用绳子与之前的四根竖的竹竿绑在一起，蚊帐就支起来了。支好后，我还上去躺在里面试了试，感觉还是很好的。昨天我跟黄阿姨睡一个床，她的床很大，有我的床两个那么宽。

夜里，黄阿姨打呼噜。早上天不亮我们就得起床，她穿好衣服后问我："我打呼噜吵不吵你？"

"不吵。"我说。第一次，我发现我不敢说实话。以前不管是在家还是在县城打工，我都是不撒谎的。在县城打工时，有个胖胖的裁剪工也打呼噜，都不用她问我，我都会找着跟她说："你打呼噜吵死了。"

黄阿姨起床后煮饭，我跟老板娘整理昨夜割下来的菜，去黄叶，扎捆。然后一把一把地排在四个大筐子里。扎捆的送给固定的客户，散装的是要到市场上批发或者零卖。两个大筐挂在摩托车后座的两边，两个小一号的筐子放在两个大筐上面。大筐下面有铁架托着，上面有木棍架子隔着，等大筐空了，把木棍架子拿开小筐可以直接坐在里面。老板的摩托车很大，四个筐子架上去，看上去还是稳稳当当地不会倒。摩托车是烧柴油的，发动起来，嗯嗯地响，很有力，听起来又很倔强。

等老板吃完饭上路，天才真正明亮。这时，老板的两个儿子也在屋里叫了，他们每次都是被老板的摩托车发动起来的嗯嗯声吵醒。然后就看他们光着屁股出来朝水渠里撒尿，等回去上了床才叫妈妈给他们穿衣服。

等老板娘给两个孩子穿好衣服出来，我们一起吃早餐。早餐是一锅清水稀饭和萝卜干，谁吃谁装。老板吃剩的一锅炒米饭是黄阿姨分好碗的。分多少吃多少，没有多的可以添加。

吃完早餐，我的第一件事是洗衣服。我没来之前，洗衣服是黄阿姨的活，现在分给了我。

等我洗完衣服搭在菜架上晒好，就要马上加入老板娘和黄阿姨的劳动。挑水、浇水、锄地、培垄、栽苗、搭架，反正她们干什么我得干什么。到中午时，黄阿姨去煮午餐，我还要留下来继续跟着老板娘一起干活。说要我带两个孩子的，只是偶尔老板娘看不见两个孩子了才叫我去找回来。两个孩子大的五岁小的三岁半，大的带着小的玩，知道有水塘的地方不能去，有水草的地方不能去，确实也不太需要我去看着。

我在菜园打工的几个月里，两个孩子只有小的有过一次危险，掉到了自家的水塘里，但是大的已经很懂事了，拿了长柄水舀子准确地舀起了弟弟的头，然后叫他抓着水舀子爬了上来。爬上来了才抹着脸上的水哭着来找老板娘，我们也才知道细弟掉到了水塘里。

天越来越热，好像已经是我们皖北的炎夏。但比皖北的空气潮湿，稍一动弹，就出汗，身上黏黏糊糊的。吃完早饭，我去小溪边洗衣服，两个孩子会悄悄地跟着我去小溪里玩水。我第一次去小溪边，就是老板娘让他们两个带我去的。老板娘说："大弟、细弟，带外省妹去洗衣服。"大弟听了还愣一下，细弟反应得还快些，撒腿就往外跑。细弟跑开，大弟才跟着跑。我提着桶远远地跟在后面。他们兄弟俩到了之后一直面向我，看着我到达。小溪的水不知从哪里淌来的，很清澈，一直哗哗地流。我因为分不清方向，不知溪水是从哪往哪里流。溪水看着不深，我蹲下来洗衣服后，大弟扑通一声跳进了水里。溪水受到搅荡后并不浑浊，不像老家的小河，脚一下水，水底便起一层泥雾起来，像天上翻滚的云朵。细弟警惕些，要蹲下身把脚伸到水里，身子才慢慢地往下滑。水看着不深，等两个孩子下去，深的地方也能漫着大孩子的胸脯了。大的很无畏，在水里扑腾起来，尝试着把水撩拨到我身上。我冲他们笑，细弟原来看着大弟，见我笑，哈的一声也笑了起来。笑起来我以为是把我当朋友了，哪知他也撩起水向我洒来。我突然意识到我表达错了意思，我不应该笑。

　　我挽起裤腿装着下溪水里打他们，他们笑哈哈地从另一处上岸了，拿起自己的衬衫，穿着湿的短裤跑开了。

　　他们跑开，我才真正地洗起衣服来。我在家用搓衣板洗衣服，想想在这里只能在石头块上搓了。

　　溪水一直地流，上游也有人在洗衣服，下游也有，可水一点儿也不见脏。

　　我在这个菜园做了六个多月，到大约农历的九月底或十月初，因为这年闰八月，阳历已经是十二月初了，潮州平原的秋意已明显到来。我被老板娘辞退了。

　　因为头天我请了一天假去找叔叔，看家里把我身份证寄来了没有。但是等我找到叔叔曾经在的那个工地，大楼已经建好了，叔叔他们已经离开了。我没找到叔叔，回到菜园后觉得后怕，便躲在蚊帐里哭。我那时想事情还不周全，没想到叔叔可能会给我电话，只想我再也找不到叔叔了。

　　老板娘听见我哭，走到屋里，说了句潮州话又出去了。然后叫黄阿姨来问我怎么了，我不想说话，只是强忍着把哭声减小一些。可能真是哭得太久了，惹得老板娘不高兴，说："哭，哭，哭，只会哭还出来打什么工!"之前我觉得委屈时也哭过几次，哭一哭心里舒服些，便不用人劝自己就不哭了。吃饭时红肿的眼睛他们也是看到的，有次老板娘叫我哭着不要吃饭，我便真不吃饭了躲屋里去哭。老板不知道冲老板娘说什么了，老板娘追着老板一顿狠骂，惹得老板要扬手打她。老板发起脾气来，说话连珠炮一样，老板娘就不敢吭声了。

这天晚上我没有去吃饭，第二天早上像往常一样早起，因为芹菜捆不得，我只用剪刀剪去大根，等老板娘往筐里装。吃过饭，老板骑车出去，我下地做了些活，想着想着又哭了。老板娘生气了，过来大声地问我："哭什么？外省妹仔你哭什么？"声音很大。我知道老板娘也并非有多大的恶意，只是她的嗓门实在太大，好像在指责我一样。她或许就是见不得我哭哭啼啼的。我跑开了，还是哭。待我哭够了回来，老板娘把我的被子卷好了，甩了两百块钱叫我走人。

我今天已经哭够了，不想哭了，我想找黄阿姨说情，她只低着头帮细弟换一条裤子，并不理我。我拉了拉她的衣服，她蹲着，还是不理我，等她把细弟换下来的裤子拿在手上站起来走时，我突然意识到什么，我争着去洗衣服，黄阿姨没松手，找一个桶把衣服泡了起来。桶里只有一件衣服，我不知道要不要拿去小溪边洗。老板娘把我从桶边拉出门外，用普通话说："你走吧，不用你了。"

我只好走了，拉好背包的拉链背着走了。大弟和细弟站在门口看我出来，等我走到门口他们一下子跑开了。我离开菜园朝两边是晚稻的水泥路上走时，他们一直跟在我的后面。我到来时以为能跟他们成为朋友，但后来我们之间并没有像我以为的那样，相对我他们更信任黄阿姨一些，要什么也找她去要。我没有学会他们说的潮州话，他们也没有跟我讲过一句普通话。他们跟黄阿姨讲话时是用两种语言夹杂着一起讲的，黄阿姨能知道他们说什么。他们的爸爸妈妈完全没有教他们两个学习普通话的意思，从不刻意教。他们两个说的普通话是跟黄阿姨学的。

天色还早，在天黑之前我应该能赶到流沙去。流沙是本地人对普宁市的叫法，我到来的这年已经改成"普宁"了，但很多人还是管普宁市叫流沙。

4

茫然时，路途更显得漫长。我不知走了多远的沙土路，直到走到一条通向占陇镇的大路上，才敢停下来。这条路上有小巴坐，我可以先坐到占陇再转车去流沙。

我还一次也没有去过流沙。在占陇镇下车的时候，一起从车上下来一对姐弟，个子都是高高大大的，讲东北话。

我上去跟他们搭讪："你们好，听你们讲普通话，我想问个路行吗？你们去流沙吗？我想去流沙，我还没有去过流沙。"我紧张得语无伦次。

弟弟跟姐姐一样高，看样子弟弟还会长个子。弟弟看看姐姐，姐姐活动一下嘴："我们去流沙，你要去流沙跟我们坐一样的车就好了。你要去流沙哪里？"

"汽车站。我去汽车站。"我不知道我可以去哪里，胡乱地说了个地方。

"喔，汽车站，长途汽车站在金叶酒店那一片。你坐上车跟卖票的说到长途汽车站就好了，到了他会叫你。"

我还想跟她说，我想去流沙找工作，但又不敢说出来，话到嘴边只好变成"谢谢你"。

从占陇去流沙的小巴不很多，我们一起等了好长的时间。这期间姐姐问我："你一个人出来啊？"

"不是，我跟我叔叔出来的。"我想告诉她我找不到叔叔了，想想还是不敢说，只抬头望着她的脸。我想知道她是不是坏人。

"焦成，你看她多大？"姐姐问弟弟。

"你问她嘛，干吗让我猜？"弟弟埋怨地说。

姐姐并不因弟弟埋怨有什么情绪，反过来问我："你有十六岁吗？"

我想了想，已经是秋天了，我已经过了十六岁生日了吧，于是回她："我有十六岁。"

"我是说看着差不多。"姐姐像是自言自语地说。她反过脸对弟弟说："焦成，她还没你大。"

姐姐又看了看我，思索着什么对我说："我给你写个我的 BP 机号吧，以后你要想找我们玩可以给我留言。"那时还是数字机，留言是留到 CALL 台上。机主收到 CALL 机代码，要打到 CALL 台去问留言是什么内容。

她说："我叫焦利，我弟弟叫焦成。"焦利掏出小笔记本一边写字一边说。

我收了她的 CALL 机号码，想跟她说一些话，可心里还是不太敢，就只好仔细地把焦利给的纸条折了又折。

焦利说："别折那么小，不好找。"

我尴尬地笑了，把折得很小的纸块抻开两折放进了牛仔背包外面的袋子里。他们姐弟俩在一个工业区下车。我到汽车站天就黑透了，街道上的行人很少，有三三两两的人，大多是些喝了酒的男青年。我盲目地在大街上行走，想找一个地方落脚。

我没有想过要住旅店，后来走累了又折回头在车站附近的街铺前坐下来。因为这里有一些席子和被褥，看来有人在这儿过夜。

到了更晚的时候，会有一些看不出是什么行当的男人过来问在这里露宿的人要不要做生意。我不明白那些男人说的做生意是做什么生意，缩着身子不抬头，但能知道有人起身跟他们走了。更晚的时候，我抱着牛仔包睡了一觉，有个喝了酒的男人冲我问了又问，我烦了，我说做什么生意，做什么生意，你烦不烦？说着抽出坐的砖头要朝他砸去。男人看上去一点都不觉得烦，他娴熟地拉开裤裆掏出一个东西，说做这样的生意。我吓得惊叫起来，甩开行李就往人多的地方跑。

也有像我一样讨厌那些醉酒的男人的，我们认出了对方，互相挪挪位子靠近些坐。后来有一个女孩掏出烟来抽，没抽几口就呛得直咳嗽。

这时在我们的旁边停下一辆面包车，从上面下来三个男人，其中的一个男人怀里掖着一个女孩。那女孩开始不怎么看得清，走近才看见她娇小的身材和冒肉的胸脯。她叫我们旁边那两个光着大腿的女孩，小红、小影，过来啊，熊哥到处找你们两个，我就知道你们两个躲在这里。

两个光腿的女孩起身跟着他们走了。那个被烟呛得咳嗽的女孩依然在咳嗽。

我没有身份证，在一个招工的工厂门口排队时，出来发表格的人每人发一张表格，填好后才能拿着表去面试。这时我已经学会撒谎了，我说我的身份证在另一个厂押着，要是找到新工作了才去辞工要回来。这些谁也没有教我，都是我临时想着编的。这次我没有被录用，因为我没有身份证。这是一家台资企业，里面有上千的工人，每天希望来他们厂工作的排成队，他们无所谓少不少我一个。

第二天我又去一家小厂去见工，排队领表填好表待去面试时，后面的一个人提醒我要把身份证一起拿在手上。我说我没有，她说，你没有怎么能进得了厂呢。我说，那怎么办，我真没有身份证的。她见我不像撒谎，掏了一个身份证出来，她说是她捡的，叫我先用这个身份证。我听了她的，又找人要了一张表格按着这个身份证上的资料填了。我叫陈九香，江西九江人，十八岁了。在菜园打工几个月我早已经晒得很黑，面试的人觉得我很像江西的农村人吧，个子小小的，黑黑的，又胆怯又茫然。

借我身份证的人叫曾小红，也是江西人，九江的，她虽然已经三十五岁了，皮肤又细又白，像彩色电视上城市里人一样的肌肤。

我们成了老乡，分到一个宿舍。

我们进的工厂是一家玩具厂，我做装配工，她在服装部门，给我们装配好的溜冰娃娃做裙子做夹克衫，或者做小熊的什么衣服。衣服都很小，一件衣服才巴掌那么大。她一个月有近六百的工资，我一个月两百六十。我已经很满足了，天天坐在车间里不用晒太阳，不知道比菜园的工作好多少倍了。我很感谢曾小红。她没出来之前是家乡小学的老师，她的床头放着《红楼梦》《宋词》《情深深雨濛濛》等一些书。

上班之后，我很快就忘了跟叔叔失联的事情，试用期过后，我写了一封信回家，写了一封信给在合肥读书的姐姐，还把在菜园赚的钱分五百块寄去了姐姐的学校，给家里也寄了二百，我这时手上还有二百块钱。我想，反正找到工作了，很快就会发工资了。

爸爸很快回了我的信，说我满十六周岁后就去给我办了身份证，很快就能给我寄过来了。我没有提与叔叔失联的事，爸爸似乎什么也不知道。钱他收到了，叫我要舍得花，我寄回去的他会帮我存着。爸爸没有问我过年回不回去的事，他大概知道出来打工的都是不回家过年的吧，路那么远，光坐火车都要差不多两天的时间了，还要倒汽车，路上要走三天。

姐姐也给我回了信，相对爸爸的一页纸，姐姐的话实在太多，从她学习，到将来毕业写了五页纸。然后还没等我想好怎么给她回信,她又写来了一封,从此一封连着一封,每周我都能收到她的信。这让我的打工生活一下子丰富起来,期待她的信,看她的信,回她的信。

曾小红后来也帮我看信,教我姐姐信里一些字词的意思,直到有一天,我也能给姐姐写上三五页纸的回信。

姐姐穿了我给她织的毛衣照了照片寄来,她快要毕业了,她说毕业了争取来广东,到时来看我,跟我在一个城市,周日或者放假了可以约我一起去玩。

很快第二年的春天,姐姐说她要来广东了,她要去珠海一家叫西区医院的地方做护士,那里是一个新区,那里建了一家全新的医院,需要很多很多的医生和护士,他们好几个同学会由一个老师带着过来,在这边实习,将来也在这边工作。

我问曾小红,珠海在哪儿,她带我买了一张地图,我发现,我跟姐姐离得还是很远很远的。

我期待着姐姐到珠海工作了来看我。

5

事实上,姐姐到了秋天还没有来普宁看我。但她说她已经在十月十一号前到了珠海,有三个月的培训期哪儿也不能去,如果表现不好就不能留在这边。但她说要是我去找她,她能去接我。

从春天到秋天,我又换了两家工厂做工,一家是玩具厂，一家是服装厂。一次是因为工厂停工，一次是因为我被栽赃，说我偷了厂里的东西。其实是车间主任的老婆偷衣料，要给她刚高中毕业的弟弟做一件格子衬衫，做一条西裤。我差不多是被厂里赶了出来，流落到一家家庭作坊一样的小工厂做服装。我想去找姐姐，姐姐说她会在珠海的长途汽车站接我。我背着行李坐长途汽车去珠海时，在中山被卖了猪仔，大客车把我放在了一个叫坦洲的地方，叫我坐船去珠海。按约定的时间，姐姐应该到拱北汽车站接我了，可是我还在坦洲不知道怎么办。中山市那时大约才刚刚开发，四处苍茫，远望芦苇荡像大海一样会制造波浪，会咆哮，甚至会翻起一个个浪花，而人走近了，那样的景象又都看不见。芦苇荡太高了，我看不见顶，又不知道路在何方。最后我走出很长的一条土路，在一个码头坐摩托车去了三乡。当我找到电话打给姐姐，姐姐已经哭哑声了，说她都想报警了。我说我没事，我没有哭，我可以先找一个旅馆住下来，明天再找地方坐车。折腾一圈下来，这时我和姐姐都发现了一个新的问题，我没有边防证，我明天仍然去不了珠海找她。姐姐说她去拱北汽车站时也有人查车，她用了医院的工作证过去的。我打开地图看到珠海就在眼前了，突地又觉得那是一个非常遥远的地方，我们之间隔着数不清的芦苇荡。那时办边防证还需要到户籍地办，看来我只好暂时留在中山，直到爸爸从家乡帮我把边防证寄过来。

在中山停留的时期，我到了一家鞋厂做工。这是一家台资企业，有许多个分厂，珠海也有一家。许多个厂里新招的工人都要放到一个地方去军训，不学岗位的专业知识，但会考核一些莫名其妙的东西，比方礼貌礼仪，比方应变能力。参加军训的人中有两名司机、三名业务员、两个仓管，其他的都没有具体岗位。可能因为是台资企业，他们的职位称谓很特别，比方一位台湾的主管，把另一名管军训的人称为"干事"，这个称谓是我这代人很少听到的词了。还好，我能理解他们都是领导。军训进行了三分之二，我被台湾主管选为业务员，他说，若我做得好，将来也是可以升为"干事"的。这算是破天荒的事了，他们都用惊讶的眼光看着我，又看看台湾主管，最后像默许一样低头同意了台湾主管把一个初中生选为业务员，而他们中拿着高中、中专文凭的人只能去车间做普通操作员。

后来我还见过这位训话的台湾主管几次，他到我在的分厂跟分厂经理谈话，两个人用台湾话谈笑风生，门关上了，声音还是能传到隔壁的业务部。

经理有个秘书，人很漂亮，有一周我们业务部负责办公室卫生，只有我一个人做事，她告诉我可以报告经理，我说不用，天天打扫，很快就做完了。因为我们要在同一个规定的地方洗茶具，她也会叫我帮忙洗，洗完放在她指定的开水桶里泡着。或许她觉得我洗得干净，一周要结束时，她告诉我可以去做办公室秘书，她会帮我争取的。我说我才初中，她说，那你去弄个中专证。我说我没有读过中专，她说三乡的一个什么地方可以做中专证。我想想我最终是要去珠海找姐姐的，没有去弄中专证。一个月后我们又遇着，我又帮她洗茶具和功能不同的毛巾，她说，做办公室秘书以后能有机会做经理秘书的。我说你就是经理秘书啊。她说，你这个人怎么这么蠢，我肯定不会让你做这里的经理秘书的。她还试着问我他堂弟怎么样，我问她谁是她堂弟，她说了一个名字，我说我不认识。她说那我介绍你们认识吧，我说算了，你是要给我介绍男朋友吧，我说我有男朋友了。她问我男朋友在哪里，我说在老家。她问我那个了没有。我说什么那个了，她说那就好。她生日，约我去玩，说给我介绍她堂弟，我没有去。

业务实习期过去，我由小业务员升为大业务员。这说法也是挺有意思的，小业务员就是跑指定路线，大业务员可以跑任何路线。有一天，我听广播里指派我到珠海去，心里一阵激动，然后去秘书那里领了临时通行证，随去珠海的业务车去了珠海。

分厂在一个叫吉大的地方，送完货，我们在珠海的大街上兜了一圈，我第一次知道麦当劳、上岛咖啡厅、国贸、免税商场这些名字。我们自然都没有进去。

我给姐姐写信，告诉她我去过珠海了，我甚至跟她做了一个很傻的约定，下次我们可以在我去珠海的日子见面。

但我不知道我什么时候可能再去珠海，这个不是我自己能决定的事，只能等待分派。

过年工厂放假，厂里不用跑车，我也不用跟车交货。

我们的宿舍区分男女，男女分开住，但女区一到三楼是娱乐区，在规定的时间内，男的也可以到女区这边来玩，打桌球、看录像、唱卡拉 OK。另外，这边还有一个卖东西的地方，被称为商场，从方便面到水桶到蚊帐到电饭煲，什么都有。姐姐来看我，在去宿管登记后住到我的宿舍里。一个宿舍八个床位，上下铺，大家都拉着床帘，但宿管要求白天必须把床帘拉开挂好，衣物叠放整齐。姐姐说真干净，比她们医院里的宿舍还干净整齐。她说，她见过好几次尸体。她说，尸体也没什么，在学校里也见过，可是她受不了医院的消毒水味和漂白水味，她常常恶心得不得了。她说，云云，我要是来你们工厂能做什么？我说不知道，你中专毕业，应该能当干事吧。她说这年头怎么还有这样的称呼，我说，这里是台湾人的工厂，台湾人这么叫，我们都跟着这么叫。她说，那我来你们这里打工吧。

我盯着她看，夜里翻来覆去睡不着。她们医院过年不放假，也不是不放假，是一部分人放假，一部分人不放假，她就是不放假留值的一部分人。我问姐姐你给人打针吗？她说不打，她会晕，她选择在护士站管药和做器皿保洁的工作。她还给我解释什么是器皿。我说我知道那两个字是怎么写的，也知道是什么意思。我想，她读了那么多书，爸爸妈妈都指望她有一个铁饭碗，都指望她在城市工作，她怎么能跟我一样进工厂打工呢？

姐姐走后，我很想不开，一个人四处溜达，我还特意去了一次上次被卖猪仔的地方坦洲，我还看到那个抱着行李蹲在路边不知道何去何从的自己。年三十饭堂加餐，有领导讲话，有人唱歌跳舞，一个叫戴开群的司机唱《忘情水》。他唱完下来，何斌斌给他鼓掌，我也跟着鼓掌。何斌斌说戴开群的女朋友回长沙跟公务员结婚去了，问我要不要做戴开群的女朋友。我一时尴尬，愁苦怎么回答，戴开群说，他乱说，你别听他的。

大年初一我在工厂的商业街上瞎晃荡，比起去年在普宁过年，似乎这个年更加无味，因为跟姐姐离得近了，她又能抽空来看我，我们再没有写信，所以年初一我想读一读信也没有机会了。男同事们要去中山市那边去玩，问我去不去，我说不去。戴开群说去吧，那边有更好的卡拉OK厅，还有舞厅。我说好吧。但我没有跟戴开群发展成男女朋友，他说也好，要是我同意跟他谈朋友，我会被他带坏的。

过完年刚开工不久，戴开群问我还去珠海吗？我说等我姐姐下个月转正式工了我再决定去不去。他说，你若想去珠海我帮你申请。他还说你可以带上行李不回来了。我说不回来被抓了怎么办，他说那就叫你姐保你啊！我说我姐还不是正式工呢，还没有发正式工作证呢。他说，那我保你。我说我带了行李就是离厂了，回来也没有工作了。他说不会的，他姐姐会帮我补请假条的，就当你请假了。我才知道他说的姐姐是他的堂姐，我们分厂经理的秘书。

如他计划，我去珠海再也没有回来。我先在一家电脑培训班学打字，三个月后一边上班一边去夜校学会计。夜校在吉大，我常常顺路去我曾去过的吉大的厂区，但我也知道，戴开群陈斌斌他们若这天来送货，这个点也早已回到中山那边去了。

一九九七年七月一日香港回归，珠海市区公交车免费，商场打折。我在的公司放假，姐姐上完早班也不回去睡觉，要陪我逛街，我们拿着免费发放的小红旗高高兴兴地走在人群中唱歌。

再后来，一九九九年春天，一个小雨的天气里，姐姐拿着姐夫给她写的十七封信去了深圳。同年底，我也到了深圳，在一家商场做营业员。

第八部分　你的姓名

　　网购火起来的时候，我与先生浑然不觉，他做家电市场，我做服装市场，日常生活中的两大刚需，我们分别从熟悉的渠道采购，所以当别人家热热闹闹都在网购的时候，我们还没有意识到网购的时代已然到来。几乎是过了一个年又上班，先生被告知公司实体零售滑铁卢般跌入谷底。部分连锁商场宁愿违约也不愿意再提上季度的订货，更有要求余货退回生产商的。在先生面临被公司辞退或主动辞职的时候，早几年跳槽出去的同事找到他入股电商，并由他负责小家电采购的把关和洽谈这块。先生身份一时颠倒，由服务零售商的生产商摇身成为电商巨头。身份的转变使他一下子成为被人供养被人尊敬甚至巴结的对象，要知道，以前都是他巴结别人。这种工作形式的转变使先生的性格一时开朗起来，休息日和假期也有好心情带着全家出行游玩了。阿宝这时不满六岁，还在上幼儿园大班，正是探索个人独立的阶段，她很高兴爸爸的变化，一到周末就收拾好她的拉杆箱准备去旅行。哪怕只住一天酒店，她也忙得不亦乐乎，搭配衣服，收拾行李，琢磨带什么玩具出门，都成了她过周末的头等大事。

　　一家人愉快的日子过了半年，阿宝准备上一年级，忙过她入学，紧跟着的是我所在的服装公司面临裁员。很显然，服装行业也受到了网购的冲击，整个行业都在缩减实体店，等待新一轮的商业转机。本来都以为服装是个特殊行业，与书不同，与小家电不同，与零食市场不同，它需要试穿，需要上身才能知道一件衣服是否合身，是否能配上一个人的气质。公司市场部的两个部门早半年前专门开过关于网购冲击的会议，认为它即使来到服装业，也是针对低端市场，而像中高档定位的品牌，本来依赖体贴服务与试穿来决定销售业绩，以为丢失这两块，品牌的中高档定位难以成立，顾客买不到合意的服装，得不到周到的服务，那么他的购买行为将会毫无动力。但事实是不到半年，十月一日本该是一年的销售黄金时段，却以惨淡收场，两个品牌，全国一百〇七家专柜、专卖店尚不及早年不到五十家店的营业额。本来看好的春季订货会也不及上年的预订，而这时工厂的冬装已经入库，一时都觉得今年的冬装销售不容乐观。

于是公司决定元旦加大促销力度，凡会员，不限级别，金钻、银钻、普通 VIP 均可尊享充值相当于五折的优惠。公司自然想到了需巧立名目才能把充值尊享低折的话说圆满，于是以品牌周年庆回馈说法给所有注册会员发出充值邀请，充一抵二，多充多优惠。总经理生怕光这样发消息不够诱惑，问我们还有什么方案没有，黄钰提出凡充值成功都可凭电子回执在全国柜台免费领取与充值等额的礼品。于是老板让仓库把往年的库存整理出来，看有哪些产品是可以用来做礼品的。衣服不行，可能会因为款式及尺码大小不合，有人不想要，但围巾不挑人，没有尺寸限制，任谁好歹都能选上一条两条，自己用或赠人都不枉费。我们最后把这个活动取名叫"一享一送，与您欢庆"。

公司的这个促销一时反应很好，但很快，听各地专柜回馈到公司的信息，说很多品牌都在做充值促销，基本上谁先出手谁赢。反应慢、到元旦跟前才开始做充值促销的收益多不理想。等到了元旦，这场充值促销的效果更加明确，做得好的专柜很热闹，做得不好的门可罗雀。我们公司是这场促销战中收成很好的，一时，全国的专柜都报来好的业绩，就连平常营业额不能保底的专柜都过了保底关。促销方案成功，人人都有奖励，一线员工们等待着奖励和提成，可是公司明白，糖果发完就是摊牌的时候，冬季销售过去，春季来临之前将裁去销售一线三分之一的员工及撤销掉三分之一的专柜。

部门例会说到裁员，大家都默不作声。这消息来得太意外，大家都没有准备，平时跟部门经理关系不错的几个人也低头不语。黄钰年轻，刚升到片区主管，她左看右看，又看看经理，嘴一撇做出哭的表情。她并非真哭，不过是年轻人玩的协助心理的外在表情表演。头一次例会开得这么尴尬，大家都不作反应，经理觉得难以收场，说："那照例报一报业绩吧！"可是也没人积极，有说报表还没有传过来的，有说得周二。这些理由都不过是再正常不过的理由，却也是不愿合作最容易说出来的理由。九点的例会，不到十点就散会了。于是第二天老板亲自给我们开会，说裁员难进行是人之常情，手心手背都是肉，裁谁他都不舍得他都伤心。那么我们可以先从业绩上看专柜，先撤专柜，这样是不是就好办多了？

我琢磨若市场部经理先开的那一场不成功的会议是打预防针，老板亲自开的这场会就是手术现场。这么想我突然意识到这两场戏是同一个剧本，两环紧密相扣，并不是一场戏没唱好才需要补一场。一上午四小时的会开完，我没有被辞退，反而把几个商场合并给我。我主管的片区撤掉两个专柜，主管片区扩大后又进来五个，这样我分管下的专柜就有十一个了。一个主管管辖十个专柜是上限，副经理级才能管十个以上的专柜。都说我这是要升职了，我心里却没有这么想，我在想公司这样做是不是在为进一步收紧实体店、进一步裁员作准备。会议开完，大家都起身走，我坐着不动，我说："老板，我申请辞职或申请另外的职务。"

老板问："这是为什么？"

我只得如实说："现在国家允许二胎了，家庭希望要二胎，所以我也在准备二胎。但我这个年龄算大龄孕妇，若还是原来的工作强度，我怕我支撑不下来。这是一。我还有第二个原因，我认为实体店在未来的两年内还会继续下滑，继续撤专柜还会发生，到时的场面会比现在更惨烈。家电市场比服装行业提前经历网购的冲击，现在的家电市场已经在电商上有了自己的经验，并在继续扩展。服装行业，当然，这个会议咱们上半年开过，以为中高档品牌的冲击不会那么早到来，但事实它已经来了，我们眼下正在处理这个后果。从小家电行业的经验来看，我相信很多服装品牌的同行已经在着手准备电子商务这块，我们公司也应该做准备了，我想加入这块的拓展和业务。这样一来我出差的时间少好备孕，二来也赌它的前程。"

传说老板曾任高官的秘书，写材料是把好手，下海创业后身上也还是有些文艺气，所以跟人合伙开公司后，又独立创建了自己的服装公司和品牌。而我们公司的内部杂志一直由他主编，他声称视野与美学不差于市场上的时尚杂志，若不是他太忙，他是要把我们的内刊杂志弄个刊号来公开发售的。

老板想了想问我："电商这块你有什么想法？"

我提出了几条建议：

一，把公司网站改版，不光是发布公司大动态，改版后可以做成品牌展示与销售一体网站。当然，这得拿到电子平台营业许可。或者销售这块与已经成熟的电商平台合作，但如何合作得深入了解他们的运作模式再去洽谈。

二，所有市场广告投放转移到移动荧屏，纸媒都在大幅度缩减版面，纸媒传播大势已去。连纸媒人自己都开始辞职创业新媒体，纸媒人创建的个人公众号火了几个，一些企业也在做企业的公众号，公众号有可能会是一两年内最火爆的信息传播平台。我们公司是否考虑把品牌和杂志的内容转移过来，即等于我们要做一本电子杂志，并且这个可以和电子销售挂钩，联合起来，尝试一种新的可能操作的销售模式。

我本来还有几条意见要提，老板说："好了，好了，我晚点专门找你谈这个，中午了，咱们先吃饭，前台早把饭叫好了。"公司凡开会不用自己订饭，由前台一起叫餐，公司买单。

周三到周五，老板并没有找我谈话。周五下班市场经理手机留言给我，叫我周六上午来公司开会，并说明，老板开会，市场部与人事部少数人参与。

公司并非多大规模，又是私企，部门划分一直混乱。听说最初的内刊由市场部在兼管，后来转给了企划部。人事部本来管着招聘及培训，后来把培训给了市场部的拓展部。总之部门与功能划分杂乱。这次开会说是市场部与人事部开会，其实还含有企划部的人，即负责内刊的部门。

老板比谁到得都早，市场部人在，企划部人在，设计部和产品部的人也都在，二十人的小会议室将近坐满。老板说，换大会议室。于是大家呼啦啦又从小会议室换到大会议。

大家都做了准备而来。按说市场部轮不到我来，因为周二我在老板面前提了意见，所以把我预算进来。老板把话题抛出，要筹划新的网站，做好电子销售的准备工作，所以大家在现有岗位上还要多拿出一份精力来协助这一块，若这一块做好了，路走对了，那么成果就有他的份。老板这么说好像说有一个蛋糕在做了，谁努力谁能吃着。

因为我不是主要参会人员，不过一个旁听者，他们最后讨论下来，目标锁在公司网站的投资建设上，如何找人扩大网站，如何架构网站结构，以及如何在公司的内部网站上完成销售。我听得一片茫然，觉得力量过大了，他们这种搞法，好像先生后来入股的电商平台的气势。

轮到我发言，我说："公司网站的部分我就不参与了，如果公司考虑品牌以后可以入驻别人的电商平台，我或者可以负责这一块。这方面我有点小的资源，因为先生的公司就是做这个的，与他们合作或与其他台商合作我能很快掌握一些操作要领。另外，我觉得公众号建设应该抓起来，而咱们公司也有人力和资源可以完成这一块。"

老板现场拍板，说："那企划部出两个人，陈云云你加入团队建议，弄起来试试。"

我有点叫苦不迭，我这等于给自己添了一份麻烦。会后我找老板商议，我若参与公众号建设，那要把我主管片区的专柜管理减少五个店，我才好把余力用在公众号的建设上。我以为这是一个无理要求，不想老板竟同意了。

老板同意后，我留了原有的六个专柜，把新划入我主管片区的五个店让了出去，听说由黄钰接管。也好，这个小姑娘好胜，好胜是最好的动力，希望她和专柜都有一个好前程。

2

二〇一二年十二月底，我们的公众号三人小组成立，当时的定位是朝着一个简化版电子杂志的方向去办的，发布国际潮流形势，采写国内时装界动向，呈现和展示公司两个品牌的形象和产品。但这规划公众号模板实现不了，直到第二年三月还在内测。后来我跟先生闲聊说我这部分的工作进展不顺，他告诉我，要实现我们这样的需求得另写程序，或在原公众号模板内增加内容。总之，他说："没那么容易。"

另写程序的工程太大，老板并未同意，公司的公众号一时搁置，只发些极简单的通讯内容。公司网站还在建设，也不能实现电子杂志的构想，在老板亲自授权后，我把工作向合作拓展，很快谈妥一家网购平台，进驻了我们的品牌。

网店建设起来比公司的网站建设容易很多，因为是用的别人成熟的模板，从谈好合作不到一个月，我们品牌的第一家网店就建成了。这时我们把网店地址的二维码放在公众号里宣传，群发消息给原所有实体店会员，让大家网上激活会员资格领礼品，这无疑是很有效的一个宣传手段，很快网店就被带动起来，有了营业额。这时我提出实体与网店两方配合，网上购买的衣服码数不合适的可以在实体店调换，实体店没有上架的款式也可以在网上选购调货到实体店试穿。一时畅销款走量可观，我们非常意外，它那么容易，来得那么突然。我们这时是把两个品牌合在一个网店里进行销售的，很明显的，原一线品牌几乎卖不动，二线品牌的定位本身性价比高，一两百的T恤、配饰走量明显。两三百的连衣裙、外套，五六百的大衣也走量不错。打折优惠下来，实际交易价格在五百一件之内的都还比较好走，实际交易价格五百以上的比较难走量。我们紧跟着推出预订款，即先出样衣，然后挂网预订，后来这个业务一直做得很好。

人工成本走高，物价持续上涨，国内高档品牌这时的价格基本赶上国外的品牌价位。这时香港自由行更大程度地对内地多个城市开放，由原来的限次行，改为无限次行。出国游也越来越流行，随便报个什么团就可以出国了，这也大大地冲击了国内的高档品牌市场，都觉得如果是一样的钱，为什么不去香港买呢，为什么不去法国巴黎买呢，为什么不去意大利买呢？那可是时装的发源地，是圣殿，是时尚人朝拜的地方。另外去韩国、日本旅游也越来越方便，本来哈日哈韩的潮流人士，直接飞去韩国、日本购买化妆品和时装了。不光是服装，包括化妆品在内的高档品牌的商品都越来越难卖。这种情况下公司悄悄地把A品牌的产品改成升级版的B品牌，价格还是B品牌的价格，这样一来，把积压多年的库存稍作改头换面重新出售，竟也提升了网店形象和好口碑。

准生二胎政策正式全面放开，我怀上的孩子在一个月后流产，尚分不清男女，但仍是让我痛心不已。阿宝这时已经懂事，问我小弟弟小妹妹死了是吗？

我说："不能算死，他还没有成型，就是他没有了，没有来，也没有存在过而已。"

阿宝说："你伤心了吗？"

我说："是啊，妈妈还是伤心了，以为他会来，妈妈都准备好迎接他了。"

阿宝说："那他以后还会再来吗？"

我说："我不知道。"我这么回答阿宝后才默默自问，我还希望他到来吗？

先生叫我休养，我问他，还是非要二胎不行吗？

他说："阿宝越来越大了，我们的生活条件也好起来了，但日子也会越来越乏味。"

我没回应先生，我明白那个意思，明白两个人共同生活又没有交流愿望和动力的困境。或者我真应该好好养身子，不怕胖，不要节食，有规律锻炼，增强抵抗力，以健康的体魄保护好怀上的孩子。这么一想，似乎孩子是因为我没有的，心里再度难过起来。

医生说，女方体弱，要是怀的是男孩还是会流产。因为不知道可能怀上的是男是女，为将来可能怀上的孩子成功保住，我开始注射先生的血清。这个技术国内收费比香港贵，且难说更成熟，医生推荐我们去香港的一家医院做。

一边是超额的工作，一边是大龄备孕，我突然意识到我不再是我，我成了一个工具，一个电器，开关不在我的手上，我随着时间与别人给的指令由一个环套入另一个环，像在一个个模板里，地方圈好了，等待我滚动。

或者，为阿宝想想，我们也应该再要一个孩子，将来我们老了，她也有个伴。

排卵针打完，我浮肿不堪，眼皮张不开，嘴唇厚沉，吃饭喝水都牵动得难过。我想起姐姐，想起她生蜻蜓前的样子，虽然她不是打排卵针导致的。我倒未必是怕死，我觉得为了生孩子这样折腾或许应该使女性警惕起来，为何而生？为谁而生？国家计划生育三十余年，现在放开二胎，我这个年龄的女性正好卡在一个尴尬的节骨眼上，不上不下，还没到彻底不能生的时候，但也早已不再年轻。这个问题当然不是个人的问题，不是年轻时不想生，而是那个时候还不允许生二胎。但现在生不了，似乎只剩下了某一个人的问题，抵抗力差、卵巢老化、卵泡不成熟等等。

阿宝的同学们陆陆续续有了弟弟妹妹，阿宝有次摸我的肚子说："妈妈，这里面有宝宝吗？"

我说："没有呢，宝宝还没有来。"

阿宝说:"赖向薇的妈妈今天抱着小宝宝去接她了,好可爱的小宝宝啊,眼睛小小的,小手手这么小这么小。"阿宝说着伸出自己的手比着。

我说:"你小的时候,手也是那么小呢。"

这年夏天,四十六岁的台湾籍女星伊能静传出怀上二胎。办公室的人都说,真够拼的。

黄钰结婚了,性情大变,说:"这么拼还不是为了保住一个男人。"

另一个比黄钰更年轻的女孩大令说:"有什么好保的,真要变心的保也保不住。"

来找我核对网上销售数据的会计程姐说:"有个孩子还是不一样的。"

黄钰问我:"陈姐怎么看?"

我定了定心说:"我若要生肯定得是我很想要一个孩子,其他的说不好。"

大令说:"还是陈姐境界高。"

我忙说:"别给我戴高帽,或者是我作为女性没有那么伟大。"我这么回大令自然是回避了许多的话题。

3

酒店试业期间,客人不多,我们的工作多是打扫卫生。那种新装修出来的瓷砖墙壁和地板总也弄不干净,我们拿刀片一点一点地刮,拿湿毛巾一点一点地擦,看着光可照人，以为一尘不染了，不想部长拿白手套抹一抹砖缝，又叫擦一遍。若我们谁说很干净了，部长便会把细棉丝的白手套伸到那人的鼻子尖上让看清楚到底干净了没有，说你们泥腿子习惯了，就以为五星级酒店也跟你们家一样？我们谁都不言语，继续埋头干活，我们在墙上、在地板上、在玻璃上看到的都是自己，没有灰尘。

试业三个月，酒店还是不开张，姐姐打电话来说，你要不要到深圳来？我问她在做什么？姐姐说做文员啊。我说那你做文员，我又做不了，我过去能做什么？姐姐说营业员你做不做？我知道什么是营业员，就是在商场卖东西的，我不是跟姐姐一起逛过免税商场的嘛，姐姐春季去深圳给她的男朋友买格子衬衫时带我去过。我说我做，餐厅服务员的活我都做了，商场营业员的活不是更干净嘛，我为什么不做？姐姐说，那你就来。

我向领班辞职，所在的中餐厅部长听说了在例会上训话，说："养你们四五个月了，还没正式开业就想走，那不白养你们了？"听部长这么说，好像也不是我一个人要辞职。

中餐厅部长是东北人，二十七岁，去澳门接受过半年的酒店管理培训。英语不甚好，会"Hello"、"Good morning"、"Follow me"、"Please"这些简单用语，但她能讲一口流利的广东话，跟澳门人和本地人讲广东话对答如流。她那么能干，我们都怕她。

我斗胆说："酒店还不开业，我们一个月拿五百工资太少了。"

部长说:"怎么,你们还没干活就给你们五百还嫌少啊,你们爹妈在农村一个月拿多少,啊,拿多少钱?"我不吭声。

下班训话时部长又说:"澳门就要回归了,再等等就回归了,回归了我们就正式开业了,这个节骨眼上要是还有人提辞职……"她讲话很擅长转折,然后继续说,"都给我听好,分好岗位的,所有现在在岗的,谁辞职我也不会批。要辞职可以,把这四五个月的工资交回来,把饭钱交回来,把培训费交出来。咱们可是请的澳门大酒店的人来给你们培训的,你们接受的可是正宗的酒店管理培训,不是你们在大排档夜总会学来的端茶倒水洗盘子。再说一遍,都给我听好了,澳门就要回归了,回归了我们就正式开业了,开业了就按五星级酒店的工资给……"她眼睛一骨碌,说话又转折,"迎宾部,你们几个把小脸洗干净,把口红涂上,把身子扭好看了,做不好就去楼面端盘子。跟你们说,这可是给你们机会,过几天会有一批旅游学校的学生来实习,哪个都比你们小脸漂亮,别以为就你们长得好看。"她又看看我,"陈云云,你是陈云云是吧,你多高?"

"我一米五八。"我回。

"你怎么才一米五八?你长这么好看白费了。你怎么不穿高跟鞋?"

"我是上菜的,我们发的鞋是黑布鞋。"

"你能穿多高的高跟鞋？"

"我是平板足，穿不了高跟鞋。"

酒店说是十月前开业，我来之前他们都基本准备好了，就等开业了，可我来三个月了酒店还没开业。一推再推，这次听到的消息是要在澳门回归那天开业。

一九九九年十二月十九日下午，全酒店的电视都在播放澳门回归的转播，说是第一百二十七任澳督韦奇立会在澳门总督府进行最后一次降旗仪式。紧接着四点半，韦奇立走出澳督府，站在门口位置，等待降旗手把降下的葡萄牙国旗折叠好送到他的面前。然后韦奇立紧紧抱着他们的国旗，面向嘉宾致意。

很奇怪的，未降旗之前，酒店各部门都没有客人，降旗之后，酒店陆陆续续地进来很多客人，中餐厅还不到晚饭时节，大厅却很快坐满了客人。他们一时也不要什么，只是喝着茶水聊天。中餐厅的电视上依然播放着澳门回归的转播，厨房早就准备好了食物，装备好了盘子，只等部长发话，厨师们好把热腾腾的饭菜摆上。

大厅里的客人聊着什么，高高兴兴，我们听不到电视上的国家领导人讲话，也听不到客人们的交谈。直到中葡双方交接仪式完成，国歌响起，大厅里才安静下来，刚刚用广东话交谈的客人也有人操起普通话跟着电视唱国歌。

奏完国歌，大厅里再次喧闹，我们如游鱼般传菜上菜，忙得脚下手上一刻也停不下来。这是我们从来没有过的忙碌，大厅里也从来没有过这样的喧哗。

我们只忙着脚下别绊了，手上的托盘别斜了，酒水别倒了，开水别用完了。等电视上播放文艺晚会，我们才撤完客人桌上残留着的食物餐盘。这边刚撤下，又紧接着上水果拼盘。凌晨下班时我们累得都没法整队了，一个个东倒西歪的，部长也没有力气给我们训话，说："散了吧散了吧，都回去休息，明天正常上班。"安静下来，我还站着，脚上和腿上丝丝地疼，心里都能数出脚上有多少个水泡。

千禧年过后，春天的时候，我到了深圳，找到一份在商场专柜做营业员的工作。我们的专柜是卖衣服的，我们又被称作导购，有客气的顾客还会叫我们导购小姐。我们的工装挺好看的，随着专柜卖的衣服换季，我们的工装也换，时尚又好看。我觉得跟姐姐来深圳是对的，要不然我不知道要在珠海的酒店里端盘子端到什么时候。姐姐让我再学会计，把在珠海没有考过的会计证拿到手。我去学了，也拿了会计证，但是我不想做会计，我宁愿做导购，穿好看的衣服，在深圳这个新世界里自由自在地生活。

4

弟弟第一年没考上大学，复读后春季还是没考上，他本来想再复读，爸爸不许，爸爸说你二姐没读书还不是能拿一两千工资。

我说哪有两千，加提成一千五六，爸爸说，那也不少。姐姐说，那就去深圳吧，高中生在深圳也能找到活。

我跟姐姐请假回了趟老家，看弟弟跟爸爸闹脾气闹到什么程度了。小麦刚抽穗，还没扬花，但麦芒已经尖锐，手拂上去，刺刺痒痒的。我跟姐姐在麦田里照相，边跑边笑，假装捉蜻蜓，却怎么也捉不到一只。弟弟不死心，还不想去深圳，我跟姐姐在家乡玩了几天，又一起回深圳上班。不想我们走了，弟弟随后就来了。

5

春天还是记忆中的春天，草木都在发芽，麻鸭在破冰的河面呱呱地叫着。北风的天气，桥上还是有些冷，在南方住习惯了，即便是春天的风还是受不住，我在桥上站着不到五分钟就想赶快到桥下去。桥下就是生我养我的村庄，那里有树和房屋挡着应该暖和些。

县城发展扩建，我们大队被划入经济开发区。村庄的所有田地正在被政府征收，就连我们村庄前河边高低不平的细碎的田地，都被推土机推土填坑整合成一片整地。我问爸爸这片地用来做什么。爸爸说："哪知道呢，说是盖厂，后来盖在王湖了，又说开果园。倒是横河那边种了一种啥果树，去年挂了果，啥子樱桃，跟咱老院子里的樱桃不一样，又黑又大。"

我说："村里的地都是啥情况，哪块地是租给人家的，哪块地是被征收给赔偿的？"

爸爸说："咱老百姓也弄不清啥是租啥是征收，依我看都是征收，反正老百姓都没地了。"

我说："收上去租给人家每年给老百姓租金，租期到了地还是老百姓的，这是租地。要是一次性给完赔偿就是征收，以后不属于老百姓了。"

爸爸说："有啥区别哩，不过是给哩多给哩少的问题。"

顺着这个话头说下去我觉得没意义，于是问爸爸："那这次是哪一块地给一次性赔偿？"

爸爸说："哪块？西南面靠着王湖的那一块，咱们家最大的一块地。"

我说："那不是以后种不了小麦，种不了红薯了？"

爸爸说："那哪里还有得种。不光是咱这儿，到处都在征收地。"

爸爸又重复这话，看来心里不是弄不清租用和征收，是重心不在那上面，或者他一直在惋惜将失去土地，失去种地的资格，失去农民的身份。我不知道他能不能弄清楚自己在想什么，但我也不想帮助他明确，或者他这样稀里糊涂的状态能使他更轻松更快乐。

我拣好话说："你们这一代人老了，也就没有人会种地了，收就收了吧。"

爸爸说："你这两年没回来，村里的宅基地被长营的人买了许多盖房子，都盖两层三层的，以后农村也不是农村啦，是城市人一样的楼房。"

我说："宅基地不是不能买卖吗?"

爸爸说："是不能卖，但架不住有人要买就有人想卖。自古上有政策下有对策，农民有农民的办法。"

我说："那不是以后住了什么人也不知道?"

爸爸说："那是住什么人都不知道的，谁也说不准什么样的人会来买。时代早就变啦，农村也不是原来的农村啦。"

我觉得爸爸老了，思维很乱，但想想爸爸的话，觉得也是这回事。又问他："长营划新区了不是有赔楼房吗?咋跑到咱这儿买地盖楼?"

爸爸说："那楼房能住? 那么高，那么小，年轻人住住还行，像我跟你妈这么大年纪的都不想住楼房，还都是想接地气，盖个一两层的住着舒坦。"

我这次去武汉跟商场谈撤专柜的事宜后，专程转回来为征地赔偿签字，爸爸在巷子口接着我，一路聊着回到我家院子。

弟弟弟媳都不在家，妈妈听说我回来了赶集买肉去了，要给我包饺子。

爸爸问我急不急着走，能住几天。我说，至多两天，再多不行。爸爸说那下午就去大队签字，明天去看看你姥爷，后天好走。

我问："我姥爷不好了吗?"

爸爸说："也没有不好，不是你两年没回来了吗，他这个年纪了你还能看几次?"我说是,我没想到这一块。

爸爸说:"糊涂啦,我跟你妈你大姨常去看他,他还记得谁是谁,你三姨三姨夫不常去,他都叫不上名了。"

我问:"八十几了?"

爸爸说:"八十七,你说你还能看几回?"

我说:"是是是,我这回回来得去看看我姥爷。"

我嘴上这么说着,心里一片愧疚。但我愧疚不是对我姥爷,我愧疚的是孙子辈的人都关心不到祖辈。若有这种愧疚,我愧疚的也不是姥爷,更可能是姥姥。有一年我生病被送去了姥姥家,姥姥一刻不停地背着我,做什么事都背着,怕我生病身子冷。大概姥姥也是这样对我姐姐的,我们没有爷爷奶奶,谁生病了都是送给姥姥带,好不影响爸爸妈妈干活。我对姥爷的印象并不好,他年轻时被征兵,后来没到战场就生病回来了。人家说他是逃兵,他气得不行,天天冲我姥姥发脾气,还打姥姥,那时还没有我妈。后来姥姥又生下我妈我三姨我舅舅,姥爷还是打姥姥,直到我都懂事了,姥爷依然对姥姥不好。我姥姥在我读小学四年级时病逝,他才后悔,觉得不该那么对我姥姥。其实大家都不太喜欢我姥爷,但是他老了后谁也不跟他计较了,有什么好吃的都会想着他,我爸我妈更是十天半月就要去一次,给他送煲好的烂肉,所以他现在最记得我爸我妈和我大姨,他要连他唯一的儿子也认不出来了。

下午去大队签字,办公的是上面下来的人,不是我们大队的人,所以我不认识。

他让我们出示户口本和身份证，我的户口迁出了，但我家的户口本一直没变，我的档案还是在第四页。户口本的户主自然是我爸爸，第二页是我妈妈，第三页是我姐姐，第四页是我，第五页是弟弟。

　　"陈云云，曾用名燕平，对吗？"办事员问。

　　"对的。"我回。

　　"你的户口二○○七年迁出对吗？"

　　"对的。"

　　"好的，在这签字，按手印。"

　　"陈平平。"办事人叫。

　　我爸接话过去说："陈平平只能我代签了。"

　　"上面有规定，必须本人带证件来签，不能代签。"

　　我爸说："这个孩子不在了，本人来不了。"

　　"什么是不在了，本人来不了就不能领他那一份赔偿。看看这里，这边这边，看清楚了，有文件的。"

　　我按完手印，抬头看办事员，我说："陈平平是我姐，死好几年了，但是国家三十年不动地，'减人不减地'，我们家就还有她的地，所以她这份赔偿我们家人是可以代领的。你赔偿有文件，国家三十年不动地也有文件，国家大，大队小，依照先大后小原则，你们办事要依国家的为准。"

　　办事员可能被我呛着了，瞪着眼看我。我爸忙拉我说："云云，云云，好好说话。"

　　我说："我没有说错，说的也是家乡话，要是没说清，我可以用国家的普通话再说一遍。"

我爸吓着了，说："你这孩子怎么这么说话，好好说好好说。"

办事员三十的样子，或者不到，很年轻，眨眨眼想缓和一下气氛。他说："这事我还没碰到，这样，你们过去那边坐一会，我问问领导。"办事员说着用手机打电话。

我爸忙把我拉到一边。

我爸我妈过来签字，我妈的姓名那一栏画的圈，在圈上按了手印。我弟是超生，虽然交了很多年罚款，最终还是没有给他分地，所以我家等我和我姐的签完就可以给我们发赔偿金了。我爸打电话时说过，等拿了钱，我的赔偿给我，我姐的留给小蜻蜓，他的和我妈的留给弟弟，不能因为他没有地就不给他钱花。我说我没有意见，也代表我姐没有意见。我爸知道我开玩笑，电话里就笑着说，一家人，好说，你要是现在有需要，我跟大鹏说先拿给你用，他不敢说什么的。我说不用的，我们的房贷快还完了，以后两个人赚钱就是给阿宝上学用，没有需要急着用钱的地方。我爸说，那行，你要用就说。我说好，等我回去再说吧。

办事员讲完电话，招手叫我们过去。他挺为难似的对着我爸说："大叔，是这样，你看我也打电话问领导了，领导的意思说前面你们村也有你们这样的情况，上面处理的方法是你们家人可以去开死亡证明，然后你们拿着那个证明再来代签就行了，所以得麻烦你们再跑一趟，开好证明了再来。"

我爸觉得人家挺讲道理的，就说："好好好，那我们去开，就是到时又麻烦你们一回。"

办事员说："没事的大叔，你去办好了再过来就给你们代签了。"

我看我爸那么和气，也不好再说什么，于是也和气地问办事员去什么部门开。

办事员说："这个不太清楚，应该是民政部门。"

我爸又认真地谢了人家一回。

走出大队我说我爸："你们老农民就是怕当官的，那么和气干什么，地都被人家征走了，还谢天谢地的。你们是农民，一辈子就是靠土地吃饭的，没了地，你们以后靠什么吃饭？"

我爸说："你看现在当官的态度多好，人家那么和气，你不该和气点啊？征地都是大家同意的，同意了就不能再对人家办事的有气。这是你不对。"

我说："好吧，我不对，我态度不好，我没有礼貌，就你们这一代人有礼貌行了吧。"

我爸懒得跟我抬杠，大步地往回走。我在后面看着他的背影，觉得爸爸除了头发白了，身板并不显得多老态。突然有点想我小时候坐在他自行车后面抱着他的感觉了。想着，我赶上爸爸，挽着他的胳膊往家走。长大后都是姐姐喜欢这样挽着他，我还想不起有过这样悠闲地挽着他的胳膊散步的时候。

出了大队办公楼就是麦田，我们没走乡村新修的水泥路，我们自有自己的路线往我们的村庄走去。

我们经过麦田还是麦田，因为是阴天，麦芒并不反光耀眼，只见麦田上一层蒙蒙白白的微光随风摇摆。

不知道爸爸高兴什么，说："云云，想不想去看看咱那一块地？"

我说好吧。然后我们往我家那块正要被征收走的土地走去。

这块地上还种着小麦，长得苗壮倔强，一棵一棵的像小树，一看就是丰收的一年。

爸爸说："多好的地，咱们年年翻地冻土，土松得都跟面似的，一块硬疙瘩都没有，真不种庄稼了还怪可惜的。"

我说："你又心疼了不是，刚才你还对人家谢天谢地的呢。"

"一码归一码。"我爸说。

我说："既然是一码归一码，我问你个事行吗？"

爸爸说你说。

我说："大鹏之前搞传销你怎么不管？现在倒好，谁也管不了他了，家都不回。你又不是不知道传销不是好事。"

爸爸看着麦田，叹息地说："你还是没看懂这里面的事，他出了事那个样子，去哪干活人家都不要他，就拉他搞传销的那个人不嫌弃他，说他好，说他够哥们重义气，能干成大事。你说他能不信人家的话吗？我要是非把他拉回来，我拿什么事给他干，没个活给他干，他能干出什么事来谁也拿不准。"

半晌，我们都不说话。

又半晌，还是爸爸先说话："咱们都不知道，他要不干的时候，别人关他几个月叫他打电话要钱，他硬是撑着不给你打也不给我打。"爸爸长声叹气，"人啊，不上当上够，谁能知道回头。早就不干啦！两个人卖早点，也不用自己干活，从别人那里拿货，只管卖。"

我说："够花吗，还有个读书的。"

爸爸说："应该够，过年还给你妈买大衣寄回来。"爸爸说着抬脚，说，"这鞋也是他俩买的，跟你妈的大衣一起寄回来的，还怪好穿。"

第二天自然是先开姐姐的死亡证明更重要，我咨询了在民政部门工作的朋友，朋友告诉我死亡证明在发身份证的公安局开。

于是我跟爸爸去到公安局户籍科，不想还是遇到麻烦了，办事员让出示医院开的死亡证明。

我爸说过去这么多年了，还去哪儿找啊，再说当初医院开的证明也不在我们手上，在男方拿着。爸爸用"男方"，不再说女婿。早年有人问起姐姐的孩子谁带，爸爸回人家的是女婿带着。

办事员左思右想，说："大叔您看这样行不行，我们不了解你们下面的情况，你们大队应该比较了解队里，您让大队开个说明，盖上大队的章再来我这儿办。"

这位办事员也很客气，口口声声叫着大叔，我爸最受不了人家客气，忙说："是这个理，是这个理。"

爸爸都这么说话了，我只好又陪着爸爸去大队开说明。大队办事倒也不麻烦，书记是我爸认识的人，也了解我家的情况，很快叫人帮我们开了说明。然后我们又跑到公安局，才终于开了姐姐的死亡证明。等我们来来回回又回到大队"征收办"去替姐姐签字办理赔偿，事情就很简单了，办事员摊开姓名簿，翻到我家的那一页让我爸代签。我爸戴上老花镜，吸上一口气，郑重其事地在陈平平姓名栏签上他的名字陈好柏。写完，爸爸还不忘在自己的名字后面注上"代签"二字。

6

因为我订了第二天的火车，午饭后，爸爸把电摩托车换成柴油三轮，拉着我和我妈去看姥爷。

我们经过长官镇，经过大王庄。在经过大王庄时，爸爸照例停下车跟路边认识的人打招呼。我妈也随我爸下车，我不想下，像小时候一样，下去也分不清谁是谁。爸妈回来，我们又朝东南去三公里，终于到了白棚村。但是爸爸没有把车在白棚村停下来，而是经过白棚村去了白棚村所在的大队。我小时候常来这里玩，原来是一所学校，只有教室，没有围墙，区别学校区域与麦田的是一排泡桐树，一棵一棵长得笔直而神奇。再后来拉了围墙，泡桐树只剩了院墙大门口一棵。等到舅舅初中毕业，那棵泡桐树背后能藏个人那么粗了。那么大的一棵树在农村并不常见，因为农村人种树也像种庄稼一样，要一茬一茬地种，一茬一茬地收，大了能换钱了就放倒了。后来学校空了，那棵树也没有了，再后来就成了敬老院。我们还没到跟前，远远地就能看见围墙上用白粉刷的"白棚大队敬老院"字样。

看门的人是个老头，认识我爸我妈，见我们停车远远就说："又来看白本齐啊！"

爸爸说："小孩从外面回来，来看看老人家。"

看门人拿出登记簿，等我爸去登记。爸爸停车，叫我："云云你去写。"

我过去登记，在被访人栏写上白本齐，在来访人栏写上白二妮，然后写来访时间，二〇一七年三月八日十五点四十五分。

写完我犹豫一下，想起了什么。

图书在版编目（CIP）数据

消失的名字 / 旧海棠著. -- 上海：上海文艺出版社,2021（2023.7重印）
ISBN 978-7-5321-7877-3
Ⅰ.①消… Ⅱ.①旧… Ⅲ.①长篇小说－中国－当代
Ⅳ.①I247.5
中国版本图书馆CIP数据核字(2021)第019100号

发 行 人：毕　胜
策 划 人：李伟长
责任编辑：于　晨
装帧设计：韦　枫

书　　　名：消失的名字
作　　　者：旧海棠
出　　　版：上海世纪出版集团　　上海文艺出版社
地　　　址：上海市绍兴路7号　200020
发　　　行：上海文艺出版社发行中心
　　　　　　上海市绍兴路50号　200020　www.ewen.co
印　　　刷：唐山市铭诚印刷有限公司
开　　　本：889×1194 1/32
印　　　张：11.5
插　　　页：2
字　　　数：221,000
印　　　次：2021年6月第1版 2023年7月第2次印刷
I　S　B　N：978-7-5321-7877-3/I.6248
定　　　价：58.00元
告 读 者：如发现本书有质量问题请与印刷厂质量科联系